JN110283

薩摩燃ゆ

安部龍太郎

角川文庫
24042

目次

調所氏系図

（注）‖ 養子を表す
┃ 実子を表す

調所《ずしょ》家老家

初代
調所笑左衛門廣郷
調所本家から見て分家筋。川崎主右衛門基明次男の良八が養子に入る。のちの廣郷。幼名友治・清悦・笑悦

妻・都城島津家分家　北郷《ほんごう》某娘

正妻長男　二代（副）
笑太郎
41歳で病死

次男（早世）
亀太郎

後妻毛利子男子　二代（正）
安之進
のち左門・数馬・八郎左衛門・廣胖《ひろあき》・廣哲

妻・島津（碇山《いかりやま》）将曹久徳養女トヤ

笑太郎長男　三代
廣智
幼名小膳・転・左平太
二代目笑左衛門名のる

（長男は早世）
次男　四代
祥邦《よしくに》
通称　彦丸
福沢諭吉門下生

島津氏系図

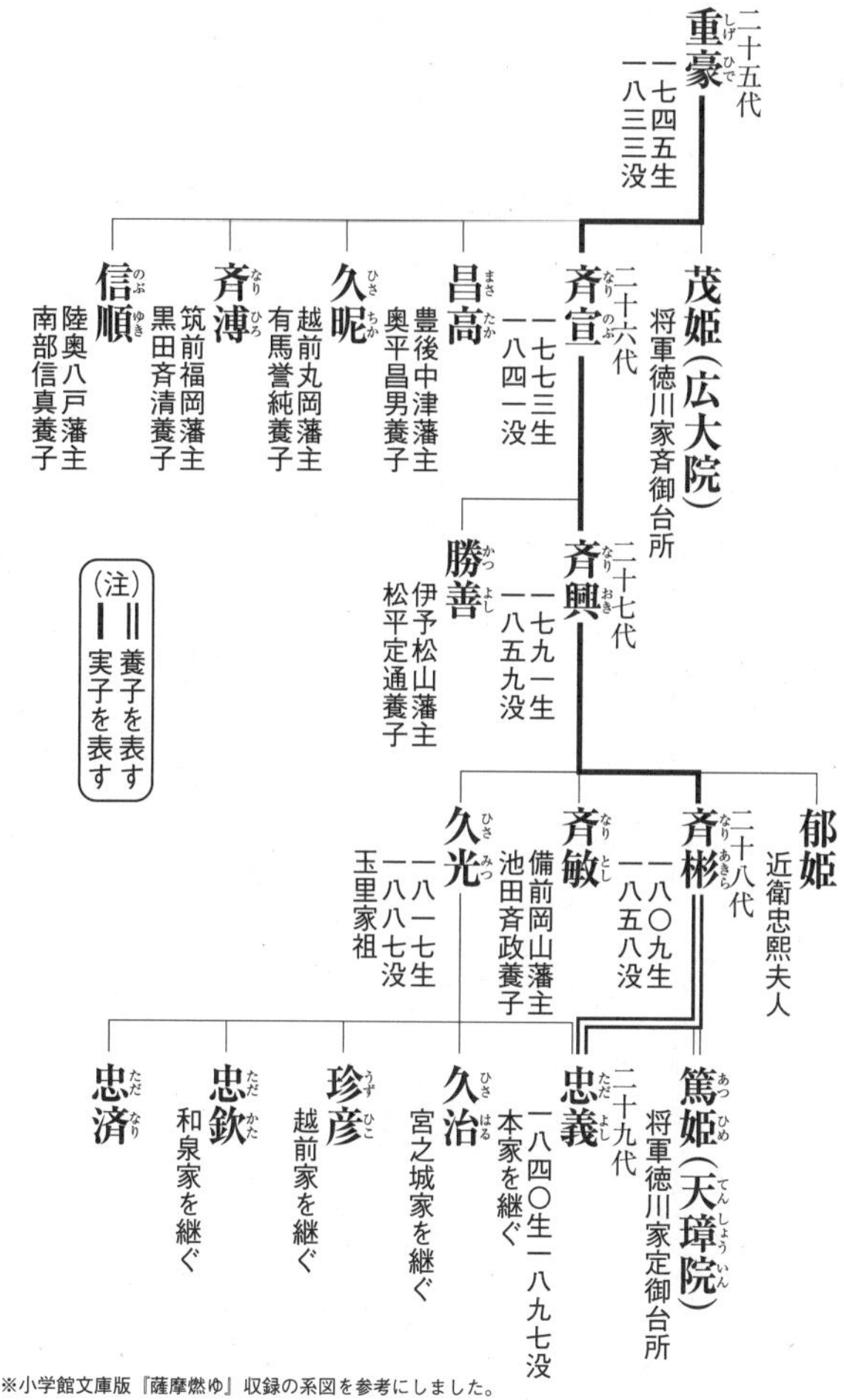

重豪《しげひで》 二十五代 一七四五生 一八三三没
茂姫（広大院） 将軍徳川家斉御台所
斉宣《なりのぶ》 二十六代 一七七三生 一八四一没
昌高《まさたか》 豊後中津藩主 奥平昌男養子
久昵《ひさちか》 越前丸岡藩主 有馬誉純養子
斉溥《なりひろ》 筑前福岡藩主 黒田斉清養子
信順《のぶゆき》 陸奥八戸藩主 南部信真養子
斉興《なりおき》 二十七代 一七九一生 一八五九没
勝善《かつよし》 伊予松山藩主 松平定通養子
郁姫 近衛忠煕夫人
斉彬《なりあきら》 二十八代 一八〇九生 一八五八没
斉敏《なりとし》 備前岡山藩主 池田斉政養子
久光《ひさみつ》 一八一七生 一八八七没 玉里家祖
篤姫《あつひめ》（天璋院《てんしょういん》） 将軍徳川家定御台所
忠義《ただよし》 二十九代 一八四〇生一八九七没 本家を継ぐ
久治《ひさはる》 宮之城家を継ぐ
珍彦《うずひこ》 越前家を継ぐ
忠欽《ただかた》 和泉家を継ぐ
忠済《ただなり》
（注）‖ 養子を表す ┃ 実子を表す

※小学館文庫版『薩摩燃ゆ』収録の系図を参考にしました。

第一章　借金五百万両

一

天満橋《てんまばし》は淀川にかかる長さ七十余丈（約二百十メートル）の大橋である。

橋の北詰には天満青物市場や川魚市場が開かれ、南詰には小売り商が店を並べる通りがあって、大勢の買物客でにぎわっていた。

橋の南東には大坂城の戌亥櫓《いぬいやぐら》がそびえ、そのはるか向こうには生駒山が横たわっている。仕事に追われて急ぎ足で橋を渡る商人《あきんど》たちも、思わず足を止めて見入るほどの景勝の地だった。

文政十一年（一八二八）の晩秋の夕暮れ時、この橋を疲れ果てた足取りで南へ渡る初老の武士がいた。

肩幅の広いがっしりとした体付きで、白毛まじりの髪を集めて申し訳程度に小さな髷《まげ》を結《ゆ》っている。あごのとがった面長の顔立ちで、切れ長の目と眉尻《まゆじり》が下がっているのでいかにも好々爺《こうこうや》といった感じがするが、黒い瞳《ひとみ》は意志の強そうな鋭い光を放っていた。

男の名は調所笑左衛門広郷《ずしょしょうざえもんひろさと》。薩摩藩主島津斉興《しまづなりおき》の側用人《そばようにん》である。

十五歳の時に斉興の祖父重豪《しげひで》に茶坊主として仕えて以来、五十三歳になるこの年まで君側にあって御用をつとめることが多かったが、このたび藩の財政改革主任に抜擢《ばってき》され、金策のために大坂に出てきたのだった。

当面の目標は、年の瀬の支払いに必要な三万両を工面することである。

笑左衛門は市中の豪商を訪ね歩いて借金を申し込んだが、古くから取引きのある鴻《こう》池屋《いけや》や天王寺屋、平野屋などからは「お宅とのお付き合いは、ひと昔前に終りましたさかい」と素っ気なく断わられ、近年台頭してきた両替商などからは「担保がのうては貸せまへんな」とけんもほろろに追い出された。

そうしている間に時間ばかりが過ぎ、すでに十一月の半ばである。このままでは主従そろって年も越せない窮地に立たされていた。

（さてもさても、困ったものじゃ）

笑左衛門はゆるやかな弧を描いて淀川にかかる天満橋を、欄干につかまりながら登りつづけた。

これほど八方塞《ふさ》がりになれば、並の者ならとうに音を上げるところである。だが笑左衛門は打たれ強くへこたれない性格で、このまま引き下がってたまるかと己れを励ましつづけていた。

長い橋を登りきると、目の前に大坂城の多聞櫓の白壁が連なり、その西側に巨大な街が広がっていた。

坂や森の多い江戸とちがって、大坂は平地に家屋が密集し、その間を川や道路が縦横に走っている。広大な敷地を占める武家屋敷も少ないので、商家や民家がびっしりと建ち並んでいた。

ここは日本一の商都である。この国のほぼ中央に位置している上に、瀬戸内海や淀川などの水運にも恵まれているので、全国の産物がこの地に集まり、商人たちの手によって売りさばかれているのだった。

（この街には日本中の富が集まっている）

商家を訪ね歩いたお陰で、笑左衛門はそのことを改めて実感していた。

年間数十万両の商いをする店も百軒近くにのぼる。それなら三万両くらい貸してくれる者はどこかにいるはずだと、気を取り直して橋を下っていった。

笑左衛門は橋の南詰を西に折れ、八軒家《はっけんや》ぞいの道を足取り重く歩きつづけた。

道の北側には土手が築かれ、その向こうには淀川の船着場がある。ここから十里ほど上流にある伏見まで三十石船が通い、旅客や積荷を運んでいる。ちょうど船が着いたばかりで、土手の石段を五、六十人ばかりの旅人が陽気な足取りで下りてきた。宿の客引きたちがそれを待ち構え、かまびすしい声を上げて旅籠《はたご》に誘っていた。

天神橋を過ぎ、東横堀川にかかる今橋を渡ると、土佐堀通りがつづいている。北浜と呼ばれる一帯には、現代でも大手の証券会社が密集しているが、この頃にも天五、平五と呼ばれた天王寺屋五兵衛、平野屋五兵衛ら豪商が軒を連ねていた。米の仲買いや両替商、鉱山開発、大名貸などで巨万の富を築いた者たちである。屋号を染め抜いた巨大な暖簾《のれん》をかかげた通りを歩いているうちに、笑左衛門はもう一度平野屋を訪ねてみる気になった。

これで四度目。しかも今日の午前中に訪ねて素っ気なく断わられたばかりである。とても足を運べる立場ではないが、窮すれば通ずということもある。駄目でもともとという開き直った気持もあって、平五と記された山吹色の暖簾をくぐって店先に立った。

店の者はすぐ応対に出た。

午前中に会った喜助という手代頭《てだいがしら》である。もはや番頭さえ出てこないところに、相手の本心が露骨に現われていた。

「これは調所さま。たびたびお運びいただきまして有難うございます」

喜助は三十がらみの物腰の柔らかな男だった。

「店の前を通りかかったものでな。もしやと思って立ち寄ってみたのだ」

笑左衛門は案内されるまま、土間の脇の待合い室に入った。

「それで、このたびはどのようなご用件でございましょうか」

「さっきと同じじゃ。三万両を用立ててくれるように、店の主人に伝えてもらいたい」

平野屋は両替商として巨財を成した豪商で、その創業は鴻池屋より早く、資産は天王寺屋に勝っていた。

その実力がどれほどのものだったかは、これから五年後に起こった天保の飢饉《ききん》の際に、平野屋五兵衛が七万八千五百九十五軒にのぼる大坂市中の借家全世帯に、一軒あたり白米一升ずつの施行《せぎょう》をしたことからもうかがえる。

経済的実力から言えば、薩摩藩七十七万石といえども足許《あしもと》にも及ばない相手だった。

「あいにく主人は所用で外出しておりますので」

「どこに行った」

「八百屋町筋の店と存じますが、詳しいことは聞いておりません」

「さっきの話は伝えたか」

「もちろん伝えましたが、結果は手前が申し上げた通りでございます」

薩摩藩との縁は、十五年前に切れている。新たに取引きをしたいのなら、保証金十万両を入れるかそれ相当の担保を差し出せというのである。

「午前中にも言ったが」

笑左衛門は出された番茶を苦い顔をして飲み干した。

「当家の米や産物は、数年先まで担保に入っておる。それに十万両どころか千両も工面できぬ窮地に立たされているのだ」

「お気の毒ではございますが、信用貸しはしないのが手前どもの家訓でございますので」

「それを承知で頼んでおる。このままでは江戸にも国許にも戻れぬのじゃ」

笑左衛門は眉尻を下げて途方にくれた表情をした。

「お立場はお察しいたしますが、商いは施しではございませんので」

喜助は年若い丁稚《でっち》を呼び、玄関先まで送るように申し付けた。

店を出てふり返ると、これ見よがしに塩をまいている。まるで疫病神かなめくじのような扱いだった。

半年前の四月七日——。

笑左衛門は斉興の祖父重豪に急ぎの出府を命じられ、取るものも取りあえず江戸へ向かった。

主君斉興のお国入りに従って帰国している最中だったが、斉興の後見役として隠然たる力を保っている重豪の命令には逆らえなかった。

江戸までの旅程は鹿児島から小倉まで陸路七日、瀬戸内海の船中七日、大坂から江戸まで陸路八日、計二十二日が普通で、これを中急ぎという。

急ぎの出府とはこれを四日間も短縮しなければならないので、初老の身には負担が大きかった。

江戸に着いたのは四月の二十五日である。

品川宿の中ほどには桜の名所として知られる御殿山《ごてんやま》があるが、すでに花は散り失せて息苦しいほどの新緑におおわれていた。

そこから一里ほど府内に進むと、目の前に江戸湾が忽然《こつぜん》と現われた。ゆるやかな弧を描いた海岸には松並木がつづき、白砂の浜を静かに波が洗っていた。

江戸湾に面したなだらかな丘は、高輪台《たかなわだい》と呼ばれている。薩摩藩上屋敷はその一角にあった。

広大な敷地に築地塀《ついじべい》を高々とめぐらし、いかめしい表門を構えている様は、島津家七十七万石の威風を伝えて余りあるが、一年ぶりに戻った藩邸の荒廃は隠しようもなかった。

築地塀の白壁は所々はがれ落ち、竹で組んだ壁下地があらわになっている。長さ五間ばかりにわたって壁が崩れ、屋敷の中が丸見えになっている所もあった。

がらんとした屋敷には、人の姿もまばらである。藩からの扶持《ふち》はもう一年以上も滞っているので、多くの者が内職をして糊口《ここう》をしのいでいた。

笑左衛門は御前に伺候《しこう》する前に側用人の猪飼央《いかいなか》を訪ねた。

央は笑左衛門より十七も年下だが、長年重豪の側役をつとめた実直この上ない男である。まず気心の知れた央に会って、重豪の様子や急ぎの出府を命じた理由を確かめておきたかった。

「それが近頃は、我らにもご胸中をお明かしにならぬのでござる」

央は細面《ほそおもて》の顔に困惑した表情を浮かべた。

「部屋に引きこもっておられるのか」

「ご老中や諸大名と頻繁に会っておられますが、厳しく人払いをなされますので、話の内容を窺《うかが》い知ることができませぬ」

「金策のことであろうか」

幕府や大名家に借金でも申し込んでいるのかと思ったが、央は分らないと首を振るばかりだった。

「国許からわざわざ呼び寄せられるからには、よほど抜きさしならぬ用事を申し付けられるのであろう。どんなことでも構わぬ。気がついたことがあれば、包み隠さず話してもらいたい」

笑左衛門は眉尻《まゆじり》を下げて笑顔を作った。

笑左衛門の名の由来となった人の心をとろかすような笑顔である。本人もその効果を知っていて、ここぞという時に使っていた。

「実は大坂表で揉《も》め事が起こったようでござる」

央が吊《つ》り出されるように打ち明けた。

「大坂といえば、出雲屋《いずもや》孫兵衛《まごべえ》から二万両を借り受けたと聞いたが」

「ところがその際の約定《やくじょう》に手違いがあって、ご老公さまはいたくご立腹なされているのでござる」

「手違いとは、どのような」

「そこまでは聞いておりませぬ。この件については高橋どのが計らっておられますので」

央は話に深入りするのを避け、側用人仲間の名を挙げて身をかわした。

薩摩藩がこれほど困窮した原因は、重豪の失策にあった。

将軍家斉《いえなり》の岳父《がくふ》に当たり、「高輪下馬将軍」と称されるほどの権勢を誇った重豪は、開化政策を推し進めようとして各方面と交際し、湯水の如く金を使った。

そのために大坂の商人たちから借金を重ね、負債総額は百二十万両にものぼった。

薩摩藩の石高は七十七万石だが、そのうち六割は藩士の給米に当てるので、島津家の蔵人高は三十万石ほどしかなかった。これを金に換算すれば、およそ二十四万両ほどになる。

実に年収の五倍もの負債を抱え込んだ重豪は、今から十五年前の文化十年（一八一三）に一方的に更始《こうし》を行なうと宣言した。

更始とは古いものを改めて新しく始めるという意味で、今日風に言えば債務放棄である。借金の踏み倒しにも等しい一方的な措置だが、商人たちにはこれに抗する術《すべ》がなかった。

大名と商人の貸借は相互の責任において行なうのが慣例で、幕府に訴え出ても相手にされなかったからだ。

しかも重豪は将軍の岳父という立場を生かして幕閣にまで手を回していたので、さしもの豪商たちも泣き寝入りするしかなかった。

ところが、である。

こんな不実なことをしたために、それ以後薩摩藩に金を貸す豪商はいなくなった。

藩米や砂糖を売りさばこうとしても、大手の仲買商は相手にしてくれないのだから、中小の仲買商に買い叩《たた》かれて収入の道は細る一方だった。

困り果てた藩の財政担当者は、豪商たちに藩の会計簿を差し出して窮状を訴え、取引きに応じてくれるように懇願した。

窮鳥《きゅうちょう》懐に入るがごとき策だが、大坂商人はそれほど甘くはない。会計簿を見て藩財政の実情をつぶさに知ると、前にも増して相手にしなくなった。

藩ではやむなく牙儈《すあい》と呼ばれる仲買人から高利の借金を重ねるようになった。

大手銀行に相手にされないので、サラ金から借りるようなものである。

しかも米も砂糖も買い叩かれているのだから借金はかさむ一方で、更始からわずか十五年で五百万両もの巨額に上ったのだった。

この危機を打開すべく登用された高橋甚五兵衛は、昨年大坂の商人出雲屋孫兵衛から二万両の融資を受けることに成功した。

ところが融資の条件をめぐって孫兵衛との間にいさかいが起こり、今年の初めからいろいろと揉めていたのである。

笑左衛門は御用部屋に置いた荷を解《と》き、剃刀《かみそり》を出して髭《ひげ》と月代《さかやき》を当たった。鏡の中には冷ややかな目をした、強情そうな初老の男が映っている。しばらくそれをのぞき込み、目尻を下げ唇を押し広げて笑顔を作った。

身分の序列によって成り立っている武家社会では、出過ぎた者はまわりの反感を買うことが多い。この笑顔は、それを避けるための楯《たて》だった。

御座の間のふすまを開けるなり、

「遅い」

重豪の鋭い一喝が飛んできた。

年に似合わぬ若々しい声で、下ぶくれの丸い顔は血色もよく背筋も真っ直ぐに伸びている。

笑左衛門が茶坊主として重豪のもとに出仕したのは十五歳の時だから、もう四十年近い付き合いだった。

「お申し付け通り、急ぎの出府をいたしましたが」

「藩邸に着いたのは半刻《はんとき》ばかり前であろう。何ゆえすぐに伺候せぬ」

「道中あわただしく、髭も月代も伸び放題になっておりましたので」

笑左衛門はここぞとばかりに笑顔を作り、頭を下げて月代を見せつけた。すでに剃《そ》る必要もないほど薄くなった頭に、猫の尻尾《しっぽ》のような小さな髷《まげ》がぽつんと乗っている。

こんなおどけた仕草をされては、重豪も二の句がつげなかった。

「これは愚妻からご老公さまに」

笑左衛門はすかさず妻の毛利子《もりこ》から託されたみやげを差し出した。重豪の好物の干し竹の子と、奄美《あまみ》大島産の黒砂糖である。

「毛利子は元気か」

「お陰さまで、つつがなく過ごさせていただいております」

「歯も抜け落ちた身には砂糖は何よりの馳走《ちそう》だが、金が仇《かたき》の世の中とはまことじゃな」

重豪が悔しげに吐き捨てた。

「いかがなされましたか」

「例の出雲屋よ。二万両を融通した見返りに、当家の砂糖を一手に商いたいなどと申しておる。やはり牙儈など虎狼のごとき輩《やから》じゃ。あまりに業腹《ごうはら》ゆえ、出入り差し止めといたした」

出雲屋も大坂で砂糖の仲買いを行なっていて、隙あらば島津家との取引きに食い込もうと狙っていた。

年間一千万斤（約六百万キログラム）にものぼる薩摩産の砂糖を一手に扱えば、相場を思いのままにあやつれるからである。

「なるほど。けしからぬ了見でございますな」

笑左衛門は当たり障りのない返答をして重豪の出方をうかがった。

「高橋も東郷も、不届きゆえ罷免した。どいつもこいつも役に立たぬ穀潰《ごくつぶ》しじゃ。もはや頼りになるのはそちしかおらぬ。この手詰まりを何とかせい」

「何とか、と申されますと」

「あのような姦猾《かんかつ》の牙儈ではなく、信用のおける者に当家の金主《きんしゅ》になってもらえ」

「おそれながら、それがしにはそのような才覚はございませぬ」

笑左衛門は平伏したまま後すさった。

高橋甚五兵衛や東郷半助の前にも何人もの専門家が財政再建に取り組み、いずれも失敗している。その結果が五百万両の借金であり、大坂の豪商からことごとく相手にされなくなった今日の状況である。

財政の素人で藩政に参画したこともない笑左衛門に、そんな難題を解決できるわけがなかった。

「才覚があるかとは聞いておらぬ。何とかせいと命じておるのだ」

「お言葉ではございますが、それがしには何ともいたしかねまする」

「主命に背くと申すか」

「出来ぬことを引き受けては、ご老公さまをあざむくことになりましょう。その方が罪が重いと存じまする」

「何もせぬうちから、屁理屈《へりくつ》を申すな」

重豪は怒りに顔を染めて仁王立ちになり、笑左衛門の鼻先に大脇差を突き付けた。

「そちは斉興の側役であろう」

「不肖の身ではございますが、有難い仰せをこうむってお仕え申し上げております」

「主君と生死を共にするのが側役の務めではないか。当家の存亡にかかわる大事の折に、主命にそむくとはいかなる了見じゃ」

「お許し下されませ。出来ぬことを引き受けてご老公さまをあざむくわけには参りませぬ。一命を賭《と》してお断わり申し上げるのが忠義の道と心得まする」

「ならばこの場で腹を切れ。主命とあらば百万の敵にも立ち向かうのが武士の道じゃ。その覚悟なき者は、薩摩の武士ではない。この刀で腹を切って言い訳とせよ」

重豪が大脇差の鞘尻《さやじり》を笑左衛門の額にごりごりと押し付けた。

「承知いたしました。お庭先を拝借いたします」

脇差を借り受け、庭に下りて着物の腹をくつろげた。

「それではひと足お先にご無礼つかまつる」

刃に懐紙を巻いて逆手に持ち、切っ先をたるんだ脇腹に突き立てようとした。

「待て」

重豪がたまらず悲鳴のような声を上げた。

「馬鹿な真似をするでない。それほどの覚悟があるのなら、何ゆえ生きて余を助けてくれぬのじゃ」

「助けてくれと、おおせられましたか」

笑左衛門は重豪を見上げて念を押した。

「ああ、申した。もはやそちだけが頼みなのじゃ」

「ならば、ひとつお願いがございます」

「申せ。何なりと」

「それがしに、財政改革に関するすべての権限を与えて下されませ」

「そのつもりで呼んだのじゃ。案ずるには及ばぬ」

「ご老公さまばかりではございませぬ。ご主君豊後守さま、世子斉彬《せいしなりあきら》さまのお墨付きもいただきとう存じます」

笑左衛門は周到だった。

四十年間君側に仕えてきた間に、重臣たちが主君の機嫌ひとつで罷免されたり切腹させられた例を数多く見ている。

一命を賭して引き受けるからには、こうしたことがないように手を打っておく必要があった。

二

笑左衛門の行手は厳しかった。

屈辱と疲れと足の痛みに耐えて大坂市中を歩き回ったが、三万両を出資しようという商人はいなかった。

師走を目前にして万事窮した笑左衛門は、出雲屋孫兵衛に掛け合ってみることにした。

重豪から出雲屋を相手にしてはならぬと固く釘《くぎ》を刺されていたが、背に腹は代えられなかった。

谷町筋にある店を訪ねるとすぐに座敷に通されたが、孫兵衛はなかなか出て来なかった。

まるで約束を反古《ほご》にされた意趣返しのようである。

それでも笑左衛門はじっと待った。もはや待たされたくらいでは腹も立たなくなっていた。

半刻ばかりしてから、ようやく孫兵衛が出て来た。

色白で細面《ほそおもて》の整った顔立ちをしているが、目付きが鋭く薄い唇をきつく引き結んでいる。

歳は笑左衛門より五つ下だが、まだ髪の色艶《いろつや》も良く、三十半ばといっても通るほどだった。

「お待たせいたしました。お久しぶりでございます」

昨年二万両の融資の話をまとめる時、二人は何度か会っていた。

「大坂も狭いな。あちこち歩き回っているうちに、いつの間にか店の前まで来ていた」

「こちらにはなんのご用で」

「あまり有難くないお役目でな」

「更始でもなされますか」

孫兵衛が唇の端に皮肉な笑みを浮かべた。

左の耳から顎《あご》にかけて、商売仇《がたき》に斬りつけられた刀傷の跡がある。笑うと傷跡が引きつれて、いっそう凄味《すごみ》を増すのだった。

「相変わらずきついな」

「約束を反古にされ、二万両を巻き上げられたも同然ですからな。あまり愛想良くもいたしかねます」

「そのいきさつは聞いた。あいにく殿のお供をして国許《くにもと》に戻っていたので、何の力にもなれなかった」

「高橋さまも東郷さまもお役御免となられました。家来がした約束など知らぬとすましておられるのですから、薩摩の殿さまもずいぶん気楽な稼業でございますな」

国許の者たちが聞いたなら、無礼討ちにしかねない暴言である。

だが今や大坂における薩摩藩の評判は落ちるところまで落ちていて、もっとひどい侮辱を受けることもたびたびだった。

「武士というものはもともと戦の職人でな。その方らのように経営の才には恵まれておらぬのだ」

「銭も商いも卑しいものだと、はなから決めてかかっておられますからな」

「ところがそうもいかぬのは、そちも知っての通りじゃ。そこで何とかせいと、このわしにお鉢が回ってきたという訳だ」

笑左衛門は財政改革主任を命じる朱印状を差し出した。

重豪、斉興、斉彬が連署し、すべてを一任すると誓約したものである。

「島津家三代にわたって信任されるとはたいしたものでございますな。しかしこのような紙切れに、何か意味がありましょうか」

都合が悪くなれば、重豪らはこの朱印状も反古にする。それでも誰からも罪を問われないではないか。孫兵衛は言外にそう言っていた。

「その方らにはないかもしれぬ。だがこのわしにとっては、ひときわ重い意味があってな」

「三代の藩主さまにご信任いただいたのですから、大層なご出世でございましょうな」

「ちがうな。三代にわたってということは、投げ出すことも逃げ出すことも許されぬということだ。やり遂げるか、これしかあるまい」

笑左衛門は苦笑しながら切腹の仕草をした。

「それを承知で、お引き受けになられたのでございますか」

孫兵衛の唇から冷笑が消えた。

「何とかせねば薩摩は亡ぶ。堪忍ならぬこともあろうが、わしの身命を賭《と》しての頼みじゃ。今一度当家のために力を貸してくれ」

「ならば明日《あす》、ご案内したい所がございます。お付き合いいただけましょうか」

一ヵ月目にして初めて見えたかすかな希望である。笑左衛門は行先も確かめずに承諾の返答をした。

孫兵衛が案内したのは砂糖会所だった。

月に何度か仲買人が集まり、砂糖の相場を決める場所である。

重豪は出雲屋のことを姦猾《かんかつ》の牙儈《すあい》と蔑《さげす》んでいたが、相場という言葉そのものが牙儈が集まって仲介値段を決めた「すあい場」から生まれたものだ。

すあい場が相場《あいば》となり、相場《そうば》と呼ばれるようになったのである。

大坂に集められた米の相場は、堂島の米会所で決められたが、他にも砂糖や油、綿、酒、金銀銭などの相場があって、投機の対象とされた。

たとえいくら米や産物が豊作でも、相場が下がれば現金収入にはつながらないので、各藩では売りさばきを信用のおける商人に一任した。

そうして藩庫に不足が生じると彼らから借金したので、いつの間にか経済面で彼らの支配を受けるようになっていたのである。

砂糖会所は殺気立った空気に包まれていた。

売り手の側に立った牙儈たちはより高く売りさばこうとし、買い手の側に立った者は少しでも安く買い叩《たた》こうとする。

大量に買い込んで値上がりを待ったり、一気に売りに出て値崩れを仕掛けたりと、現代の株式市場や商品先物取引きとまったく同じことが行なわれていた。

笑左衛門は会所に来たのは初めてだった。

噂には聞いていたが、これほど熱気と活気に満ちているとは思いも寄らず、ただ圧倒されるばかりだった。

「ここは商人の戦場《いくさば》です」

孫兵衛は取引きには加わらず、笑左衛門の案内役に徹していた。

「一日に何万両もの大金をつかむ者もいれば、大損して店を潰《つぶ》す者もいます。命がけの戦いです」

「まさに、そのようじゃな」

「この会所では一年に二十万両ばかりの取引きがありますが、大半は薩摩産の砂糖です。その取引きを一手に引き受け、相場を自在に操ったなら、思いのままに儲《もう》けられると思いませんか」

「わしにはよく分らぬが、そういうことになるか」

「なります。それゆえ一手に取り扱わせていただきたいとお願いしているのです」

「それを許可したなら、もう一度当家に力を貸してくれるか」

「先の二万両を捨て金にしたくはありません。喜んでお手伝いいたしますが、それにはひとつ条件があります」

藩で砂糖の惣買入れを行ない、すべての取引きを出雲屋に任せてもらいたい。それも口約束ではなく、重豪や斉興の朱印状で保証してほしいという。

重豪が認めそうもない難題だが、もはや孫兵衛に頼るしか現状を打開する道はなかった。

孫兵衛の動きは早かった。

平野屋彦兵衛、炭屋彦五郎、炭屋安兵衛、近江屋半左衛門の四人に笑左衛門を引き合わせ、砂糖の惣買入れと一手取引きを許されたと告げて出資を了解してもらうと、この実績を楯《たて》に大坂屈指の豪商である平野屋五兵衛の協力を得ることに成功した。

笑左衛門の出資要請には見向きもしなかった平野屋も、儲けが見込めると見て食指を動かしたのだ。

これで新しい銀主団《メインバンク》が成立し、薩摩藩再建への第一歩を踏み出すことができたのである。

問題は重豪だった。

砂糖の惣買入れや一手取引きなど論外だと出雲屋を出入り禁止にしているだけに、朱印状を出せと迫ろうものなら烈火のごとく怒るにきまっている。

そこで笑左衛門は一計を案じた。

猪飼央を通じて新銀主団が成ったのでお目通りを願いたいと上奏し、相手が出雲屋であることを伏せたまま対面の日取りを決めたのである。

十一月二十日、笑左衛門は新銀主団の代表である平野屋彦兵衛と孫兵衛を品川宿まで案内し、翌日の対面に備えた。

銀主団から重豪への献上品を高輪邸に届けたものの、自身は芝藩邸に留まったままだった。

（さて、ご老公はどうなされるか）

腹を据えて翌日に備えていると、真夜中に央が早馬を飛ばしてやって来た。

「ご老公が伺候《しこう》せよとのおおせでござる。急ぎご同行願いたい」

「どうやら、よほどご立腹のご様子だな」

そうでなければ、こんな時刻にあわてふためいて来るはずがない。さてもさても困ったものだと口にしながら、笑左衛門は大儀そうに腰を上げた。

重豪は高輪邸の書院で待ち構えていた。

「笑左、どういう了見じゃ」

顔を合わせるなり怒鳴りつけた。

書院には煌々《こうこう》と行灯《あんどん》を灯《とも》しているので、顔が赤く照らされて鬼のようだった。

「何のことでございましょうか」

笑左衛門は明かりから逃れるように身を伏せた。

「とぼけるな。銀主団の中に出雲屋の名があるではないか」

「過去のことは水に流し、もう一度取引きをお願いしたいと申しますので、さし許した次第でございます」

「ならぬ。奴は出入り差し止めと申し渡したであろう」

重豪が苛立《いらだ》たしげに脇息《きょうそく》を叩いた。

「おそれながら、それは砂糖の一手取引きを望んだゆえと伺いましたが」

「あの者は惣買入れを再開せよと求めたのだぞ。今度もまた同じ魂胆であろう」

「確かに一手取引きを許すという約束であの者たちに金主《きんしゅ》になってもらいましたが、決して出雲屋一人に許したわけではございません」

「六人の中で砂糖の牙儈は奴だけじゃ。他の五人を出《だし》に、余を欺こうという奸計《かんけい》が透けて見えるではないか」

「なるほど。おおせの通りにございますな」

笑左衛門は初めてそのことに気付いたふりをした。

「新しい銀主団に当座の金を工面してもらえる目途《めど》も立ち、ご老公さまのお申し付けを果たせた嬉《うれ》しさばかりが先に立って、そこまで慮《おもんぱか》る余裕を失っておりました。それがしの手落ちでございます」

平謝りに謝り、頭を上げて重豪を見た。

勝負所はここなのである。

「それではこの話はなかったことにして、あの者たちを引き取らせることにいたしましょう」

「待て。当座の金とはいかほどじゃ」

「五万両でございますが、ご老公さまの意に反するような仕儀となっては」

「気に入らぬ話じゃが、五万両とは馬鹿にならぬな」

藩邸では百両の金にもこと欠く有様である。五万両と聞いて、重豪の表情がにわかにおだやかになった。

翌日、庭にある小亭で二人と対面した。

士農工商という身分制を建て前とする時代のことゆえ、現将軍の岳父ともあろう者が商人ごときに目通りを許すわけにはいかない。

そこでぶらりと庭に出たところ、偶然二人が小亭にいたという形をとった。

重豪には、やると決めたらさらりとこだわりを捨てる器量がある。二人を小亭に上げ、手ずから茶をふるまって協力を求めた。

「その方らも知っての通り、我が藩の窮状は、目をおおうばかりじゃ。世に路頭に立つと言うが、今や立つことさえままならぬ。倒れ伏して死にかけている有様でな」

重豪は軽口を叩《たた》き、豪快に笑い飛ばした。

二人は一瞬戸惑った顔をしたが、重豪につられて笑い出し、座は急に打ち解けたものとなった。

「ここだけの話じゃが、今のままでは薩摩藩も幕府も立ち行かなくなる。身分も領国も鎖国も、すべての制度を改める時期に来ておるのじゃ」

これは容易ならぬ発言で、他に漏れたなら由々しき大事になりかねない。だが、重豪はそんなことに頓着《とんちゃく》する風もなかった。

「世の現状を見よ。大坂や江戸の商人たちが幕府や諸大名に金を貸し付け、思いのままに操っておる。これは我が国だけのことではない。オランダもイギリスもフランスも同じじゃ。それらの国では商売を国の根本に据え、商人をことのほか大事にしておるゆえ、大いに国が栄えておる。この国の将来を背負って立つのは、幕府や武士ではなくお前たち商人なのだ」

いささか世辞も含まれているが、これは開化政策を推し進めてきた重豪の持論だった。

文化、文政時代の特徴は、大きく言えば二つの点に集約される。

ひとつは幕府の農本主義的な統制政策が行き詰まり、商品の生産と流通、貨幣経済が異常な発達をとげたことだ。

このため諸物価が高騰し、年貢米の収入に頼っていた幕府や諸藩は財政危機に直面した。

幕府はこの危機を貨幣改鋳によって乗り切ろうと、金の含有量を落とした小判や二朱金を大量に市場に投入した。

その額は文化年間（一八〇四〜一八）だけで三千五百三十万両にも上る。

ところがこの政策は、いっそうの物価高騰と市場の混乱を招き、幕府や諸藩の首を絞める結果となった。

もうひとつの特徴は、対外危機が増大し幕府の鎖国政策が揺らぎ始めたことだ。

北方の蝦夷《えぞ》地には南下政策をつづけるロシアが迫り、寛政四年（一七九二）にはラクスマンが根室に、文化元年（一八〇四）にはレザノフが長崎に入港して通商を求めた。

南方からはイギリスやフランスの艦船が北上し、文化五年（一八〇八）にはイギリス船フェートン号が長崎に不法入港する事件を引き起こした。

これに対して幕府は、文政八年（一八二五）に「異国船打払令」を出して海防強化を進めたが、開明派の老中や大名の中には鎖国政策を改めて通商に応じるべきだと主張する者もいた。

その筆頭が島津重豪である。

中国語を自在にあやつり、長崎のオランダ商館長とも親交のあった重豪は、このまま鎖国をつづければ日本が立ち遅れるばかりだと考えていた。

そこで将軍家斉に娘の茂姫《しげひめ》を、内大臣近衛《このえ》忠熙《ただひろ》には曾孫《ひまご》の郁姫《いくひめ》を嫁がせ、縁戚《えんせき》関係を生かして通商開始への世論作りを行なっていた。

この計略は着々と進行しているかに見えたが、文政十一年（一八二八）八月になって思いもかけぬ事件が起こった。

重豪とも親交のあったオランダ商館医師のシーボルトが、国禁の日本地図などを国外に持ち出そうとしたことが発覚したのである。

そのために外国人への不信感が増大し、鎖国を堅持せよという世論が盛んになって開明派の主張は支持を失った。

重豪はこの劣勢を挽回《ばんかい》し、もう一度開化政策を推進するために、藩の財政を立て直そうとしていたのだった。

「それゆえその方たちの力が必要なのじゃ。この笑左に協力し、我が薩摩を生き返らせてくれ」

「おそれ多いご尊命をいただき、かたじけのうございます。つきましては、一言申し上げたいことがございます」

平野屋彦兵衛が頭を低くして申し出た。

「これまでご家老さまやご用人さまに代る代るご用金の拠出を求められ、どなた様を相手にしてよいか困りました。ですから今度はご改革が無事に成就なされるまで、笑左衛門さまを代えないでいただきとう存じます」

「人事は藩主の専権じゃ。そんな約束はできぬ」

重豪はにべもなかった。

「しかし、我々が銀主を引き受けましたのも、笑左衛門さまのご熱意とお人柄を見込んでのことでございます。曲げてお願い申し上げます」

「笑左衛門とて余の意にかなわぬ時は代える。だが事前にその方たちに相談することにしよう。これでよいか」

「ははっ、おそれいりたてまつります」

二人はそろって頭を下げた。

平野屋がこんな申し出をするとは、笑左衛門のあずかり知らぬことである。だが彼らにいかに信頼されているかが重豪にも伝わって、大いに面目をほどこしたのだった。

三

出雲屋孫兵衛との約束通り、重豪の朱印状を得ることにも成功した。

その内容は次の通りである。

〈一、この節趣法《しゅほう》替えに付いては治定《じじょう》相崩れざる様心掛け、掛《かかり》役人共へもきっと中付け候こと
一、産物の儀時節違《たが》えず繰登《くりのぼ》せ候様申付け候こと
一、砂糖惣買入れの儀は容易ならざることに候得共《そうらえども》、別段の存慮をもって永年相続中付け候こと
右の通り豊後守へ申し聞け、堅く取りきめ申付け候条、疑念なく相心得出精《しゅっせい》これあり候様致したく、もっとも書付の趣江戸、大坂、国元役人共へも申付け置くべく候、よって件《くだん》の如し〉

第一条は、今度の財政改革においては取り決めた方針を変更しないよう心掛けると約束したものである。

第二条は薩摩の産物を時期を違えず大坂に運搬するよう申し付けたものだが、もっとも重要なのは第三条だった。

重豪が拒んでいた砂糖の惣買入れ制を復活し、出雲屋孫兵衛に一手取引きの永年相続を認めたのだから、笑左衛門らの全面勝利といっても過言ではない。

この決定に従って薩摩産の砂糖一千万斤の販売はすべて孫兵衛に委《ゆだ》ねられたばかりか、そのうちの百万斤については一斤につき二厘の手数料を毎年支払うことになった。

これだけで銭二百貫、小判にすれば三百三十四両になる。その上孫兵衛を家臣なみの待遇として十人扶持《ぶち》を与え、江戸藩邸内に長屋を与えて「一往居付《いつき》」とした。

同時に笑左衛門も「一往定府《じょうふ》」と呼ばれる江戸常駐を命じられ、孫兵衛と二人三脚で財政再建に当たることになった。

文政十二年（一八二九）の早春、二人は砂糖黍《さとうきび》の生産状況を視察するために奄美《あまみ》大島に向かった。

奄美大島、喜界島《きかいがしま》、徳之島の三島は、道之島と呼ばれていた。琉球へ渡るための懸け橋という意味である。

この三島が薩摩領となったのは、慶長十四年（一六〇九）に島津家が琉球王国を武力で制圧し、三島の割譲を実現したからだ。

以来、熱帯性の気候を生かした砂糖黍栽培に力を入れ、薩摩の黒砂糖として全国に販売してきたのである。

鹿児島に立ち寄った笑左衛門と孫兵衛は、宮之《みやの》原源之丞《はらげんのじょう》や肥後八右衛門ら島役人の経験者をともなって奄美大島に渡った。

薩摩半島の南端にある山川港を出港し、三日の間船に揺られて名瀬《なぜ》の港に着いた。

二月の半ばだというのに真夏のような太陽が照りつけ、空は透き通るように青く、海は藍色《あいいろ》に輝いている。

島の植生は豊かで、山も野原も鮮やかな緑色におおわれていた。

出迎えた島役人たちは歓迎の酒宴の仕度を調えていたが、笑左衛門は応じなかった。

「このたびのご趣法替えは、藩の命運をかけたものじゃ。これまで種々の接待や贈答があったやに聞き及んでおるが、そうした悪弊は今後は断ち切らねばならぬ」

上陸早々厳しく戒めた。

翌日から島中を歩き、砂糖黍畑や砂糖工場を見て回った。

ちょうど黍の刈り取りの時期で、海岸ぞいの丘に広がる畑では大勢の島民が働いていた。

黍は背丈が一丈（約三メートル）ばかりもあり、茎の長径は一寸ちかくもあるので、刈り取るだけでも骨身にこたえる。

しかも葉を落として束にし、工場まで運ばなければならないのだから、壮健な者でなければ務まらない重労働だった。

工場では刈り取った黍を搾り機にかけ、砂糖の原液となる水分を取り出していた。

その原液を煮詰めて黒砂糖にし、樽《たる》に詰めて出荷するのだが、年間七百万斤（約四百二十万キログラム）という莫大《ばくだい》な量にのぼるので、樽の用材となる榑木《くれき》や、樽の箍《たが》にする竹を確保するのも容易ではなかった。

十日間に及んだ視察を終えると、笑左衛門は同行の役人たちと今後の方策について話し合った。

「惣買入れ制をどのように実施し、収益の実《じつ》を上げていくか。忌憚《きたん》なく意見を聞かせてもらいたい」

「こん島における過去十年の砂糖の生産高はこん通りごあんど」

かつて代官付役として大島に赴任していた宮之原源之丞が、書付けを差し出した。

文政二年には七百六十万斤、大豊作だった文政七年には八百五十七万斤、不作の文政九年には五百四十二万斤。

平均すればおよそ七百万斤ほどだった。

「畑の面積と島民の数から考えても、これ以上の増産は無理でごあんそ。砂糖の質を向上させて高く売る以外に方法はなかと思いもす」

「おおせの通り品質さえ上がれば、今の値段の三割から四割増しでさばけましょう」

孫兵衛がすかさず応じた。

「品が良ければ引き合いも多く、相場を動かす上でも有利になります。それに重要なのは、生産から運搬、販売までを一手に無駄なく取り仕切ることです。惣買入れ制にするからには、薩摩の砂糖は一斤たりとも他に流れないようにしていただきとう存じます」

一手取引きによって相場をあやつろうとしている孫兵衛が、こう主張するのは無理もなかったが、実現するのはそれほど簡単ではなかった。

薩摩藩と奄美大島の島民との間には、砂糖の生産をめぐる暗い歴史があった。

初めてこの島に「黍検者《きびけんじゃ》」を置いて砂糖の生産を監督させたのは元禄八年（一六九五）のことだが、それ以後藩の財政が悪化するにつれて収奪は強化されていった。

延享《えんきょう》二年（一七四五）に藩では「換糖《かんとう》上納令」を発し、年貢米のかわりに砂糖を納めるように命じた。

これを皮切りに砂糖黍栽培の規模を拡大し、収奪の手段も多様化していったが、安永六年（一七七七）に島津重豪が実施した砂糖の惣買入れ制によって、島民の窮状は頂点に達した。

藩では三島内の耕地すべてに砂糖黍を植えるように強制し、祭礼まで禁止して働く日数を定め、ひたすら砂糖の増産に当たらせた。

しかも生産した砂糖は藩が法外な安値で買い上げ、島民には少しの余剰も残さぬようにした。

このために労働意欲が低下して砂糖の減産を招いたばかりか、砂糖黍の凶作によって数千人の餓死者を出すという惨状を呈した。

これを憂えた重豪の嫡男斉宣《なりのぶ》は、天明七年（一七八七）に惣買入れ制を中止し、従来砂糖一斤につき米三合と交換していたものを米四合に引き上げた。

しかも一定量の砂糖（藩ではこれを定式糖《じょうしきとう》と呼んだ）だけを買入れ、残りは島民の裁量に任せることにした。

そのために島民の手に残った砂糖（これを余計《よけい》糖と呼んだ）はそれぞれ勝手に売りさばかれ、大坂の市場に流れ込んでいた。

また藩が買入れた定式糖も、担当の役人が帳簿をごまかしたり運送を請け負った船頭が一部を抜き取ったりして（これを抜砂糖と呼んだ）、同じく市場に流れ込んでいた。

「まずは人心を一新しなければならぬ。三島方《さんとうほう》という新しい組織を作り、その方ら有為の人材を登用して、惣買入れ制の徹底と砂糖の品質の管理に当たってもらう」

笑左衛門は源之丞や肥後八右衛門らを頼もしげに見やった。

いずれも意気に感じる薩摩武士である。信頼して任せたなら、必ずやり遂げてくれるはずだった。

「次に廻船《かいせん》を整備し、大坂への輸送を円滑にしなければならぬ。当面は銀主団からの融資によって費用をまかない、やがては自前の船を建造して回漕《かいそう》に当たらせる。さすれば時節を違《たが》えることなく、市場に砂糖を送り込むことができよう」

「ひとつお伺いしてもよろしゅうごあんどかい」

八右衛門がためらいがちに口を開いた。

「島民の間には惣買入れに対する根強い反対があいもす。先に行なわれた時には、働く意欲を失う者や飢饉《ききん》によって餓死する者も少なからずおいもした。こんことについては、どげんお考えごあんどかい」

「惣買入れ制の実施は、ご老公がご朱印状によって命じられたことじゃ。いかなる困難があろうとやり遂げねばならぬ。飢饉には米を貯《たくわ》えて備えるが、働く意欲を失うなどという身勝手を許してはならぬ。監視を厳重にし、厳罰をもってのぞむしかあるまい」

笑左衛門が鹿児島の自宅に戻ったのは、文政十二年（一八二九）の五月末だった。

家族と再会するのは、昨年四月に急ぎの出府を命じられて以来である。

明日《あす》には江戸へ発《た》たなければならないので、家族水入らずで過ごしたい気持もあったが、視察に同行した者たちを呼び寄せて酒宴を開くことにした。

「戻ったぞ」

玄関の戸を無雑作に開けて声をかけた。

屋敷は五十石取りの側用人の頃のままで、暮らしぶりも質素なものだった。

「まあ、お帰いやったもんせ」

妻の毛利子が髪にかけた手ぬぐいを取って出迎えた。

十二年前に娶《めと》った二十二歳も下の後添いである。気立てがよく潑溂《はつらつ》としていて、細《ほそ》面《おもて》のすっきりとした顔立ちをしていた。

「仕事で道之島まで行ったもんでな。立ち寄ってみた」

「そいはご苦労さまでございやった」

「子供たちは元気か」

「奥で手習いをしちょいもんど。これ、父上さまがお帰りですよ」

その言葉を待っていたように奥のふすまが開き、厚子と安之進が顔を出した。

厚子は十一歳、安之進は九歳。毛利子との間にさずかった孫のように年の離れた子である。二人とも毛利子に似て利発な質《たち》だが、久々に会うので固くなっていた。

「ほれ、こけ来い」

笑左衛門は二人を両手で抱き上げた。ずしりと重く老骨には手に余るほどだが、その手応《てごた》えがたまらなく嬉《うれ》しかった。

「笑太郎は勤めか」

「はい。早番じゃっで、申《さる》の刻には下城なされるっち思います」

笑太郎は先妻との間に生まれた長男で、二十八歳になる。すでに妻子もあるので、近くに屋敷を拝領して別居していた。

「今日は仕事始めの酒宴じゃ。手早く酒の肴《さかな》をつくっくれんか」

奄美大島で買い込んできた海草や干物の包みを押し付けた。

「まあ、よか匂いごあんさなぁ」

毛利子も心得たものでたすき掛けして仕度にかかった。

笑左衛門は酒が好きで、城下の町奉行を務めていた頃には、たびたび部下を集めて大酒を飲んだ。

奉行職の手当てだけでは酒代が足りないので、毛利子の親元から仕送りしてもらったほどだが、それでも毛利子は嫌な顔ひとつせずに仕えてくれたものだ。

その頃の経験があるので、大人数の接待も手慣れたものだった。

「それでは手前も手伝いましょう」

孫兵衛も厨房《ちゅうぼう》に入って料理を手伝った。

男尊女卑の気風が強い薩摩では、男子が厨房に立つのは恥ずべきこととされていたが、孫兵衛は一向に平気だった。

「釣りが好きで、時々自分で料理するものですから」

そんなことを言いながら、手際良く干物を焼いている。

理詰めで冷淡な男とばかり思っていた孫兵衛の、思いがけない一面だった。

夕方になると部下たちが三々五々と集まり、にぎやかな酒宴となった。

酒は薩摩の芋焼酎《いもじょうちゅう》だった。

匂いがつんと鼻につくが、薩摩で生まれた者にはこの味わいが何ともいえず有難いのである。

「不思議なもんじゃ。江戸ではそげん旨《うま》かとも思わんどん、国許《くにもと》で飲むと格別な味がすらいなぁ」

笑左衛門がお国言葉で言うと、源之丞らがどっと笑った。

「それは水と空気がちがうからではござらんか」

「いやいや、奥方さまがお側におられるからに決っておっじゃなかか」

生真面目な役人たちが、そんな軽口を飛ばしながら旨そうに焼酎を傾けた。

やがて城勤めを終えた笑太郎が、数人の同僚をつれてやって来た。

笑太郎も小納戸《こなんど》頭取となり、笑左衛門と同じ道を歩み始めている。この機会に孫兵衛と引き合わせ、大坂商人の考え方を学ばせようとしたのだった。

初めは後込《しりごみ》していた孫兵衛も、たってと迫られて持論を開陳し始めた。

「お武家さま方は忠孝という儒教の教えに従って国を治めて参られましたが、はたしてこのようなやり方が今の世の中で通用するでしょうか」

なかなか堂に入った話しぶりである。

「商人は欲に駆られて利をかすめ取るゆえ、四民の中で一番下に位置するものと定められておりますが、売買は決して不正の行ないではございませぬ。売り手と買い手がいるから取引きが生じます。商人は知恵と経験を生かし、手間暇をかけて取引きの仲介をするのですから、その働きに見合った報酬をいただくのは当然でございましょう」

「じゃっどん、不当に利をむさぼる商人がおって、民百姓を苦しめちょっとが現状じゃなかか」

笑太郎の同僚が反論した。

「それは事実ですが、だからといって売買を禁じたなら国は成り立ちません。また儒教の教えをふりかざして商人に徳を求めても、問題を解決する方策とはならないでしょう。大事なことは売買こそ国の基本だという考えに立ち、それに見合った制度に改めることです。そうしない限り、民百姓の苦しみを救うことはできません」

「売買が国の基本とは、どげんことじゃろかい。米や産物こそ基本じゃなかどかい」

「人々が自給自足で生きていた頃なら、米や産物が基本となっていたでしょう。ところが今はいくら米を作っても、大坂で売りさばいて金に換えなければ藩を維持することはできません。それなのにお武家さま方は売買を下賤《げせん》の生業《なりわい》だと決め付け、商いについての知識を持とうとなされないから、借銭に苦しみ治世にさえ支障をきたすのです」

「武士が商いを始めたら、商人と変わらんじゃなかか」

「そうです。それゆえ売買を国の基本とし、誰もが隔《へだて》なく商いを行なえるようにするべきなのです。いささか語弊があるかも知れませぬが」

孫兵衛は口ごもり、笑左衛門を見やった。

これ以上踏み込んだ話をしてもいいかと問いかけたのである。

「これは身内の無礼講じゃ。思うところをお話し下され」

笑左衛門も先を聞きたくなっていた。

「実はお武家さま方も昔から商いをしておられます。主君への忠義と申しますが、君は臣へ知行を与えて働かせ、臣は君に力を売って扶持《ふち》を得ているのですから、日々己れを売っておられるも同じでございます」

こうした考え方は、孫兵衛の独創ではなかった。海保青陵《かいほせいりよう》ら経済思想家が、イギリス古典派の労働価値説の影響を受けて展開したもので、すでにいくつかの著書も世に出ていたが、世間にはそれほど普及していない。

まして薩摩は士風を尊ぶ国柄だけに、笑太郎も同僚たちも腑《ふ》に落ちぬ顔をして不機嫌そうに黙り込むばかりだった。

四

惣買入れ制の再開はその年の暮れに正式に決定され、翌年から実施される運びとなった。

この準備と監督のために、調所笑左衛門は一月下旬に大坂へ向かった。

伏見から三十石船に乗って八軒家の船着場まで下り、今橋の近くに開いた孫兵衛の店に立ち寄った。

このあたりは天王寺屋五兵衛や平野屋五兵衛の店が並ぶ大坂商業の中心地である。すぐ側を大川と東横堀川が流れているので、水運の便にも恵まれている。

孫兵衛は薩摩糖の一手取引きを始めるにあたり、利便性と格式を考えてこの地に移転したのだった。

雲を描いた巨大なのれんをくぐると、すぐに客間に案内された。

新築したばかりで何もかもが真新しい。柱や畳の香りも清々《すがすが》しく、屋根の雨漏りさえ修理できない薩摩藩邸とは雲泥の差があった。

「これが双方の立場を如実に表わしているな」

孫兵衛と顔を合わせるなり、屋敷のちがいに言及した。

「こんなものは器に過ぎません。砂糖の取引きさえ軌道に乗れば、薩摩藩のご内証も豊かになりましょう」

孫兵衛は自信にあふれ、いっそう若々しくなっていた。

「この夏の収穫分から惣買入れを実施する。定式糖ばかりか余計糖もすべて買い上げ、一斤たりとも抜砂糖がないよう厳重に検査することとした」

「検査はどのようになされますか」

「三島に役人をつかわし、砂糖の生産高を調べ上げる。島の港でも積荷を検査するが、船を山川港に入れて三島方の役人が重ねて検査し、大坂にさし上らせることにする」

三島の砂糖はすべて買い上げるのだから、砂糖の生産高と山川港で検査した量は一致するはずである。

こうした検査を厳重にすることで、島民が砂糖を横流ししたり、島役人が不正に帳簿を操作したりすることを防ぐことができる。

また山川港で検査した量と孫兵衛に渡った量を突き合わせれば、船の中での抜き取りも摘発できるはずだった。

「船の手配はととのえてくれたろうな」

「ご安心下さい。五軒の廻船《かいせん》問屋が手ぐすね引いて待っております」

抜き取りの悪弊を断ち切るために、これまで薩摩藩と取引きしていた問屋とは手を切り、孫兵衛が仲介した者たちに任せることにしていた。

「ところが問題がひとつございます」

「何かな」

「砂糖の輸送をすみやかにするためには、船を三島に直行させなければなりません。しかしこれでは行きが空船になり、経費が高くつくことになります」

従来の廻船は大坂で荷物を積み込み、途中の港で売りさばきながら三島に向かっていたので、費用も安くついた。

ところがこの方法では、相場をにらんだ迅速な輸送はできない。そこで孫兵衛は専用の船を借り上げようとしていたが、経費高という問題に直面していた。

「ご無礼とは存じますが、砂糖の買い上げ費用はいかがなされますか」

「今は支払う余裕がない。当面は藩札《はんさつ》を出して買い上げるしかあるまい」

「ならば現物で支払いをなされたらいかがでございましょうか」

「現物とは、何の現物じゃ」

「島民が必要とする品物を大坂で買い込み、代金のかわりに渡すのです。そうすれば行きが空船になることもございません。島民にも藩札よりは喜ばれるのではないでしょうか」

大量に仕入れれば安く買うことができるし、大坂下りの品なら島民に高く売りつけることもできるのである。

「なるほど。それは一石二鳥、いや三鳥かもしれぬな」

笑左衛門の大坂滞在は一ヵ月以上に及んだ。

やるべきことは孫兵衛との打ち合わせばかりではなかった。

惣買入れ制の実施によってこの先どれほど砂糖の売り上げが見込めるかを見積り、平野屋五兵衛ら銀主団に切れ目のない融資を確約してもらわなければならなかった。

「文政二年から十二年までの砂糖の売り上げ代金は、総額百三十六万六千両じゃ。惣買入れを行なえば取引き量が格段に増える。品質向上にも万全を尽くすゆえ、次の十年で収入は倍増するであろう」

笑左衛門は孫兵衛と作り上げた資料を銀主団に提示し、はったりめいたことまで言って最大限の協力を求めた。

その間にも惣買入れ実施のための組織を整備しなければならない。こちらは三原藤五郎を三島方の頭取に、宮之原源之丞を奄美大島代官に任じ、二人の裁量に任せることにした。

桜が満開の花をつけた頃、源之丞から長い文が届いた。

大島代官として赴任する直前にしたためたもので、代官所の組織の改正案と惣買入れへの対応策についての報告書が同封してあった。

従来三島には代官、付役、横目《よこめ》が派遣され、郷士《ごうし》格となった島の有力者と協力して支配に当たっていた。ところが本国から遠くへだたっているので、役人同士の癒着と不正が横行する弊害があった。

そこで今度は、黍横目《きびよこめ》、津口横目《つぐちよこめ》、竹木横目《ちくぼくよこめ》などの役割分担を厳重にし、相互に不正を監視させることにした。

また従来の組織を統廃合して代官の権限を強化する一方、鹿児島から赴任した役人への接待や進物を禁じて癒着を防ぐことにした。

惣買入れの実施についてはすでに三島の島民に通達し、砂糖の脇売り、商人の島への上陸を禁じたという。

島民の中には、今年分の余計糖を担保にして島の有力者から金を借りている者も多いので、惣買入れ制がつづく間はこの債務を凍結するという徹底ぶりだった。

三月中旬に鹿児島に戻った笑左衛門は、三島方の者たちの陣頭に立って指揮を取り、山川港で砂糖輸送船団の入港を出迎えた。

港には戦場《いくさば》と同じように島津家重代の陣幕を張らせ、積荷の検査に当たる者には小具足姿をさせて陣笠《じんがさ》をかぶらせた。

これは戦いだという意識を、全員に植え付けようとしたのである。

「当藩の再建がなるかどうかは、ひとえに惣買入れの成功にかかちょる。泣《な》っ事《ごと》を言うな。命を惜しんな。関ヶ原の退《の》き口《ぐち》を思え」

笑左衛門は部下たちの前で仁王立ちになって檄《げき》を飛ばした。

関ヶ原の退き口――。

関ヶ原合戦の折、島津義弘《よしひろ》は一千余の手勢をひきいて西軍に属したが、小早川秀秋《こばやかわひであき》らの裏切りにあって味方は総崩れとなった。

石田三成《いしだみつなり》や宇喜多秀家《うきたひでいえ》らが背後の伊吹山中に逃げ落ちる中、義弘は敢然と東軍の中央を突破し、無事に薩摩にたどりついた。

千余の兵が百人ばかりに討ち減らされるという壮絶な退却戦だが、この戦いによって薩摩武士の名は天下に轟《とどろ》き、徳川家康に島津征伐を思い留《とど》まらせたのである。

この故事を思うだけで、薩摩の漢《おとこ》たちは感激にわななき心をひとつにする。そうした熱き血は、笑左衛門の中にも脈々と流れていた。

午前中は晴れていた空に、午後から入道雲がかかった。

青い海の彼方《かなた》に立った巨大な雲は、みるみるうちに空をおおいつくし雷雨を呼んだ。

青い稲妻が走り、地を震わせて雷鳴がとどろき渡る。

生温かい南風《はえ》が吹き始め、おだやかだった港に三角波が立ち始めた。

「船は大丈夫じゃろかい」

三原藤五郎が心配そうに空をながめた。

まだ四十になったばかりだが、示現《じげん》流の使い手で人望も厚い。その人柄を見込んで三島方の頭取に任じていた。

「追い風じゃ。心配はない」

海の彼方をにらみながら息を詰めて待っていると、

「来たど。三艘《そう》の船がこちらに向かって来よっど」

船見櫓《ふなみやぐら》で見張っていた者が声を張り上げた。

笑左衛門は待ちきれずに櫓に登った。

五十半ばになっても、江戸との往復で鍛えた足腰は丈夫である。高さ三丈もの櫓を難なく登り、望遠鏡を目に当てた。

来る。

水平線の彼方から三十反帆を張った千石船が、三艘連なってこちらに向かっていた。白い帆が追い風を受けて大きくふくらみ、さながら宝船のようである。

「来よっど。おいどんたっが宝船じゃ」

喜びに感極まり、笑左衛門は天に向かって雄叫びを上げていた。

この年十一月七日は、重豪の八十五回目の誕生日だった。

数え年八十六歳だが、まだ六十代としか思えないほど若々しく、長年の念願であった『鳥名便覧』の編纂《へんさん》を終えたばかりだった。

『南山俗語考』や『島津国史』、『成形図説』など、重豪が編纂した数多い書物の掉尾《とうび》を飾る仕事である。

この年の誕生日には、もうひとつ嬉《うれ》しい出来事があった。朝廷から従三位《じゅさんみ》に叙するという内達があったのである。

これは郁姫の婿である近衛忠熙の尽力と、金を惜しまぬ献金の賜物だった。忠久《ただひさ》以来二十五代を数える島津家の中でも、従三位に叙されたのは初代藩主となった家久《いえひさ》（義弘の子）に次いで二人目である。

それだけに重豪の喜びは一方《ひとかた》ならず、高輪邸に一門や賓客《ひんかく》を集めて盛大な祝宴を張った。

白銀邸にいた斉宣《なりのぶ》、芝藩邸の斉興、斉彬も顔をそろえ、将軍家斉や内大臣近衛忠熙の名代も上座についていた。

斉宣五十八歳、斉興四十歳、そして秀才の評判高い斉彬は二十二歳である。まことに錚々《そうそう》たる顔触れだが、この四人の江戸での滞在費だけで十万両もの大金を要するのだった。

饗応《きょうおう》の役は笑左衛門が務めた。

今年一年の砂糖の取引きで十万両ちかい利益が上がったために、今や重豪の絶大な信頼を得ている。

接待に金を惜しむなと厳命されているので、酒も肴《さかな》も引出物も最上のものをそろえていた。

酒は大坂下りの剣菱と白鶴、琉球特産の泡盛の古酒、豊後名産の葡萄酒《ぶどう》。

料理は祝いの席には欠かせない鶴、雉《きじ》、雁《がん》の三鳥《さんちょう》を始めとして、明石の大鯛《おおだい》、三陸産の蠣《かき》、江戸前の寿司《すし》など、七つの膳《ぜん》を用意していた。

百両の金にもこと欠いていた昨年とは見違えるような大盤振舞いだけに、賓客たちも薩摩藩の底力に目を瞠《みは》ったほどだ。

老公重豪も鼻高々で、終始上機嫌だった。

「余の生涯に、今日ほど嬉しかったことはない」

来客が引きあげた後、重豪は笑左衛門をねぎらうための後宴を張った。

「そちこそ臣たる者の鑑《かがみ》じゃ。この先家老に取り立て、余の名代に任ずるゆえ、引きつづき忠義を尽くしてくれ」

相好を崩して盃《さかずき》を差し出した。

「もったいないお言葉、恐悦至極に存じまする」

笑左衛門はひれ伏すようにして盃を頂戴《ちょうだい》した。

「その方らにも申し渡しておく」

重豪は急に威を正して斉宣、斉興、斉彬を見やった。

「この者は島津家の恩人じゃ。たとえ余に不慮のことがあろうと、決して粗略にしてはならぬ。余の命を聞くごとく笑左の言を聞け」

誓紙まで書かせかねない剣幕なので、子、孫、曾孫《ひまご》たちは神妙にうけたまわる以外になかった。

笑左衛門がかしこまって三献《さんこん》の酒を受け終えると、

「ところでな、笑左」

重豪がばつの悪そうな笑みを浮かべた。

無理難題を押し付ける時には必ずこんな表情をする。盛大にほめちぎったのも魂胆あってのことにちがいなかった。

「従三位という位がどのようなものか存じておるか」

「いいえ。浅学にして」

「昇殿を許された雲上人《くものうえびと》の中でも、三位以上を公卿《くぎょう》と呼び、月卿《げっけい》という。太政大臣、摂政、関白とともに朝儀に列し、主上に直接意見を奏上できる尊き役目じゃ。それゆえ古くは前《さき》つ君《きみ》とも称した」

重豪はこうした有職故実《ゆうそく》にも詳しい。少しでも間違ったことを言う者がいれば、膨大な知識を動員して完膚なきまでに打ちのめすのが常だった。

「武家の官位は形式的なものとはいえ、かたじけなくも従三位を拝した身じゃ。今後は我が藩のことばかりでなく、天下国家の安泰にも意を尽くさねばならぬ。その方らもそうは思わぬか」

斉宣以下に同意を求めた。

ちがうと言えば博識と熱弁をもってねじ伏せられるので、三人とも反論しようとはしなかった。

中でも斉宣は、文化六年（一八〇九）に藩主の座を斉興にゆずって隠居せざるを得ない立場に追い込まれている。

近思録崩《きんしろくくず》れと呼ばれるこの政変で、樺山主税《かばやまちから》や秩父太郎ら重臣十三人を切腹に処されているので、重豪の言動には一貫して冷ややかな無関心を装っていた。

「天下国家の安泰を計るには、まず我が薩摩が万古不易の備えをせねばならぬ。よって笑左」

「ははっ」

「次の三ヵ条を申しつけるゆえ、来年から向こう十年の間に何とかせい」

重豪が懐から立て文を取り出し、無雑作にほうり投げた。

「一、金五十万両

右来卯《う》年より来る子《ね》年まで相備え候こと
一、金納並びに非常手当別段これありたきこと
一、古借証文取返し候こと
右三ヵ条の趣申付け候こと」

流れるような達筆でそう記してある。

笑左衛門は二度三度とくり返し読んで、ようやく意味が呑《の》み込めた。

十年で五十万両を蓄えよ。それ以外に幕府や朝廷への上納金、非常の場合の予備費をそなえておけ。五百万両の借用証文を取り返せ。

重豪の「何とかせい」には馴《な》れているものの、これは前代未聞の無理難題だった。

五

文政十三年（一八三〇）は十二月十日に天保と改元された。

水野忠邦の天保の改革、天保金銀の改鋳、天保の大飢饉《ききん》、大塩平八郎の乱などで知られた波乱の時代が幕を開けたのである。

翌天保二年の一月末、笑左衛門は薩摩へ向かう途中に大坂の出雲屋に立ち寄った。

孫兵衛は砂糖取引きの功によって士分に取り立てられ、重豪直々に浜村の姓をたまわっていた。

「どこかお体の具合でも悪いのですか」

顔を合わせるなり孫兵衛が気遣った。

重豪に万古不易の備えを命じられて以来食が進まず、二月ばかりの間に二貫目（約七・五キログラム）ほどもやせていた。

「どこも悪いところはないが、このような仰せをいただいてな」

笑左衛門は重豪から正式に下された朱印状を示した。

内容は十一月七日に渡された立て文と同じだが、次のような但し書きがついていた。

「年来改革幾度も申し付け置き候得《そうらえ》ども、その詮《せん》これ無く候ところ、この度趣意通り行き届き満足の至りに候。ついてはいずれ万古不易の備えこれ無く候はでは、実々改革とは申し難く、よって来卯年より来る子年まで十ヵ年の間格別精勤せしめ、申し付け置き候三ヵ条の極《ご》く内用向き、浜村孫兵衛へも申し談じ、右年限中に成就致すべきこと」

これまでうまくいかなかった財政改革を、このたびやり遂げたことに満足している。

だが万古不易の備えをしなければ真の改革とは言い難いので、来年から十年間格別に精勤し、申し付けている三ヵ条を浜村孫兵衛とも相談して成就せよ。

　およそそんな意味だが、問題はその次だった。

「もっとも大坂表の儀は往返致し候ては延引に及び候に付き、取り計らい置き追って申しいずべく候。この旨豊後守（斉興）へも申し談じきっと申し付け候条、異議これあるまじく、よって件《くだん》の如し」

　黙って読み終えた孫兵衛が首を傾げた。

「大坂表の儀は、取り計らい置き追って申しいずべく候とありますが、これはどういうことでしょうか」

「古借証文の取返しと砂糖の取引きについては、そなたと談じて勝手にやって構わぬということじゃ」

「それはつまり、責任はお前たちが取れということですか」

「早く言えば、そうなる」

「五百万両の踏み倒しに五十万両の蓄え。こうなるとご老公も、賢いのか馬鹿なのか分りませんな」

　笑左衛門に同情したのか、孫兵衛が憤懣《ふんまん》やる方なげに吐き捨てた。

「我が薩摩には、上意を計るなという言葉があってな。命じられたことは理非を考えずに実行せねばならぬ。滅私奉公が忠義の基本なのだ」

「なるほど。それを伺って、この間笑太郎さまたちが怪訝《けげん》なお顔をなされた訳が分りました」

笑左衛門の家で、孫兵衛が君臣も売買の関係だと説いた時のことだ。

命を丸ごと主君に預けている者たちに、労働力を売っているという意識などあるはずがないのだから、怪訝な顔をするのも無理はなかったのである。

「死ぬ覚悟はとうに定めておるが、辛《つら》いのは人の道にはずれることでな」

笑左衛門はつい弱音を吐いた。

重豪の命を果たそうとすれば、悪鬼羅刹《らせつ》とならざるを得ない。

五百万両もの金を踏み倒せば多くの店が貸し倒れになるし、何千人もの商人たちが路頭に迷うことになる。

また五十万両もの金を作るためには、道之島からの砂糖の収奪を強化するばかりか唐物抜荷《からものぬけに》にも手を染めざるを得なくなる。

もし事が露見し、毛利子や子供たちにまで累が及んだらと思うと、夜も眠れないのだった。

「釣りにでも出ませんか」

孫兵衛が秘蔵の竿《さお》を取り出してきた。

「風は冷たいようだが、雲ひとつない上天気だ。海に出れば気が晴れますよ」

出雲屋の船で大川を下り、安治川《あじがわ》に出て河口へと向かった。

川岸は船着場となり、全国各地の産物を運んできた船がびっしりと連なっている。

河口にも荷揚げの順番を待つ船が何百艘《そう》も錨《いかり》を下ろしていた。

河口の一角には作業船や筏《いかだ》が出て、浅瀬に杭《くい》を打ち込んでいた。

「来月から町奉行の親見正路さまの肝煎《きもいり》で、市中の川ざらえをすることになりました。さらった土をあそこに運び、埋立地を作るのです」

「ほう、よく金があったものだな」

近頃の笑左衛門は、無意識にそちらの方に頭が行くようになっていた。

「金は商人が出します。船の座礁も防げるし、市中の無足人に仕事を与えることにもなるので、一石二鳥なのですよ」

いわば失業対策事業である。

この年三月から翌年末までかかって積み上げられた土砂の山が、後に天保山《てんぽうざん》と呼ばれたのだった。

その作業場を過ぎた所で船を止め、竿を出して釣り糸を垂れた。風も止み、陽射しの暖かいぽかぽか陽気である。

舳先《へさき》を並べて錨を下ろす船の列をながめているうちに、笑左衛門はふと薩摩の坊ノ津に伝わる南蛮長者の話を思い出した。

戦国時代の頃、坊ノ津の船乗りが呂宋《ルソン》や安南《アンナン》との貿易で巨万の富を築き、南蛮長者と呼ばれていた。

長者には年の離れた若い妻がいたが、いつの頃からか病をわずらい、床に伏したままの日々を過ごすようになった。

長者は妻の身を案じて南蛮の高価な薬を買い与えたが、いっこうによくならない。沈みがちな気分を引き立てるために何か望みはないかとたずねると、妻はあなたの船が見たいと言った。

「おまんさぁ南蛮長者と言われっせい大層な働きをなされちょるそうじゃっどん、私はまだそのお力がどげんもんか見たことがごわはん。死ぬ前に一度でよかんで、この目に焼きつけておきたかとです」

長者は妻の気が晴れるならと、国内ばかりか海外に出ていた船まで呼び戻して港に勢揃いさせた。

幟旗《のぼりばた》や幕で飾り立てた数百艘の船が津口にずらりと並ぶ様を見て、妻は病気も忘れるほどに喜んだが、その日の夜半に大暴風雨が港をおそい、一艘残らず沈没したのである。

笑左衛門はこの話が好きだった。

人の栄枯盛衰は儚《はかな》いものだというが、この話には海の男らしい豪気さと活力がある。たとえ全財産を失っても、この長者なら裸一貫からやり直したような気がするのだった。

魚はなかなか釣れなかった。半刻《はんとき》ばかり糸を垂れても、小魚一匹当たらなかった。

「魚はいるはずなんですが、海の底が冷たくて動かないのでしょう」

孫兵衛が申し訳なさそうに弁解した。

「釣れなくとも、充分に気晴しになった。礼を言う」

海や船をながめているだけで、追い詰められたような緊張感から解き放たれていた。

「この国の民も、魚と同じかも知れませんね。幕府の制度にがんじがらめにされて、身動きならずにいる。誰かが善悪を超えてこの仕組みを打ち破らなければ、どうにもならない時期に来ているのではないでしょうか」

「わしにそれを為《な》せと申すか」

「手前にそこまで立ち入ることはできませんが、何をなされようと地獄の底までお供する覚悟だけは定めております」

孫兵衛が笑左衛門をちらりと見やった。

役者にしたいような色白の優男《やさおとこ》である。だが顎《あご》の傷跡が幾多の修羅場をくぐり抜けてきたことを無言のうちに示しているので、ひと睨《にら》みしただけでたいがいの相手は黙り込むほどだった。

「砂糖の収益だけで間に合わぬとなると、唐物取引きに頼るしかあるまい。しかし、幕府のご禁制を破って抜荷を行なったとしても、商売になるかどうかは分らぬ」

笑左衛門は思いあぐねていたことを打ち明けた。

唐物取引きとは琉球を通じて行なう貿易のことである。

薩摩藩は慶長十四年（一六〇九）以来琉球を支配下に置いているので、幕府が鎖国を行なった後も一定量の貿易を行なうことを許されていた。

この制限を無視して密貿易を行なったとしても、禁制品を売りさばくのは至難の業である。しかも禁制品を買い入れるための金もないのだった。

「手前の取引き相手に、銭屋五兵衛《ぜにやごへえ》という腹の据った方がおられます。加賀前田家の御用を勤めておられますので、一度お引き合わせいたしましょうか」

孫兵衛の浮子《うき》がぴくりと動いた。

間髪入れずに竿を上げると、五寸ばかりの鯵《あじ》が陽光に銀鱗《ぎんりん》をきらめかせながら宙に躍った。

銭屋五兵衛は異様に顔の長い男だった。

一介の質屋から身を起こし、北前船《きたまえ》の廻船《かいせん》によって一代で百万両とも二百万両ともいわれる身代《しんだい》を築いた男である。

年は笑左衛門より三歳上で物腰は柔らかだが、何者にも動じない不敵な面魂《つらだましい》をしている。

銭屋の支店は大坂、江戸、博多をはじめ、全国三十四ヵ所にも及び、千石積み以上の持船は二十艘を数えていた。

俗に百石積みの船は一万石の所領と同じ稼ぎをすると言う。それに従えば、加賀百万石の二倍の収入があるということだった。

「茶など一服いかがかな」

出雲屋の奥座敷で対面するなり、笑左衛門は茶室に誘った。

茶坊主上がりなのだから茶道はお手のものである。茶室なら誰かに話を聞かれる心配もなかった。

「頂戴《ちょうだい》いたします」

五兵衛の作法も堂に入ったものだった。

床の間には早咲きの桜が一枝生けてある。北陸ではまだ見られない花だった。

「お話は出雲屋さんからうかがいました」

しばらく雑談を交わした後に、五兵衛が本題に移った。

「もし調所さまの方で唐物の薬種を仕入れていただけるなら、ご希望の量だけ手前どもで引き取らせていただきます」

「何万両分でも構わぬのか」

「富山の薬売りは、日本全国で商いをすることを許されております。良薬であれば、どれほどの量であろうとさばけぬことはございませぬ」

加賀藩の支藩である富山藩の薬売りは、元禄の頃から全国の行商を許され、今や、二千数百人にものぼっていた。

「なるほど。それは心強い話じゃ」

薩摩藩にも薬種取引きの経験はあった。

文政八年（一八二五）三月に、幕府から従来の唐物六種に加えて、沈香《じんこう》、阿膠《あこう》、木香《もっこう》、沙参《しゃじん》、大黄《だいおう》、甘草《かんぞう》、山帰来《さんきらい》、蒼朮《そうじゅつ》、辰砂《しんしゃ》、茶碗薬《ちゃわん》の十種類を、向こう五年間、年に銀千七百二十貫目（約金二万八千七百両）分に限って販売することを許されていた。

「ただし、ひとつ条件がございます」

「何かな」

「手前どもで扱う昆布もお買い上げいただきたい。清国《しんこく》では北方の俵物が高値で売れると申しますので、調所さまにとっても損のない商いと存じます」

五兵衛が北前船で運んだ昆布を薩摩藩が買い取り、清国に輸出して幕府禁制の薬種を買い入れる。その薬種を五兵衛が富山の薬売りに卸して全国に売りさばくという壮大な取引きである。

しかも発覚したなら即座に首が飛ぶ危険極まりない密貿易だった。

「分った。ただし各方面への根回しをしなければならぬゆえ、三月ほど返答を待ってくれ」

笑左衛門は即答をさけた。

取引きを始める前に、唐物の薬種の仕入り値や北方産の俵物の売り値を調べておきたかった。

笑左衛門はさっそく長崎会所に人をつかわし、ここ数年の昆布の輸出状況を確かめさせた。昆布は清国で珍重されているので、長崎会所でも蝦夷《えぞ》地に買い付けの船を出しているほどだった。

これなら銭屋五兵衛との取引きで充分に利益を出せるという感触を得て鹿児島に戻った。

後は薩摩、大隅両半島の港を拠点とする豪商たちに具体的な指示をすれば良かったが、その踏ん切りがなかなかつけられなかった。

薩摩は士風を重んじる国柄で、笑左衛門も物心ついた頃から儒教道徳を叩《たた》き込まれている。

嘘をつくな、盗みをするなといった教えは、血肉化しているといっても過言ではない。いかに君命とはいえ、その教えに背くのは自分を否定するも同じだった。

しかも事が発覚したなら、自分ばかりか家族も無事では済まないのである。

笑左衛門は自宅に戻ってからも、誰にも悩みを打ち明けられないまま悶々《もんもん》とした日を過ごした。

ある夜、夢を見た。

数百艘《そう》もの船が港で舳先《へさき》を並べていた。幟旗《のぼりばた》や幕で飾り立てた船が、夏の陽をあびてきらめく海に幻のように浮かんでいる。

北前船や菱垣《ひがき》廻船、清国やオランダの船もあった。

(南蛮長者の夢だ)

夢を見ながらそう思ったが、船は薩摩藩との取引きに来たものだった。

笑左衛門の改革が成功し、交易を求めてやって来た船で港は埋めつくされていた。

海辺には陣幕が張られ、島津重豪や斉興、斉彬らが祝いの酒宴をもよおしていた。

三人から代る代る酒を勧められ、笑左衛門は心地良く酔っていた。

酒宴が佳境に入った頃、この場に家族がいないことに気付いた。

毛利子や子供たちと歓《よろこ》びを分ち合いたいと思った笑左衛門は、ためらった末に妻子を呼びたいと申し出た。

すると金色《こんじき》の大皿を傾けていた重豪が、

「笑左、そのことはもう言うな」

にわかに不機嫌になり、飲みかけの酒を砂の上にこぼした。

なぜか酒が血の色をしていた。見ると重豪や斉興らの唇も真っ赤である。

笑左衛門は急に不安になり、家族を捜しに行こうとした。

だが陣幕を出ようとした途端、大勢の者たちに取り囲まれ、行く手をさえぎられた。

藩の重職たちばかりか三島方の役人たちまでが集まり、祝福の言葉を口にしながら詰め寄ってきた。

その表情がぞっとするほど冷たい。

笑左衛門の不安は押さえ難いほどにふくれ上がり、人ごみをかき分けて表に出ようとした。

「通してくいやんせ。妻子《つまこ》ば捜しに行かななりもはん」

そう言いながら前に進もうとしたが、いくらあがいても足は宙に浮いたままで、陣幕の中に押し戻されるばかりだった——。

笑左衛門は逃げ出そうともがきながら目を覚ました。

全身にびっしょりと寝汗をかいている。

はっとふり向くと、隣の夜具に毛利子が座っていた。闇の中で身を固くし、心配そうに様子をうかがっていた。

「何じゃ。起きとったか」

笑左衛門は気弱な笑みを浮かべてバツの悪さを隠そうとした。

「ずいぶんとうなされちょりましたが、非常のことがございもしたか」

毛利子が手拭《てぬぐ》いを差し出した。

「ああ。いろいろとな」

笑左衛門は首筋の汗をぬぐい、ようやく平常心を取り戻した。

「話してはくいやらんですか」

「藩の秘事に関わることじゃっで、誰にも話せん」

「夫婦は一心同体と申します。人に話したことにはなりもうさん」

「一心、同体か」

「はい。おまんさぁに嫁いできた日から、そげん決めておりもした」

毛利子の迷いのない言葉を聞いて、笑左衛門はすべてを打ち明ける気になった。

「上意とはいえ、わしが腹を切ってご老公をお諫《いさ》めすれば済むことじゃ。じゃっどん、そいじゃ何も変わらん。わが藩は借財に苦しみ、朽ち果てていっとを待つばっかいじゃ」

「おまんさぁは、おやりになりたかとでございもすか」

「こん年になってようやく巡って来た大役じゃ。やってみたかちゅう思いは強か」

同年の者たちはすでに隠居暮らしを強いられているのに、藩主三代打ちそろって薩摩を救ってくれと頭を下げたのだ。

家臣としてこれほど誇らしいことはない。その期待にどこまで応《こた》えられるか試してもみたかった。

「じゃっどんこいは、国禁を犯さんと済まんことじゃ。その方らに累が及ぶことになるやもしれぬ」

「こいは戦じゃっとですね」

「そうじゃ。長く辛《つら》か戦になる」

「そんなら妻子が運命を共にすっとは当たり前でごあんどなぁ。心置きなくやってたもんせ」

「そうか。そげん言うてくれるか」

笑左衛門の腹は決った。

今日この瞬間に、調所笑左衛門は死んだのである。これからは修羅となって薩摩藩のために事を成し遂げよう。

そう決意すると急に腹が減って来た。

「すまんが、高菜の握り飯でもつくってくれ」

毛利子が仕度する間に、笑左衛門は長崎貿易の覚え書きに目を通すことにした。

障子戸を開けると、外はまだ深い闇に包まれている。

盛んに噴煙を上げているはずの桜島は、かすかな影さえ見えなかった。

第二章　黒糖地獄

一

江戸高輪《たかなわ》の薩摩藩邸では、茶室の建築工事があわただしく進められていた。

天保三年（一八三二）のこの年、老公島津重豪《しげひで》はめでたく八十八歳の米寿を迎えた。

昨年の従三位《じゅさんみ》叙位につづく慶事である。

重豪はこれを記念して福寿亭と名付けた茶室を作り、多くの賓客《ひんかく》を招いて茶会を催すことにした。

豪気な老公のことゆえ、ひなびた茶室を一軒建てるくらいではすまさない。藩邸の一画を更地にし、築山《つきやま》を築かせ泉水をめぐらし、眼前に広がる江戸湾を見下ろす位置に、自ら設計した茶室を建てるように命じた。

しかも毎日現場に出向き、庭石の位置から檜皮《ひわだ》ぶきの屋根のそり具合まで、こと細かに指示をする。

その蘊蓄《うんちく》たるや茶道の宗匠《そうしょう》でさえ及ばないほどなので、工事に当たる者たちの苦労は並大抵ではなかった。

庭から聞こえてくる工事の喧噪《けんそう》を聞きながら、調所笑左衛門広郷《ずしょしょうざえもんひろさと》は文机《ふづくえ》に向かっていた。

遠く離れた奄美大島や徳之島では、砂糖黍《さとうきび》の刈り取りと黒砂糖の生産が最盛期を迎えている。

島からの出荷高は十日ごとに報告されるので、大坂での砂糖相場と照らし合わせながら収入の見積りを立てていた。

惣買入れ制を始めた一昨年は、九百八十万斤（約五百八十八万キログラム）の生産があり、売上げ高はおよそ十四万四千両にのぼった。

今年は作付けも良好だし、砂糖の品質維持にも力を尽くしているので昨年以上の収入が見込めるはずだが、その大半は重豪や斉興《なりおき》らの江戸での生活費として消えていく。

茶室の建設だけですでに六千五百両もかかっているが、三月十五日に予定している米寿の祝いには、将軍家斉《いえなり》の御台所《みだいどころ》となっている茂姫《しげひめ》も出席するので、酒宴も贅《ぜい》を尽くしたものにならざるを得ない。

少なくとも二万両の支出は覚悟しなければならなかった。

笑左衛門はふと溺《おぼ》れかけたような焦燥を覚え、算盤《そろばん》をはじく手を止めた。

これではいくら砂糖の増産や経費の節減につとめても焼石に水である。五十万両を蓄えるどころか、収支の帳尻《ちょうじり》を合わせるのが精一杯だった。

笑左衛門は算盤を荒々しく御破算にし、文机の前の明かり障子を開け放った。

春先のひんやりとした風に海の香りが漂っている。

大きく息を吸って気持を落ち着けると、再び帳簿と首っ引きで算盤玉をはじき始めた。

「調所どの、ご老公さまがお召しでござる」

側用人《そばようにん》の猪飼央《いかいなか》が迎えに来た。

「ご用の向きは？」

「うけたまわっておりません。急ぎ表書院に伺候《しこう》せよとのおおせにござる」

重豪の人使いの荒さはいつものことである。今度はどんな無理難題が待っているかと、笑左衛門は疲れに重くこり固まった腰を上げた。

表書院には重豪ばかりか藩主斉興《なりおき》、世子《せいし》斉彬《なりあきら》が待ち構えていた。

「取り込み中に大儀である。近《ちこ》う寄れ」

重豪が上機嫌で手招きをした。

笑左衛門は頭を低くして膝行《しっこう》し、上段の間の敷居際まで進んだ。

「そちのお陰で、我が藩の勝手向きも好転しつつある。気をゆるめることなく、なおいっそうの忠勤に励んでくれ」

「有難きお言葉、恐れ入りたてまつります」

「余もこの春国許《くにもと》に戻り、陣頭に立って改革の指揮に当たるつもりであった。ところがこの者どもが年寄り扱いしおってな。体に障るゆえ行くなと申すのじゃ」

重豪は心外極まりないと言わんばかりに斉興と斉彬を見やった。

「その上、将軍家の御台所さまからも諫言《かんげん》があり、致し方のない仕儀となった。そこで笑左」

「ははっ」

「そちに余の名代として国許に下り、万端抜かりのないように計らってもらいたい」

重豪が手を打ち鳴らすと、別室に控えていた猪飼が三方《さんぼう》に乗せた書付けを運んできた。

大目付格とし、三位様御眼代《さんみさまごがんだい》に任ず。

墨痕《ぼっこん》鮮やかに記され、重豪、斉興、斉彬の署名があった。

三位様御眼代とは聞いたこともない役職である。三位様とは重豪のことだろうが、御眼代とはいったい何のことなのか。

笑左衛門はふくよかな顔にいつもの笑みを浮かべながら、めまぐるしく考えを巡らした。

「つまりは余の眼になれということじゃ。国許の実情をつぶさに視察し、包み隠さず報告せよ。改めるべきところがあれば、余の名代として指図して構わぬ」

全権を委任するに等しい命令である。笑左衛門は昨年末に大番頭に任じられたばかりだが、これは家老をもしのぐ異例の抜擢《ばってき》だった。

「この旨は国許の者どもにも周知させておく。余になり代り、存分に腕をふるってくるがよい」

通達の儀式を終えると、重豪は笑左衛門だけを別室に呼んで壮行の宴を張った。

「そちは米寿の祝いに出るには及ばぬ。仕度がととのい次第発《た》て」

朱塗りの盃《さかずき》を与え、手ずから酒を注いだ。

笑左衛門はうやうやしく押しいただき、かしこまって飲み干した。

「ところでな、笑左」

重豪が下ぶくれの丸い顔にバツの悪そうな笑みを浮かべた。

米寿を迎えたとはいえ、まだ六十代としか見えないほど若々しい。しかもこうして済まなそうな笑みを浮かべると、何ともいえない愛敬《あいきょう》があった。

「昨年の免許外の収入はいくらじゃ」

「およそ二万七千両でございます」

免許外とは密貿易による収入のことだ。

薩摩藩は琉球を介して清国《しんこく》と一定量の貿易をする免許を得ていたが、笑左衛門はこの制限を無視し、加賀の豪商銭屋五兵衛《ぜにやごへえ》と組んで、〝免許外〟の交易を行なっていた。

「加賀と組むとはよい思案じゃが、それではとても万古不易の備えはできまい。余もこの先何年生きられるか分らぬ。もそっと急げ」

「しかし、公儀に対しましてもはばかりがございますゆえ」

「その方面は余が何とかする。伊達《だて》や酔狂で、将軍家や関白家と縁組みしたわけではないのだ」

「おおせはごもっともでございますが、万一……」

「これは私利私欲で申しておるのではない。国家百年の大計のためにも、捲土重来《けんどちょうらい》を期さねばならぬのだ」

幕府の鎖国政策をやめさせて開国を実現することこそ、重豪の長年の悲願だった。

外国の進んだ文明や緊迫していく国際情勢を知り、このままでは日本が立ちゆかなくなると考えた重豪は、誰にも胸中を明かさないまま開国に向けての遠大な戦略を練り上げ、薩摩藩の総力をあげてこれを実現しようとした。

幕府の方針を変えさせるためには、まず将軍家や有力大名家と縁組みを行ない、発言力を強めなければならない。

そこで妻の実家である一橋家《ひとつばしけ》との結びつきを強化し、一橋家斉に娘の茂姫を嫁がせた。家斉が十一代将軍になれたのも、重豪の金を惜しまぬ後押しがあったからである。

また一橋家の家老だった田沼意誠《たぬまおきのぶ》の兄意次《おきつぐ》と接近し、彼を老中にまで押し上げて開化政策を推進させた。ところがこうした政策は保守派の反発を招き、激しい暗闘の末に重豪らの敗北に終った。

第一の敗北は田沼意次が失脚させられ、松平定信《まつだいらさだのぶ》の復古政策が行なわれたこと。

第二の敗北はシーボルトが日本地図などを海外に持ち出そうとして国外追放された、いわゆるシーボルト事件である。

これによって世論は一気に鎖国堅持の方向に向かい、重豪の夢はあえなく頓挫《とんざ》したのだった。

「笑左よ。ここだけの話じゃが」

重豪が苦々しげに盃を干した。

「シーボルトの一件は、余を黙らせようとして将軍家が仕組まれたことじゃ」

「ご老公さまは将軍さまの舅《しゅうと》に当たられまする。とてもそのようなことは」

「信じられぬなら信じずともよい。だが、開国か否かをめぐって余が幕府と敵対していることは事実じゃ。やがては当家が起《た》って幕府を倒す日が来るやもしれぬ」

笑左衛門は酒の酔いもさめるほどに緊張した。

重豪がこんな大事を打ち明けるからには、御眼代に任じたのも容易ならざる目論見《もくろみ》があるにちがいなかった。

「それゆえ万古不易の備えとは、来るべき戦に備えた軍資金作りと心得よ。公儀の法《はっ》度《と》を慮《おもんぱか》るには及ばぬ。国を富ませ兵を強くすることだけを考えればよいのじゃ」

「承知いたしました。何なりとお申し付け下されませ」

笑左衛門は腹を据えた。

修羅となって重豪の命に従うと決めたからには、今さら尻《しり》ごみするわけにはいかなかった。

「免許外の収入を五倍に増やせ。道之島三島の物成りをもっと上げよ。それに国許に戻ったなら、真っ先に東雲寺の伊地知源三《いじちげんぞう》を訪ねるのじゃ」

「それは何者でございましょうか」

「行けば分る。何をするべきかは源三が告げる」

重豪が苦々しげに吐き捨てた。

後ろ暗いことがある時には、こんな言い方をするのが昔からの癖だった。


笑左衛門は三人の供を従えて二月末日に江戸を発ち、中急ぎの定め通り二十二日で鹿児島に着いた。

南国薩摩はすでに新緑の時季で、野も山も鮮やかな色におおわれていた。

気候が温暖なせいか、木や草の生命力が強く、植生も江戸とはかなりちがっている。

領国全体が火山灰におおわれた台地なので豊かな土地柄ではないが、幼い頃からなじんだ景色を見ると、笑左衛門は肩が軽くなるような安らぎを覚えた。

重豪の申し付け通り、真っ先に吉野の東雲寺を訪ねた。

山の中腹にある小さな寺である。

山門に葷酒《くんしゅ》の入山を禁じる制札がかかげられているので禅宗のようだが、名前さえ聞いたことがなかった。

山門をくぐって苔《こけ》むした石段を登ると、意外に広い境内があり、本堂と庫裡《くり》が建っていた。

かつては城だったのか、境内の周囲には高い石垣をめぐらしていた。

庫裡の玄関口に立って訪《おとな》いを入れると、七十ばかりの老僧が応対に出た。

「調所と申す。伊地知源三という者に会いたい」

「ただいま他出《たしゅつ》中でございます。しばらくお待ち下されませ」

本堂脇の客間で半刻《はんとき》ほど待つと、目付きの鋭い細身の武士が入ってきた。年は四十ばかりだろう。頬のそげ落ちた精悍《せいかん》な顔立ちで、胸元からは鋼のような筋肉がのぞいている。

示《じ》現《げん》流の並々ならぬ使い手であることは、肩や腕の肉付きを見ただけで分った。

「お待ち申し上げちょりもうした。それがしが伊地知でございもす」

源三が主君に接するように平伏した。

「待っておったとは」

「ご老公さまのご使者が四日前におじゃりもした。何事も調所さまの命に従えちゅうお申し付けにございもす」

笑左衛門が江戸を発ったと同じ日に、重豪は急ぎの使者を送ったらしい。四日の差があるのはそのためだった。

「何をするべきかはそなたに聞けと、ご老公さまはおおせられた。そのことも存じておろうな」

「承知しちょりもすが、今日はご帰国早々でお疲れでごあんそ。明日《あした》ご案内申し上げもんで、巳《み》の刻過ぎにこの寺までおじゃったもんせ」

源三の口調はおだやかだが、瞳《ひとみ》の底には隙のない冷たい光が宿っていた。

これは人を斬った者の目だ。おそらく重豪の命を受けて、闇の仕事にたずさわってきたのだろう。

笑左衛門はさりげなく源三の人品骨柄を計りながら、いよいよ抜き差しならぬ所に足を踏み込むことになると感じていた。

翌日案内されたのは、花倉《けくら》の普請場だった。

島津家は城下の北東のはずれに磯御殿《いそごてん》や仙巌園《せんがんえん》という庭園をもうけて藩主の別荘としていたが、重豪はそこからさらに四半里ほど離れた花倉に新たな御殿を建てることにした。

工事はまだ緒についたばかりで、数百人の人足が屋敷の整地と石垣の積み上げにかかっている。

四方に番小屋が建てられ、二十人ばかりの武士が監視と監督に当たっていた。

この工事について、笑左衛門は何も聞いていない。この財政難の折にどこから費用を捻出《ねんしゅつ》したのか、不思議なほどだった。

「ここに御仮屋《おかりや》を建つっちゅう予定じゃっどんが、普請の本当の目的はこちらにありもうす」

源三が五町ばかり東へ案内した。

錦江湾《きんこうわん》に面した崖《がけ》の中腹を切り開き、屋敷を建てるための整地が行なわれていた。

崖は垂直に切り立ち、眼下には波が打ち寄せている。

石灰岩の岩場をぬってつづく道は、人がやっと通れるほどの幅しかなかった。

「見晴し台か見張り番所でも建てるつもりか」

それ以外に考えられないほど不便な場所だった。

「そうではごわはん」

源三は供の者たちを下がらせ、崖の際まで笑左衛門をさそった。

「ここに製錬所を作り、山ヶ野や芹《せり》ヶ野から運んだ荒石から金や銀を取り出すとでございもす」

領内には山ヶ野や芹ヶ野などの鉱山があったが、掘削や製錬に費用がかかり過ぎるので、近年では放置されたままになっていた。

「何ゆえわざわざここまで運ぶ。製錬なら鉱山に近い場所で行なう方が便利ではないでござる」

「ただの製錬ではごわはん。銅の上に金や銀を吹き付けて、二朱金や一朱銀を作っとか」

「それは……、贋金《にせがね》を造るということか」

「ご老公さまが、そげんお命じになりもした。じゃっで人目につかんように、こげん場所に屋敷を築いちょっとでございもす」

「そうか。ご苦労なことだ」

笑左衛門は内心の動揺を笑顔で隠し、重豪の狙いを推しはかった。

幕府は今年から二朱金の改鋳に着手している。財政危機を乗り切るために、これまでより金の含有量を減らした金貨を作り、出目《でめ》（改鋳益金）を出そうとしているのだ。

この改鋳に合わせて二朱金の贋金を作れば、見破られるおそれが少ない。重豪はそう考え、公儀の法度を慮るには及ばぬと念を押したのだろう。

だがこれは、唐物抜荷《からものぬけに》よりはるかに重い罪である。それを平然と命じた重豪の執念は、空恐ろしいばかりだった。

二

鹿児島に半年ほど滞在した笑左衛門は、十月初めに大坂に立ち寄った。

八軒家の船着場で艀《はしけ》を下りると、その足で今橋近くの出雲屋《いずもや》孫兵衛《まごべえ》の店を訪ねた。

天王寺屋や平野屋などの豪商が店を並べる大坂商業の中心地だが、その中でも遜《そん》色《しょく》がないほど出雲屋は活気に満ちていた。

店の者に来意を告げると、すぐに孫兵衛が応対に出た。

「ようこそお出《い》で下されました。お知らせ下されば、迎えの駕《かご》を差し向けたのですが」

「街を歩くのも勉強になる。まるで日本中の富が集まったような賑《にぎ》わいじゃ」

これは決して大袈裟《おおげさ》ではない。日本中の米が大坂で売りさばかれるのだから、取引きの規模は江戸よりはるかに大きかった。

「国許《くにもと》へお戻りとうかがいましたが、いかがでございましたか」

「忙しいばかりじゃ。毛利子《もりこ》とゆっくり語らう暇もなかった」

「それは生憎《あいにく》でございましたな。奥方さまもさぞお淋《さび》しいことでございましょう」

笑左衛門の屋敷に泊って以来、孫兵衛はすっかり毛利子に心服している。あの方の幸せのためにも笑左衛門の後押しをしたい、と言うほどの力の入れようだった。

「ところで砂糖の売れ行きじゃが」

奥の間で対座すると、笑左衛門はさっそく用件を切り出した。

「八月までは報告を受けたが、その後の売り上げはどうじゃ」

「この通りでございます」

孫兵衛が帳簿を差し出した。

これまでの売り上げは六百八十万斤。一斤あたりの銀価は平均九分九厘七毛だから、総売り上げは銀六千七百八十貫、金価にすれば十一万三千両。

昨年の平均価格が一斤あたり八分八厘二毛だったので、一割三分ちかく値段が上がったことになる。

だが奄美大島、徳之島、喜界島《きかいがしま》の三島から出荷した砂糖は一千九十万斤（約七百万キログラム）にのぼるので、売りさばいたのは全体の三分の二にしかならなかった。

「まだ四百十万斤も売れ残っているとは、どうしたことじゃ」

「売れ残っているのではございません。これから年末年始にかけて砂糖の需要が増えますので、値上がりを待って売りに出るつもりでございます」

孫兵衛は自信満々だった。

冬場に砂糖の売れ行きが伸びるのは毎年のことである。

お歳暮としても使われるし、正月料理の黒豆の煮物や黄粉餅《きなこもち》には砂糖が欠かせないからだ。

「しかし、近頃はいずこも不景気で困っておる。砂糖があまり高値になっては、下々の者には手が出せまい」

相場とは気まぐれなものである。

欲を出しすぎて売れ残れば収入の見込みが根底から狂うので、油断は禁物だった。

「そのことなら心配はございません。大船に乗ったつもりで、この私にお任せ下されませ」

孫兵衛が笑いながら胸を叩《たた》いた。

「ただし、ご留意いただきたいことがひとつだけございます」

「何かな」

「帳簿の上では四百十万斤となっておりますが、藩の蔵屋敷にはとてもそれだけの砂糖は残っておりますまい。せいぜい三百万斤ほどでございましょう」

「そんなはずはない。三島方《さんとうほう》の者たちが山川港で厳重に監視に当たっておるのだからな」

「ならば蔵屋敷に行って、ご自分の目でご確認下されませ」

翌日、さっそく大川ぞいの蔵屋敷に行ってみた。

国許から出荷した米や産物を蓄えておくための貯蔵庫で、大坂屋敷の留守居役の管轄下にある。

笑左衛門が蔵屋敷の視察をしたいと申し入れると、留守居役たちはさまざまな不都合を言い立てて拒否しようとした。

「さようか。ならばその方らは、ご老公さまのご下命にそむくと申すのだな」

笑左衛門は重豪が直々に発行した三位様御眼代の手形を示した。

薩摩藩においては重豪の命令は絶対である。

重臣十三人が切腹させられた〝近思録崩れ〟の記憶も新しいので、留守居役たちも恐れ入ってひれ伏すほかはなかった。

蔵の中は薄暗かった。

両側に作られた棚に砂糖の樽《たる》が整然と並んでいるが、三つの蔵を見回っただけでも四百十万斤も残っていないことは明らかだった。

「これをご覧下さい」

孫兵衛がひとつの樽を引き出した。

箍《たが》がゆるみ板に隙間ができて、湿気を吸った砂糖が外に溶け出していた。

「樽の作りが悪いものはこうなります。これでは他の品と一緒に出荷することができないので、お役人が抜き取りをなされるのです」

他の樽に詰め替えるためではない。そのまま業者に横流しし、自分たちの懐に入れるのだ。

あれほど厳しく申し付けたにもかかわらず、抜砂糖の悪弊はいまだに改まっていなかった。

「藩をあげて財政難を乗り切ろうとしている時に、何というていたらくじゃ」

笑左衛門は留守居役を呼び付け、在庫の砂糖がどれだけあるかを即刻調べ、抜砂糖に手を染めた者を厳罰に処するように命じた。

仕事はこれだけではなかった。

免許外の収入を五倍に増やせとの命令なので、その方策を講じなければならなかった。

これまで清国との貿易は、琉球を通して行なってきた。

清国の冊封《さくほう》国である琉球は、年に二回清皇帝へ献上品を送り、その見返りに清国産の品々を下賜されていた。

慶長十四年（一六〇九）以来琉球をなかば植民地としてきた薩摩藩は、琉球の窮状を救うためという名目でこれらの下賜品を買い上げ、日本国内で販売することを許可されていた。

これが唐物販売免許と称するものだ。

幕府が二百年近くも鎖国政策を堅持する中で、薩摩藩だけは公然と外国貿易を行なっていたのである。

ところが収入を一挙に五倍に増やそうとすれば、琉球王朝が行なっている朝貢《ちようこう》貿易だけではとても間に合わない。

清国の港に直接船を乗り付けて薬種を買い込んでくるしかなかったが、発覚すれば薩摩藩の存続に関わりかねないので、慎重の上にも慎重に進めなければならなかった。

もうひとつ、五百万両の更始《こうし》（債務放棄）という難事業も控えていた。

こちらは密貿易とちがって国禁に触れることはなかったが、失敗すれば大坂中の商人からそっぽを向かれることになりかねない。

商人たちは互いに担保を負担しあって危険を分散しているので、出雲屋孫兵衛ら新銀主団と極秘のうちに連絡を取り合い、彼らに損害が及ばないようにしておく必要があった。

天保四年（一八三三）の年明け早々――。

「調所さま、願ってもない知らせでございます」

孫兵衛が息せき切って大坂屋敷に訪ねてきた。

「平野屋の御大《おんたい》が、三日の午《うま》の刻に会いたいとおおせでございます」

「更始の件か」

「新年会に招きたいとのことですが、その打ち合わせと見て間違いございますまい」

平野屋の御大とは、新銀主団の後ろ楯《だて》となっている平野屋五兵衛のことだ。天王寺屋五兵衛と並び称される大坂商業界の大立物《おおだてもの》だった。

「有難い。平五どのの了解さえ得られれば、更始は成ったも同然じゃ」

「これも調所さまのお働きの賜物でございます。薩摩藩の立て直しが順調に進むと見られたゆえ、本腰を入れて支援する気になられたのでございましょう」

孫兵衛は我が事のように嬉《うれ》しそうだった。

「これもそちのお陰じゃ。何の肴《さかな》もないが、祝いの酒でものんでいけ」

「せっかくですが、三日までに帳簿の整理をしておくように御大におおせつかっております。祝いの酒は事が首尾よく終った時にいたしましょう」

三日は朝から雪になった。

明け方から大粒のぼたん雪が降り始め、一刻《いっとき》ばかりの間に街を白くおおいつくした。

南国育ちの笑左衛門は、寒さが大の苦手である。

年寄りには酷な天気だと思いながら外出の仕度をしていると、江戸からの急使が雪を蹴《け》立《た》てて飛び込んできた。

「お側詰役の猪飼さまより、これをお渡しせよとおおせつかりました」

渡された書状には、重豪が危篤なので至急戻るようにと記されている。

笑左衛門は頭の中が真っ白になり、しばらく茫然《ぼうぜん》としていた。

すでに米寿も過ぎたのだから、いつかはこんな日が来ると覚悟していたが、それが現実となると衝撃のあまりどうしていいか分らなくなった。

「して、ご容体は」

耳に水でも入っているようで、自分の声がまともに聞こえなかった。

「旦夕《たんせき》に迫っておられる由にございます」

「分った。すぐに戻る」

そうは言ったものの平野屋との大事な会合が控えている。しかもこの雪では、江戸に着くまで何日かかるか分らなかった。

「落ち着け、笑左」

笑左衛門は大の字に寝そべって呼吸をととのえ、「有難い」と三度となえた。

重豪から教えられた胆《きも》の練り方である。

「よいか笑左。武士の奉公とは、主君のために命をなげうつことだ。生きていることが文字通り有難いという覚悟さえあれば、腹を切れと命じられてもたじろがずにすむ」

茶坊主として初めて出仕した日にそう教えられて以来、四十三年の間毎朝くり返してきたものだ。

その歳月の長さと君恩の深さを思うと、滂沱《ぼうだ》の涙があふれ出したが、三度目に有難いととなえた時には、いつものように覚悟の定まったすっきりとした気分になっていた。

笑左衛門はすぐに早駕《はやかご》の手配を命じ、出雲屋孫兵衛を訪ねた。

「そういうわけだ。その書状を持って、平野屋に釈明しておいてくれ」

猪飼からの書状を渡して頼んだ。

「今から駆けつけても間に合いますまい。更始の話を進めた方が、ご老公さまへの忠義になるのではございませんか」

孫兵衛は難色を示した。

平野屋五兵衛と会う機会を逃しては、この先話がどう転ぶか分らないからである。

「そちは笑うかもしれぬが、我らは命を丸ごと主君に預けておる。ご老公さまのご危難とあらば、たとえ間に合わずとも一歩でも半歩でもお側近くに駆けつけたいのだ」

薩摩武士には、前のめりに死ねという合言葉がある。何をしたかではなく、どんな覚悟をもっていたかが問われるのだ。

そうした教えが血肉と化しているだけに、たとえ何百里離れていようと駆けつけずにはいられなかった。

「分りました。薩摩のお武家さまには理非は通じぬようでございますな」

孫兵衛はあきれ顔で苦笑したが、店の者を呼んで廻船《かいせん》問屋へと走らせた。

「この雪では鈴鹿峠は難渋いたしましょう。江戸まで行く廻船があれば、乗せてもらえるように手配いたしましょう」

幸い酒の初荷を届ける樽《たる》廻船が、五日の朝に出港することになっていた。

孫兵衛の尽力でこの船に乗せてもらい、わずか三日で江戸湾に着いた。

ところが港の口には江戸で年を越した船が隙間もなく並んでいて、岸に近付くことができなかった。

笑左衛門は船頭に三両もの酒手《さかて》をはずんで艀《はしけ》を下ろしてもらい、大船の間をぬって品川の船着場にたどりついた。

　ここから高輪藩邸は目と鼻の先である。

　笑左衛門は勝手知ったる坂道を小走りに走った。

　久々に走ったので息が上がり、鋭い錐《きり》で刺されたように胸が痛む。だが重豪の容体が気がかりで、足を止めることはできなかった。

　高輪神社の近くまで進むと、島津家の足軽たちが小具足姿に額金《ひたいがね》を巻いた物々しい姿で警戒に当たっていた。

　この先は藩邸の表門へつづく一本道である。近くの寺へ初詣《はつもう》でに来た者たちがまぎれ込まないように、身元を確認していたのだった。

「ご老公さまは……、ご老公さまのご容体はどうじゃ」

　笑左衛門はあえぎながらたずねた。

　顔は真っ青になり、首筋から汗がしたたり落ちた。

「ご貴殿は」

「調所広郷じゃ。たった今大坂から戻った」

　そう名乗ったが、他の屋敷から応援に駆り出された者たちなので笑左衛門の名前され知らなかった。

「当家の手形を持った者しか、この先には通すなとのご下命でござる。手形をお持ちでございましょうか」

「ご老公さまの大事と聞いて駆け付けたのじゃ。そのようなものは」

そう言いかけて、三位様御眼代の手形があることに気付いた。

ところが懐にも腰の胴乱にも入っていない。あわてて大坂屋敷を出て来たので、文《ふ》机《づくえ》の上に忘れてきたのである。

「上の者を呼べ。家老格側詰役の調所広郷と言えば分る」

笑左衛門は一昨年末に家老格に取り立てられ、役料千石をもらう身となっている。

だが年若い足軽たちはどうしたものかと顔を見合わせるばかりで、屋敷まで上役を呼びに行こうともしなかった。

「わいどまあ横着すんな」

笑左衛門はカッとして刀をすっぱ抜いた。

「わいどんも薩摩の武士《さむらい》なら、こんわしが殿の身を案じておっかどうかくらいは分りそうなもんじゃなかか。これ以上横着すっとなら、刀にかけても押し通っぞ」

眥《まなじり》を決して詰め寄る剣幕に恐れをなし、一人があわてて表門へ駆けて行った。

重豪はまだ生きていた。

高熱を発し食事も喉《のど》を通らない状態が十日ほどつづいているが、意識はしっかりしているという。

笑左衛門は猪飼央からそれだけを聞くと、奥の寝所に駆けつけた。

重豪は純白の夜具に包まれて横たわっていた。

夜具はほとんど盛り上がっていない。まるで子供が寝ているように平べったいままだった。

枕辺には斉宣《なりのぶ》、斉興《なりおき》、斉彬《なりあきら》が沈痛な面持ちで控えている。

福岡藩主となった重豪の子黒田斉溥《なりひろ》や、岡山藩主となった斉興の子池田《いけだ》斉敏《なりとし》も駆けつけていた。

「調所笑左衛門広郷、ただ今戻りました」

笑左衛門は下段の間に平伏して指示を待った。

斉興が父斉宣にうかがいを立て、側に寄るように手招きをした。

重豪の顔はやつれ果て、小さくしぼんでいた。顔色も浅黒くなり、不吉なシミが一面に浮いていた。

もはや回復の望めぬ容体である。

あれほど意気軒昂《けんこう》だった重豪の変わり果てた姿を見ると、笑左衛門の胸に哀しみの熱いかたまりが突き上げ、不覚にも嗚咽《おえつ》をもらしそうになった。

「笑左か」

重豪が目を開いた。

眼窩《がんか》が落ちくぼんでいるので、目だけが不自然なほど大きかった。

「見舞いなどいらぬ。余を気遣う暇があれば……、働け」

意識も声も意外なほどしっかりしていた。

「ははっ、面目なき次第にございます」

「関ヶ原合戦の折、薩摩の心ある者たちは……」

重豪は途中で口をつぐんだが、島津義弘《よしひろ》の陣に鎧櫃《よろいびつ》を担いで駆けつけた者たちの話だということは誰もが分っていた。

「のう斉宣」

重豪は皆まで言わずに同意を求めた。

「船賃も持たぬゆえ、二百余名が山陽道を駆け通したと聞いております」

斉宣も六十一歳になる。近思録崩れで隠居に追い込まれてから、もう二十四年もたっていた。

「この笑左はその者たちに劣らぬ忠義の臣じゃ。よう覚えておけ」

重豪は目を閉じてしばらく黙り込んだ。

疲れて寝入ったようにも見える。だが最後の気力をふり絞って何かを思い巡らしているることが、笑左衛門には手に取るように分った。

「斉宣、手を」

重豪は斉宣の手を借りて上体を起こし、愛用の大脇差を持参するように命じた。

「笑左と話がある。皆は下がれ」

重豪の命令は絶対である。斉宣らは心外そうに顔を見合わせたが、無言のまま席を立った。

「笑左、花倉《けくら》はどうした」

「普請が終り、作事にかかっております」

「孫どもはこのことを知らぬ。そちの力だけでやり遂げてくれ」

笑左衛門は返答に窮した。

重豪に命じられたからこそ、密貿易にも贋金《にせがね》造りにも手を染めたのだ。その後ろ楯《だて》を失っては、櫓《ろ》のない船で荒海に出るようなものだった。

「それがしも六十に手が届く年になり申した。後のことは若い者たちに任せて、ご老公さまのお供をさせていただきとう存じます」

何もかもなげうって重豪に殉じたい。江戸まで来る間に、そのことばかりを念じていた。

「笑左、それは許さぬ」

重豪は大脇差を笑左衛門に押し付け、か細い声でさとした。

「そちには、万古不易の備えを命じてある。それを無事終えた後に……、この刀で腹を切れ」

「殿、殺生にございまする」

「たとえ……、この身は朽ち果てても、余の魂はそちとともにある。余を信じて、この国のために捨て石となれ」

鬼気迫る説得に、笑左衛門も折れざるを得なかった。

命を丸ごと主君に預けるのが、薩摩武士の奉公の仕方である。死ぬなと言われれば、追い腹を切ることさえできなかった。

「笑左……、笑え」

重豪が枯木のような腕をさし伸べた。

笑左衛門は拝むように手を取り、いつものえびす顔を作ってみせた。

「それでよい。くれぐれも、幕府の隠密《おんみつ》には気をつけよ」

それが笑左衛門にかけた最後の言葉だった。

三

重豪の死後、藩政の実権を掌握した島津斉興は、笑左衛門に次のような朱印状を与えて改革の続行を命じた。

一、去る子《ね》年以来改革の趣法、治定相崩《じじようあいくず》れ候わざる様心掛けのこと
一、産物の儀時節違《たが》えざる様繰登《くりのぼ》せ方、治定通り致すべきこと
一、砂糖惣買入れの儀は、永年相続の儀、治定堅固に候こと

第一条は重豪が命じた財政改革の方針を堅持すること。
第二条は薩摩藩の産物を時節を違えないように大坂に運搬すること。
第三条は砂糖の惣買入れを継続し、出雲屋孫兵衛に販売権を永年相続させることを誓ったものである。

「余は三位さまの方針を固く守っていく。その方らをひとえに頼みにしておるゆえ、

今後とも力を尽くしてくれ」

斉興は笑左衛門と孫兵衛を呼び、辞を低くして頼み込んだ。

信任の厚さを示すために、笑左衛門には五百石を、孫兵衛には五十人扶持《ぶち》を加増するほどの丁重さだった。

御前を下がって部屋に戻ると、

「ご老公さまは鷹《たか》のようなお方でしたが、当代さまはずいぶんおだやかなご気性でございますな」

孫兵衛がにこやかに語りかけた。

販売権の永年相続が認められたことに気をよくし、斉興を与《くみ》しやすい相手と見たのである。

「どうかな。能ある鷹は何とやらと申すでな」

「隠すほどのものを、お持ちでしょうか」

「これまではご老公さまの陰で身をひそめておられたが、幼い頃から癇癖《かんぺき》の強いお方だ。ひと筋縄ではいかぬかもしれぬ」

笑左衛門は漠然とそう感じていた。

翌四月、笑左衛門は砂糖の売り上げ代金のうちから十二万両を国許《くにもと》に送った。

年末年始の値上がりを待って砂糖を売った孫兵衛の策がぴたりと当たり、大坂屋敷に残っていた二百六十万斤が予想もしない高値で売れたからである。

それに藩庫も底をついていたので、まとまった金を送らなければ藩政の維持さえままならない状態だった。

五月末、笑左衛門はいったん大坂に下り、隠密のうちに鹿児島に戻った。

出雲屋の船で山川港まで行き、三島方の者に小早船を仕立てさせて祇園之洲にたどり着いた。

深編笠《あみがさ》をかぶって東雲寺に行くと、伊地知源三が待ち受けていた。

「ご足労いただき、かたじけのうござりもす。製錬所の作事が終りもうしたので、ご検分いただきとうございもす」

「手鞠《てまり》も造り始めたのか」

手鞠とは贋金の符帳である。二朱金を赤手鞠、一朱銀を白手鞠と呼んでいた。

「ただ今試しちょっところでござりもす。あと三、四日のうちにはできましょう」

その夜は寺に泊り、翌朝早く花倉へ行った。

御仮屋の石垣積みや表門の工事は終っていたが、御殿の作事は中断されたままだった。

費用がないというのが表向きの理由だが、実は御殿を作る気は初めからなかった。

贋金造りのための製錬所だけを作れば人の目がうるさいので、別邸を作るという名目で工事にかかったのである。

製錬所の敷地は狭いので、贋金造りが始まったなら人足の宿所や資材の置き場にする目的もあった。

切り立った岩場の間の細い道をぬって進むと、突き当たりに製錬所があった。その先は崖《がけ》で、眼下には錦江湾が迫っている。

敷地は山の斜面にそって三段に築かれ、上段には鉱石から金や銀を取り出すための砕石所と焼場が、中段には贋金造りのための作業場と役人の詰所があり、下段には贋金に極印《ごくいん》を入れるための細工小屋と見張り番所があった。

周囲には二重に柵《さく》をめぐらし、人の出入りを厳重に取締っている。

万一幕府の隠密が忍び込んだ時の用心に、入口の門には「御試銅吹方」という看板をかかげていた。

「こっちで手鞠の試作をさせておりもす」

源三が上段の焼場に案内した。

十坪ばかりの土間に石作りの大きな竈《かまど》を二つ据え、分厚い鉄鍋《てつなべ》で金属を溶かしていた。

竈には炭火が燃えさかり、鼻と口を黒い布でおおった男たちが汗だくになって吹子《ふいご》で風を送っている。

焼場の中はうだるように暑く、異様な臭気に鼻や喉《のど》がひりひりと痛んだ。

「水銀を使っておいもす。こいをお使いになったもんせ」

黒い布を顔に当て、息を止めて鉄鍋をのぞき込んだ。

ひとつは黒ずんだ銀色を、もうひとつは赤茶けた金色をしていた。

「どげんか。うまくいきそうか」

源三が職人頭らしい男にたずねた。

「こいは銀と鉛を混ぜあわせたもんで、地金《じがね》にします。こっちが金と水銀を溶かした鍍金《めっき》液です」

初めは銅を地金にして金鍍金をしてみたが、銅の比重は金の二分の一以下しかないので、すぐに偽物と分った。

「そこで銀と鉛を一対二の割合で混ぜ合わせ、地金を作ることにしたのでござりもうす」

銀と鉛は混ざりやすい上に、溶け出す温度も低い。しかも比重の重い鉛の量を調節すれば、金に近い重さのものを作ることができる。

職人頭はそう説明したが、笑左衛門は半分も聞き取ることができなかった。熱と異臭にやられ、激しい頭痛と吐き気におそわれていた。

源三はそれに気付き、中段にある役人の詰所に連れていった。

「かたじけない。長旅の疲れが出たようじゃ」

笑左衛門は息も絶え絶えに横になった。

「水銀は蒸発する時に猛毒を発しもす。そいでも水銀を使わんと、鍍金をすっことはできもはん」

水銀は常温でも液体化している希有《けう》な金属で、金や銀を入れて熱すると通常よりはるかに低い温度で溶け出し、水銀との合金《アマルガム》ができる。

この合金を地金にぬりつけ、乾燥した後に再び熱すると、水銀だけが蒸発して金鍍金が完成する。

水銀アマルガム法と呼ばれるこの方法を用いれば、簡単かつ大量に鍍金ができるが、水銀は蒸発する時に猛毒を発するという欠点がある。

重豪が城下から離れた花倉に製錬所を作ったのは、領民に被害が及ぶことを避けるためでもあった。

「ならば、作業に当たる者たちはどうなる」

「無事にはすみますまい。試作に当たっちょっとはそれがしの配下じゃっどん、手鞠造りが本格的に始まったら、四、五十人の人足を雇い入れんとなりもはん」

「そうよな。問題はそんことじゃ」

劣悪な環境で働かせる上に、秘密を守るためには他の者との接触を一切禁じざるを得ない。つまり使い殺しにするということだ。

そんな仕事に関わるのかと思うと、笑左衛門の頭痛と吐き気はいっそう激しくなっていった。

その夜も東雲寺に泊った。

隠密《おんみつ》での帰国なので、贋金《にせがね》作りの段取りを終えるまでは表を出歩くことさえ避けなければならなかった。

三日後、源三が二朱金と一朱銀の試作品を十数枚持ってきた。

二朱金は銀と鉛の合金に金鍍金をしたもの、一朱銀は銅の地金に銀鍍金をしたもので、いずれもまばゆいばかりの輝きを放っている。

極印も精巧で、どこから見ても幕府が改鋳した二朱金そっくりだった。

「よくできておる。これなら誰が見ても贋金とは気付くまい」

笑左衛門は手のひらに乗せ、重さや感触を確かめてみた。

「だがこれほど真新しくては、かえって怪しまれるのではないか」

「こいから配下の者を江戸や大坂にやって、怪しまれずに使ゆっかかどうか試してみるつもりでございもす」

「くれぐれも身許《みもと》を悟られんようにな」

あれほど国禁を犯すことをためらっていた笑左衛門も、精巧な贋金を目にすると気が大きくなっていた。

「ご安心下さいませ。その間に調所さまに手配していただきたかことがございもす」

例の人足のことである。

領内の者を用いては秘密が漏れるおそれがあるので、三島方を通じて道之島の者たちを連れて来てもらいたいという。

「そん者たちなら、まわりに知った者がおらんので、逃げ出すおそれもなかでしょう。不慮のことがあってん、親類縁者が近くにおらんで、後の始末もしやすかとじゃなかでしょうか」

「確かに、その通りだが」

道之島には家人《やんちゅ》と呼ばれる家内奴隷がいる。

その者たちを使うのが一番安全だとは、笑左衛門も昨日から考えていたのだった。

「作業場や宿所の見張りはどうする。その者たちが逃げ出して事が幕府に知れたら、藩は取り潰《つぶ》されることになるのだぞ」

「組の者に昼夜となく見張らすって、あそこから逃げ出すことはできんでしょう」

「組とは何じゃ。わいは陰の者たちでも指図しておるのか」

将軍家にお庭番という隠密の組織があるように、島津家も陰の者たちを召し使っている。

源三に初めて会った時から、その筋の者ではないかと当たりをつけていた。

「お察しの通り、ご老公さまに召し抱えられた影目付でございもす。以前は幕府の隠密を捕《と》らゆっことや領国内の不正を暴くことを役目としちょりもうしたが、昨年から花倉の御仮屋の造営に当たるように命じられたのでございもす」

影目付は腕利きの下級藩士から選ばれた者たちで、十組五十人がいる。

平時はそれぞれ違った役目についているが、一朝事ある時には源三の指示に従って一糸乱れぬ動きをするのだった。

「ここの監視に当たっているのも、すべてその者たちか」

「御意《ぎょい》。ご老公さまご逝去の後は、何事でん調所さまの命に従うようにとのご下知《げち》でございもす」

源三は昨年末に重豪が送った密書を示した。

贋金作りや密貿易をやり遂げさせるために、笑左衛門が知らない間に影目付の統領にしていたのである。

(死せる孔明《こうめい》、生ける仲達《ちゅうたつ》を走らすとはこのことじゃ)

笑左衛門は重豪の周到さに舌を巻き、もはや逃れようはないのだと改めて思った。

東雲寺で十日ほど過ごした後、笑左衛門はたった今帰国したように装って鶴丸城に入った。

国許詰めの家老や重職たちと財政改革の方針について打ち合わせ、夕方平之馬場《ひらのばば》の屋敷に戻った。

昨年八月に拝領した七百坪ちかい広大な屋敷である。

三位様御眼代となり家老座に加わったからには、相当の屋敷が必要だという重豪の配慮によるものだ。

ところが拝領したのは敷地ばかりなので、出雲屋孫兵衛から六百両を借り受けて御殿を建てている最中だった。

笑左衛門もこの屋敷に入るのは初めてである。

真新しい長屋門がそびえ立っているのを見ると、藩内随一の実力者になったことを実感して感慨もひとしおだった。

表御殿だけはすでに完成していて、毛利子や子供たちが玄関口で出迎えた。

「ご無事のお帰り、おめでとうございもうす」

「うむ。皆も息災で何よりじゃ」

笑左衛門は居間に入り、江戸のみやげを子供たちに渡した。

十五歳になる長女の厚子には鼈甲《べっこう》細工の櫛《くし》、十三歳になる安之進にはオランダ渡りの地球儀である。

薩摩では目にしたこともない高価な品なので、二人とも嬉《うれ》しがるより先に戸惑った表情を浮かべた。

「遠慮はいらんど。わいたっが立派に留守を守ってくれるお陰で、わしも心置きなくご奉公がでくっとじゃ。これはその褒美じゃ」

年老いてからさずかった子供だけに、笑左衛門は二人が可愛くて仕方がない。遠くに離れていても、立派に成長してくれるようにと願わぬ日はなかった。

夕食を終え、子供たちも寝静まってから、毛利子と二人で酒を酌み交わした。

湯に入った後に毛利子とくつろいだひとときを過ごすのが、国許での何よりの楽しみだった。

毛利子も戸を開け放ち、洗い髪を風に当ててくしけずっている。柳腰のしっとりとした姿には、涼やかな色気がただよっていた。

「いつ見てもよか女子《おなご》じゃ。江戸にも大坂にも、そなたほどの器量良しはおらんど」

芋焼酎《いもじようちゆう》に心地良く酔った笑左衛門は、そんな軽口を叩《たた》いた。

「そげん上手を言っても、何も出しもはん」

毛利子も酒が嫌いではない。若いのに酒席での人あしらいも心得たものだった。

「そなたがいてくれるだけで充分じゃ。これ以上望んだら罰が当たるじゃろうて」

あたりは寝静まり、近くを流れる甲突川《こうつきがわ》のせせらぎが聞こえてくる。

北側にある柿本寺の瓦《かわら》屋根が、初夏の月に照らされて鈍く輝いていた。

「こげん立派な屋敷に住まわせていただき有難かことじゃっどん、ご無理をなされておっとじゃごわはんか」

毛利子が酌をしながら気遣わしげにたずねた。

「いろいろとあわただしいが、ご老公さまのご遺命じゃ。致し方あるまい」

「ご城下では悪い噂を耳にすることもございもす。そんたびにおまんさぁの身が案じられてなりませぬ」

「ほう。どんな噂じゃ」

「わたしの口からは申し上げかねもんどん……」

毛利子はうつむいて口ごもった。

「ご老公さまに取り入った奸物《かんぶつ》だの、出雲屋と結託して私腹を肥やしているというのじゃろう」

そういう噂があることは、城内の空気から感じ取っていた。

「お小姓組生まれのわしが、わずか五年の間に千五百石取りの家老格になったんじゃ。面白くない御仁も多かはずじゃが、どげん言われようと気にすんな」

自分は重豪や斉興から直々に命じられ、国禁を犯してまで藩の再建に取り組んでいるのだ。

何も知らずに安穏に暮らしている輩《やから》に、とやかく言われる筋合いはない。

笑左衛門はそう言いたい誘惑に駆られたが、裏の事情は毛利子にさえ明かせないので、胸のつかえを酒とともに飲み込むしかなかった。

花倉の製錬所の人足は、伊地知源三の提案通り奄美大島や徳之島から連れてくることにした。三島方の役人たちに命じ、花倉の御仮屋での作業という名目で三十人を集めさせたのである。

一行が山川港に到着したのは、五月末のことだ。

港には源三が出迎え、船宿で存分に飲み食いさせてから花倉の人足小屋へと連れて行った。

完成した贋金《にせがね》は、清国との密貿易に使うことにした。

坊ノ津や指宿《いぶすき》の船乗りたちを組織し、清国風に擬装した船で福建省《ふっけんしょう》の港に乗り付けて直接取引きするのである。

清国では日本の金貨や銀貨を長崎会所との貿易に使っているので、福建省の商人たちも喜んで取引きに応じた。

薩摩で作った贋金が、清国の商人を通じて長崎へ流れ込んでくるのである。

この仕組みを維持している限り、さしたる危険もなく贋金を使いつづけられるのだった。

四

ところが、やはり不安は的中した。

盂蘭盆会《うらぼんえ》も近付いた七月のある日、

「昨夜、人足二人が脱走しもした」

源三からの使者がそう告げた。

二人とも奄美大島の出身者で、御仮屋内の人足小屋から夜の間に逃げ出したという。

笑左衛門はすぐに登城し、町奉行や大目付に命じて探索に当たらせた。

花倉からの脱走者とは言えないので、幕府の隠密《おんみつ》が潜入しているという口実を用いた。

「唐物取引きについて嗅《か》ぎ回っておるようじゃ。隠密じゃっで人相風体は分らんが、身許《みもと》不審な者がいれば残らず引っ捕えい」

国境の関所や街道での検問を厳重にするように命じ、夕方になって花倉の御仮屋に駆けつけた。

「こげん仕儀となり、まことに申し訳ございりもはん」

源三は地に平伏して不始末をわびた。

緊張のために、肉を削《そ》ぎ落としたように表情が険しくなっていた。

「道も地形も分らん者たちじゃっで、そげん遠くへ行っているとは思えもはん。ただ今人相書きを回して探索に当たらちょりますゆえ、いずれ捕まるもんと存じもす」

「そのような悠長なことを言っている場合か。街道筋は奉行所の者が固めておるゆえ、その方らは山に分け入り、巻き狩りの要領でしらみつぶしに捜すのじゃ」

笑左衛門は東雲寺に留《とど》まり、一睡もせずに源三からの知らせを待った。

翌日、二人の人足が影目付に捕えられた。一人は四十二歳になる三五郎、もう一人は松吉という十八の青年である。

三五郎が水銀の毒に当たって体調を崩したので、甥《おい》の松吉が一緒に連れて逃げ出したという。

ところが右も左も分からないので、花倉から半里ばかり離れた山の中にひそんでいたのだった。

笑左衛門はそれを聞くと、安堵《あんど》のあまりその場に座り込んだ。気が張っていたせいで、首も肩もがちがちに凝っていた。

「御仮屋の牢《ろう》に閉じ込めちょりもすが、どげんいたしましょうか」

源三が指示をあおいだ。

「そうだな」

笑左衛門は左手を首に回して凝りをほぐした。

「今後のこともある。皆の前で斬首《ざんしゅ》して、見せしめにせよ」

容赦なく命じた。

ここは厳罰をもって臨まなければ、第二、第三の逃亡者を出すおそれがあった。

「承知いたしもした。では」

源三が一礼して立ち上がった。

人を斬ることを使命と心得ている男である。その決然とした態度を見ると、笑左衛門は急に不安に襲われた。

「いや、待て」

思わず引き止めて他に方法はないかと思い巡らしたが、やはり結論は同じだった。

これは戦である。非情に徹しなければ、贋金造りをやり抜くことなどできるはずがなかった。

(ご老公さまを見ろ)

斉宣の重臣十三人に切腹を命じながら、それでもなお毅然《きぜん》としておられたではないか。

笑左衛門はそのことに思い当たり、これからは自分が矢面に立たねばならぬと決意した。

「わしも立ち会う。案内《あない》せい」

眥《まなじり》を決して立ち上がり、刀架《とうか》にかけた大小をつかんだ。

三五郎と松吉の処刑は、御仮屋の外の竹やぶの側で行なわれた。

人足たちに命じて深々と穴を掘らせ、土壇《どだん》を築かせている。数人の影目付が、後ろ手に縛られた二人を土壇に引き据えようとした。

三五郎はうつろな目をしてされるままになっていたが、年若い松吉は体をよじり足を踏んばって抵抗した。

屈強の目付たちは左右から松吉を抱え上げ、丸太を置くように土壇に押し付けた。

松吉は何かを叫ぼうとしたが、猿ぐつわをかまされているので声を上げられない。

身をもがき足をばたつかせて抵抗したが、樫《かし》の棒で後頭部を強打されてぐったりとなった。

「よう見ちょけ。一年間辛抱すれば自由の身になって島に戻るっが、こん二人のごと逃げようとしたなら容赦はせん」

地べたに力なく座り込んでいる人足たちを、源三が凄《すご》みのある声で威《おど》し付けた。

やがて二人の介錯《かいしやく》人が抜身を下げて土壇に上がり、源三の指示を待って刀をふるった。

ぬれ雑巾《ぞうきん》を叩《たた》きつけたような音がして、二人の首はすとんと穴の中に落ちた。

笑左衛門は床几《しょうぎ》に座り、息を呑《の》んで一部始終を見つめていた。処刑の場に立ち会うのは初めてである。しかも不当な処刑だという後ろめたさがあるので、衝撃のあまり体の震えが止まらなかった。

その場は何とか平静を装ったが、東雲寺に戻ると急に吐き気が突き上げてきた。作業場の異臭と血の臭いが、鼻の奥にまざまざとよみがえった。

笑左衛門は境内に四つん這《ば》いになり、胃が痙攣《けいれん》するほど激しい嘔吐《おうと》をくり返した。

大坂市中は異様な活気に満ちていた。

一目で商人と分る風体をした者たちが、あわただしく行き交っている。切羽詰まった固い表情をした者もいれば、数人で連れ立って談笑しながら闊歩《かっぽ》する者たちもいた。

相場の変動を知らせるためだろう。状箱をかついだ飛脚が声を上げて人ごみをかき分け、華やかなのれんを下げた店へと駆け込んでいく。

どの店も人の出入りがあわただしく、気を付けて歩かなければ肩がぶつかりそうである。

まるで町中が熱に浮かされたようだった。

天保の飢饉《ききん》が始まったのである。

この年の春は浴衣《ゆかた》で過ごしたほど暑かったが、夏になると急に気温が下がり、長雨がつづいた。

このために関東、北陸、東北地方は大凶作にみまわれ、いつもの年の三割から四割程度の収穫しかなかった。

特に東北地方の惨状ははなはだしく、餓死する者や村を捨てて逃散《ちょうさん》する者が続出した。

こうした状況は即時に米価の高騰を呼ぶ。江戸では米一石銀六十匁《もんめ》だったものが、九月には二倍にはね上がった。

大坂でも百五匁まで高騰し、さらなる値上がりを見越した商人たちは米の買い占めや売り惜しみに走った。

米価が上がればすべての物価が上がる。

暮らしに窮した者たちは各地で一揆《いっき》や打ち壊しを起こし、国中が騒然とした雰囲気に包まれていた。

大坂市中でもそれに触発されて不穏な動きをする者たちがいたが、商人は目先の利益を確保することが急務である。

目の色を変え、熱に浮かされたように飛び回っているのはそのためだった。

（まるで戦でも起こったような騒ぎじゃ）

今橋筋を歩きながら、笑左衛門は町の空気に圧倒されていた。

いつか砂糖会所に案内された時、ここは商人の戦場だと孫兵衛は言ったが、今や町中が会所のような殺気立った雰囲気に包まれていた。

出雲屋孫兵衛も活気に満ちていた。

この機に乗じて米相場に手を出し、十日の間に七千両も儲《もう》けていた。

「なんとも空恐ろしい話だな」

あまりの巨額に、笑左衛門は反発さえ覚えた。

薩摩の百姓たちが汗水流して働いても、一年に二両の稼ぎにもならないのである。

「庶民にとっては迷惑でしょうが、商人にとってはまたとない儲け話です。いたし方ありますまい」

孫兵衛はさらりと受け流した。

役者にしたいようないい男だが、腹の底には砂糖の牙儈《すあい》（仲買人）として修羅場をくぐり抜けてきた冷徹な目を持っていた。

「それに各大名家から売り捌《さば》きを請け負っているのですから、こんな時に利を出さなければ信用に関わります。砂糖の取引きと同じですよ」

「しかしこんな有様では、大坂市中で打ち壊しが起こりかねぬ」

「そんなことが起こらぬように、平野屋の御大《おんたい》は窮民に施米をなされるそうです」

大坂市中の借家七万八千五百九十五軒に、平野屋五兵衛が白米一升ずつの施行《せぎょう》をしたのはこの年の秋のことである。

鴻池屋《こうのいけや》善右衛門や加島屋久右衛門ら豪商二十二名もこれに倣い、各世帯に銭二百二十一文を配ったのだった。

「ところで三島に送る物品の買い上げじゃが、順調に進んでいようか」

笑左衛門が大坂を訪ねたのは、それを確かめるためだった。

惣買入れ制を実施した時から、砂糖の代金は三島の者たちの生活必需品で支払うようにしていた。

ところが大坂市中の諸物価が高騰したために、買い付けの費用が見積りの二倍以上もかかることになったのだった。

「予算が限られているのですから、品物の質を落とすほかはありますまい。ただ今仲間に頼んで買い付けに当たっておりますので、あと四、五日ほどでそろうものと存じます」

「砂糖が高値で売れれば、後で予算を追加することもできる。なるべく島民から不満が出ないようにしてくれ」

孫兵衛の発案で始めたこの制度は、道之島の島民たちの無知につけ込んだ不正きわまりないものだった。

たとえば米一石の値段は、大坂の相場では砂糖八十斤に相当する。ところが島では砂糖四百斤と交換していた。

つまり定価の五倍も支払わせていたのである。

酒一石は大坂では砂糖百二十斤ほどだが、島では二十倍以上の二千五百斤を支払わなければならなかった。

これほど暴利をむさぼった上に品物の質まで落としては、島民の怒りが爆発して一揆が起こるおそれがあった。

「砂糖黍《さとうきび》の作柄はいかがですか。今年の夏は大風も多かったと聞きましたが」

「あまり良くはないらしい。大風が吹くと黍の成長が止まるのでな」

「だいたいどれほどの痛手になりましょうか」

「収穫は二ヵ月先ゆえ、確かなことは分らぬのだ」

「会所での先物買いでは、一斤当たり一匁八分もの高値がついております。どれほどの砂糖ができるか分れば、こちらも強気で勝負に出られるのですが」

「ならば、この目で確かめてこよう。三島に下る船に乗れるように手配してくれ」

考えてもいなかった成行きである。

だが砂糖の値が急騰しているのなら、年末の商いで昨年以上の利が上げられるかもしれないので、じっとしてはいられなかった。


十月中頃、笑左衛門は出雲屋の船で奄美大島に向かった。

船はいったん薩摩の山川港に入り、十月下旬に奄美大島の名瀬《なぜ》の港に入った。

晩秋だというのに、島は鮮やかな緑色に包まれている。珊瑚礁《さんごしょう》のつづく海は青や緑や薄水色に染まり、波打ち際には真っ白な砂浜がつづいていた。

湾の入口には山羊島《やぎじま》があった。

海からにょっきりと突き出した岩場だらけの島で、山羊を放し飼いにするのでこの名が付いたのである。

島の側の水路を通って港に入ると、島役人や島民たち百人ばかりが出迎えた。大坂からの船の到着は、島に暮らす者にとっては大きな楽しみなのである。

笑左衛門が船着場に下り立つと、

「調所さまではございませぬか」

大島代官の森川利右衛門《もりかわりえもん》が目ざとく見つけて歩み寄ってきた。

前任の宮之原源之丞に代わって、今月から大島に赴任したばかりである。

気配りの行き届いたそつのない男で、江戸屋敷での勤めが長かったのでお国訛《くになまり》がほとんどなかった。

「砂糖の出来が気がかりでな。ちょうど船便があったので来てみたのじゃ」

「驚きました。まさかこんな所までお越しいただけるとは」

「四年前にも来たことがある。あれは確か春だったが、この島は春も秋もあまり変わらぬ景色じゃな」

港に近い代官仮屋に入ると、笑左衛門はさっそく砂糖黍の発育状況を調べ、生産高を見積るように命じた。

翌日には船旅の疲れをものともせずに、島内の視察に出かけた。

あまり仰々しく行列を整えては島民たちが何事かといぶかるので、利右衛門と付役の宮地佐之助だけを案内者として回ることにした。

道之島三島には間切《まぎり》と呼ばれる行政区画があり、大島は七つの間切に分れている。

間切には与人《よひと》という村長《むらおさ》がいて、横目《よこめ》、掟《おきて》などの配下を使って村を治めていた。

薩摩藩はこの自治組織を温存し、与人を島役人に取り立てることで大島を支配していたのである。

七つの間切の中でも、島の北部にある名瀬間切と笠利《かさり》間切がもっとも耕作地が広く、人口密度も高かった。

笑左衛門はこの二ヵ所を回ったが、状況は想像した以上に悪かった。

砂糖黍は夏の大風に無残にねじ曲げられていた。

普通は一丈（約三メートル）ばかりも伸びるのに、その半分くらいの背丈しかない。しかも幹が弱々しいほど細く、葉も枯れたように黄色くなっていた。

「今年の夏は長雨にみまわれたうえに、三度も大風が吹きましたゆえ、いずれもこのような状況でございます」

利右衛門は自分の責任ででもあるかのように恐縮していた。

「これでは昨年の半分の収穫も望めまい」

笑左衛門は絶望的な気分になったが、誰を責めることもできなかった。

海岸ぞいの畑はもっとひどかった。

打ちよせた高波に砂糖黍がなぎ倒され、根元から折れて朽ち果てている。まるで冬枯れのすすきの原のようだった。

島民の暮らしぶりも惨憺《さんたん》たるものだった。

大風に吹き倒された家も多かったが、満足な修理もしていない。雨の日は大木の下で夜を明かしているという。

米を食べているのは良人《ゆかりっちゅ》や衆達《しゅうた》と呼ばれる裕福な者ばかりで、他の者たちは唐芋《からいも》や蘇鉄《そてつ》を食べて飢えをしのいでいた。

「芋を食べらるっとは、まだ恵まれた者たちです。食べるもんがなかので、浜で海草をひろって命をつないでいる者たちも大勢おりもうす」

付役の佐之助が訴えた。

二十歳ばかりの気真面目な青年で、島民の惨状に心を痛めていた。

「餓死者など出ぬように、お救い米の備えをしてある。その方らは、砂糖の生産量を上げることだけに専念しておればよいのだ」

笑左衛門は苦々しげに吐き捨てた。

五

見積りの結果は最悪だった。

正確を期すために、間切ごとに一反ずつ試し搾りをさせてみたが、昨年の四割程度の砂糖しかできなかった。

砂糖黍の発育が悪い上に水分も少ない。その上搾り汁をなめただけで分るほど糖度が低く、製品の質も悪かった。

大坂の砂糖相場はますます高騰しているというのに、これでは指をくわえて儲《もう》け話を見過ごすほかはない。

焦った笑左衛門は付役数人を琉球に派遣し、収穫予定の砂糖を秘密のうちに買い占めさせた。

琉球では例年五百万斤ほどの砂糖が生産される。

相場の高騰が伝わらないうちにできるだけ多くの砂糖を買い占め、大坂で利鞘《りざや》を稼いで不作の穴埋めにしようとしたのだった。

他に何か事態を打開する知恵を出せと部下たちに迫ると、佐之助が恐る恐る申し出た。

「知名《ちな》瀬《しょ》村に柏有度《かしわゆうと》という方がおいやんど。こん方が近頃、鉄の輪をつけた車を発明したちとうかがいもした。一度見学なされたらどげんでござりましょうか」

車とは砂糖黍の搾り機のことである。従来の車は樫木《かしのき》で作っていたが、木がすり減って搾る力が弱くなるので、回りに鉄の輪をはめたという。

「見てみよう。さっそく案内してくれ」

笑左衛門は藁《わら》にもすがる思いで知名瀬村を訪ねた。

有度は唐の仙人のような風貌《ふうぼう》をした老人だった。白くなった髪を頭の上で束ね、長いあごひげをたくわえていた。

柏家は大島でも有数の名家で、有度も長年与人として村の指導に当たったが、還暦を機にすべての役職から身を引いていた。

（うらやましい暮らしぶりじゃ）

書画や骨董《こっとう》が品よく置かれた隠居部屋を見ると、笑左衛門は仕事に追いまくられている我身の因果を思わずにはいられなかった。

「もう何の役にも立たなくなった年寄りじゃっどん、村の者から頼まれたもんごあんで」

有度は喜んで二人を作業小屋に案内した。

砂糖黍《さとうきび》の搾り車は胴木を三つ並べ、その間に砂糖黍を差し込んで搾るものだった。

真ん中の胴木に軸をつけて回転させ、歯車によって他の二つに力を伝えるのである。

胴木には鉄の輪をはめてすり減るのを防ぎ、搾る力を一定に保つようにしてあったが、工夫はそればかりではなかった。

真ん中の胴木の後ろに、「返し」という曲面の板を取りつけたのだ。

「これまでの車は、ここところに砂糖黍を差し込んで一度だけ搾っておりもうした」

有度が胴木の二ヵ所の隙間を指さした。

「じゃっどんこん返しをつくっことで、右側から入れたもんが自動的に左側にも巻き込まれるごとなりもうした」

家の者が軸に取りつけた長い横木を押して車を回し、もう一人が右側から差し込むと、砂糖黍は生き物のように胴木の間に吸い込まれ、ぐるりとひと回りして左側の隙間から飛び出してきた。

その間に濡《ぬ》れ手ぬぐいを絞るように搾り汁があふれ、車の下に置いた甕《かめ》の中に落ちていった。

「なるほど。これなら手間もかからず搾り残しもあるまい」

笑左衛門は十二月に収穫が始まるまでに、こうした車をできるだけ多く作りたいと申し入れた。

「こいは鉄の鋳物《いもの》じゃっで、胴木の寸法さえ分れば作っとは簡単です。じゃっどんこん島には鉄も炉もありもはん」

「鉄の輪は鹿児島で作らせる。そちには他の車に返しを取り付ける手配をしてもらいたい」

花倉の製錬所なら、鉄の鋳物を作らせることができる。

島中の車の寸法を計らせ、三種類くらいの大きさのものを用意すれば、胴木にはめ込むことは容易にできるはずだった。

「ついでにこげん工夫もしてみましたが、どげんでござりましょうか」

有度が川の側の作業場に案内した。

鉄の輪をつけた搾り車が横倒しに置かれている。軸の先に水車を取りつけ、水の動力で回転させるものだった。

「島では軸につけた横木を牛や馬に引かせておりもすが、牛や馬を持たんために一日中横木を押している者たちも数多くおりもす。こん水車が普及すれば、少しでも負担を軽くすることがでくっとではなかでしょうか」

有度は水車に水を落としかけ、搾り車を回してみせた。

砂糖黍を差し込むと、飛ぶような速さで胴木の間をくぐり抜け、搾り殻が前方へと吐き出されていく。

まるで魔法でも見るような見事さだった。

見学を終えると、有度は二人に茶をふるまった。緑茶ではなく、何かの薬草のようだった。

「こいは鬱金《うこん》の根を煎《せん》じたもんでございもす。疲れを取っとに効果がありもす」

畑で薬草を栽培し、村人に無料で分け与えているという。

笑左衛門は有度の才覚に感心し、このような人材を藩政に登用したいものだと思った。

そのつもりはないかと打診してみると、

「こげんおいぼれなど何の役にも立ちもうさん。じゃっどん、こん島のことについてなら、考えていることはいくらもありもうす」

有度は真顔になって薩摩藩のやり方に異を唱えた。

島を疲弊させている元凶は、砂糖の惣買入れ制である。

藩がすべての砂糖を取り上げ、その代わりに生活に必要な品を渡しているのだから、これは買入れという名にさえ値しない。島民を奴隷となし、砂糖黍の栽培を強いるだけの虐政ではないか。

「そいに、こん島の治め方にも問題がありもうす」

与人や村役が間切を治めるのはこの島の古くからのやり方だが、昔は神に仕え道義に従って村人を導いたものだ。
ところが近年では薩摩藩に仕え、藩の言いなりになることによって私腹を肥やしている。
そのために道義がすたれて人心は荒廃し、貧富の差が大きくなるばかりである。
これでは島の荒廃は進むばかりで、やがては砂糖の生産力も落ちることになるだろう。希望と楽しみがなければ人は生きられないということを、政《まつりごと》に当たる方にはよく考えていただきたい。
「調所さまはこういう島唄《しまうた》があっことを知っちょいもいか」
有度は三線《さんしん》を持ち出し、哀調をおびた朗々たる声で唄い始めた。
〽かしゅてしゃんてな
誰《た》が為どなりゆる
大和しゅぎりゃが
為どなりゆる
（こんなに働いて誰の為になるのだろう。大和（薩摩）の衆のためにしかならないのだ）
〽うしゅくガジュマル

石だちご太《ふで》る
掟、黍見舞《すかみめ》
島抱《た》ちご太《ふで》る
（うしゅくガジュマルは石を抱いて大きくなるが、掟や黍見舞などの島役人は島から吸い上げた血で太る）

いずれも薩摩藩や島役人に対する痛烈な批判を込めた歌だった。

知名瀬村からの帰り道、佐之助は口数が少なかった。

思い詰めた表情をして力なく歩いていたが、代官仮屋の近くまで来ると意を決したように口を開いた。

「実は名瀬間切の信乃《しの》ちいう娘から、相談を受けておりもす」

娘は武《たけ》という家の家人《やんちゅ》だが、兄の松吉が五月に薩摩に行ったきり戻らないので心配しているという。

「松吉だと」

笑左衛門には忘れられない名前だった。

「砂糖黍の収穫時期には戻るちいう約束で出かけたそうですが、その後音沙汰《おとさた》がなかと申します。国許《くにもと》で調べていただけば、分るとじゃなかでしょうか」

「その娘とそちは、どういう間柄じゃ。言い交わした仲か」

「とんでもございもはん。時折仮屋に使いに来っので、何度か言葉をかけたばかりでございもす」

「ならば個人のことに深入りするな。島役人はすべての島民に公平であらねばならぬ」

笑左衛門は思いつきの理屈でねじ伏せようとしたが、佐之助は引き下がらなかった。

「信乃のふた親とも病気がちで、松吉が戻らんと暮らしが立ちかねると申しておりもす。身売りの話も出ちょるようなので、消息なりとも分れば安心すっと思うとですが」

「今は砂糖の生産高を上げることだけに専念せいと申し付けたはずじゃ。他のことは後日計らえばよい」

笑左衛門は強い口調で話を打ち切った。

松吉や三五郎がこの島の出身だとは知っていたが、こんな話を聞かされようとは思いもよらぬことだった。

砂糖黍《さとうきび》の刈り取りは、十二月朔日《ついたち》から始めさせた。

例年は月の中頃からだが、不作のせいでこれ以上待っても糖度が上がる見込みがなかったし、少しでも早く出荷して年末の砂糖の需要に間に合わせたかった。

刈り取りは、大の大人でさえ音を上げるほどの重労働だった。

大きな鎌で根元から斬り倒し、葉を落としてから二十本ほどまとめて束にする。これを担いで搾り車のある車場まで運ばなければならなかった。

搾った汁はサタヤドリと呼ばれる小屋で煮つめる。

半畳ばかりの広さの平べったい釜《かま》でアクを取りながら煮つめると、水分が蒸発してどろどろの状態になる。

これを樽《たる》に入れて冷やせば、固まって黒砂糖ができるのだった。

樽ひとつには百斤の砂糖を詰める。

大島では例年七百万斤の砂糖を生産するのだから、樽だけでも七万個を必要とする。これを作るための木や竹を切り出すだけでも大変な作業だった。

それでも、収穫には特別な喜びがある。

一年の苦労が形となって現われるだけに、仕事に追いまくられながらも島は活気に満ちていたが、柏有度が指摘したような弊害はいたる所に現われていた。

与人や村役をつとめる豊かな者たちは家人《やんちゅ》と呼ばれる家内奴隷を数多く抱え、集団的な作業によって効率よく仕事をこなしていたが、一家で働いている者たちの仕事ぶりはどこか鈍《のろ》い。

笑左衛門は百台分の鉄の輪を花倉の製錬所で作らせ、各間切に分配していたが、それを使っているのは豊かな者たちばかりだった。

「あの者たちは村役でありながら、己れのことしか考えておらぬではないか」

笑左衛門は代官の指導が悪いからだと利右衛門を責めた。

車の改良に期待を寄せていたので、失望は余計に大きかった。

「借金が返せず、身売りして家人になる者が後を絶ちませぬ。しかし才覚のある者のもとで大勢が働いた方が仕事ははかどるのですから、砂糖の生産には都合がいいのです」

利右衛門が小さな声で弁明した。

誰も家人が増えることを望んではいない。だがそれで砂糖の生産が上がるのなら、目をつぶるしかないのだった。

収穫の初期には明るい活気に満ちていた島民たちも、過酷な仕事がつづくにつれて次第に疲れ果て、陰鬱《いんうつ》で殺気立った雰囲気がただようようになった。

砂糖黍を差し込もうとして車に腕を巻き込まれたり、釜の中に倒れ込んで大火傷《やけど》を負う事故が続発し、酔った上での刃傷沙汰《にんじょうざた》まで起こるようになった。

収穫期間中の飲酒は厳しく禁じていたが、島民たちは疲れをまぎらすために隠れて飲んでいたのである。

事件はそうした最中《さなか》に起こった。

夕方、視察を終えて代官仮屋に戻っていると、

「お役人さま、お願いでござりもす」

十四、五歳の娘が地にひれ伏して直訴に及んだ。

麻の小袖《こそで》を着て藁《わら》の帯を締めた貧しい身なりだが、目の大きな美しい顔立ちをしている。佐之助が話した信乃という娘だった。

信乃の後ろには、三人の若者が赤ら顔をして従っている。どうやら酒に酔った勢いで、直訴の後押しを買って出たようだった。

「兄が、私の兄の松吉が薩摩に行ったまま戻りません。どげんなったのか教えてくいやったもんせ」

「知らぬ。直訴はまかりならぬことじゃ」

笑左衛門は思わず二、三歩後ずさった。

「お役人さまはご存知のはずでございもす。どうか、本当のことを」

「知らぬと申しておる。罪にならぬうちに、早々に立ちさるがよい」

「薩摩から来た鉄の輪を依代《よりしろ》にして、松吉が戻ってきたのでございもす。兄はお役人さまに聞けば分ると申しておりもした」

南の島には祝女《のろ》という巫女《みこ》がいるが、信乃にも神がかったところがあるらしい。何やら顔付きまでが松吉のようだった。

笑左衛門は亡霊に追いかけられたようにゾッとして、早々に追い払うように命じた。

「そうか。やっぱい、わいがやったんだな」

信乃がいきなり鬼の形相をして笑左衛門につかみかかった。

「手から血の匂いがすっ。兄も三五郎叔父《おじ》も、わいが殺したんだろう」

「信乃、やめんか」

佐之助が信乃をふりほどこうとした。

突然のことに動転し、あまりに手荒く引っ張ったために、信乃は地面に体を打ちつけてぐったりとなった。

「こん大和《やまと》ん衆《ちゅ》が。信乃に何ばすっとか」

後ろにいた大柄の若者が、憑《つ》かれたような目をして喰《く》ってかかった。

佐之助は一歩下がって腰を沈めると、示現流独特の気合を上げて男の右肩に斬りつけた。

鎖骨からあばら骨まで斬り裂く凄《すさ》まじい一撃である。

男は声を上げる間もなくあお向けに倒れ、血を噴き出しながら絶命した。

他の二人はあまりのことに腰を抜かし、はうようにして逃げ帰った。

「堪忍ならぬ振舞いゆえ、無礼討ちにしもした。ご処分をお願いしもんす」

佐之助が鞘《さや》に納めた刀を落ち着き払って差し出した。

あっという間の出来事である。

笑左衛門は気を失った信乃を連れて仮屋に戻り、利右衛門と善後策を協議した。

「ともかく事を荒立てぬことが肝要です。武《たけ》の家人たちですから、主《あるじ》の兼吉を呼んで事のいきさつを話しておきましょう」

世事に慣れた利右衛門はすぐに使者を出し、兼吉に出頭するように伝えた。

翌日、兼吉が逃げ去った二人の男をともなって出頭した。

名瀬間切の黍横目をつとめる島役人で、私費を投じて砂糖運搬用の道を作った功によって一代郷士に任じられていた。

名瀬では与人に次ぐ実力者である。

「昨夜《ゆうべ》は家の者が無礼を働き、まことに申し訳ござりもうさん。これはおわびの印でございもす」

芭蕉布《ばしょうふ》三反と酒二升を差し出した。

直訴は厳禁されている。若者三人は酒に酔ってその禁令を破った上に、身分もわきまえぬ振舞いに及んだのだから、手討ちにされたのは仕方がないと納得していた。

「四人とも当家の膝素立《ひざすだ》でございもす。幼か頃から兄弟のようにして育っておりますので、信乃の心配を見かねてあげんことをしたのでございましょう」

膝素立とは家人《やんちゅ》の子供のことだ。

家人とは借金が払えずに債務奴隷となった者たちなのだから、彼らの間に生まれた子供の所有権は主人にあるとされていた。

「分った。事情を吟味した上で裁定を下すゆえ、家に戻って達しを待て」

利右衛門が献上品を差し戻し、三人を引き取らせた。

以前はこうした品を受け取るのは大島に赴任した者たちの役得だったが、笑左衛門が厳しく禁じていたのである。

「問題は佐之助の処分でございますな」

利右衛門が文机《ふづくえ》から煙草を取り出し、あわただしくキセルに詰めた。

「あの者も佐之助に落度はないと認めておる。処分する必要はあるまい」

笑左衛門は有度からもらった鬱金《うこん》の茶を飲んだ。

昨夜は気が高ぶって一睡もできなかった。斬られた男と斬首《ざんしゅ》された二人の姿が重なって、胸の動悸《どうき》が鎮まらなかった。

「あれは建て前でございます。いかに非がないとはいえ、島民を斬った者をこのまま島に置いては、争いの種になりかねませぬ」

以前にも似たような事例があるが、その者は島民の恨みを買い、精神的に追い詰められて首を吊《つ》ったという。

「それに松吉らが戻らぬことを案じているのは、あの娘ばかりではございませぬ。同じように気を揉《も》んでいる者が大勢いますので、娘に同情を寄せる者も少なくありますまい」

「うむ。それはそうだが」

自分のせいで起こった事件なので、佐之助を処罰したくはなかった。

「その心情を逆なでにしては、砂糖の生産にも悪い影響を及ぼしましょう。それに兼吉には借りがございます」

「どんな借りじゃ。良からぬ賂《まいない》を受け取ったのではあるまいな」

「花倉の御仮屋に人足を出せとのご下命ゆえ、あの者に頼んで家人を集めました。この先もあの者たちの協力なくしては、人集めはできぬと存じます」

贋金造りについては、利右衛門には伏せてある。だが砂糖黍の収穫期になっても人足たちが戻らないので、何か非常のことだと察しているようだった。

「ならば佐之助は国許《くにもと》に戻して蟄居《ちっきょ》させることにしよう」

笑左衛門は引き下がった。

島の事情は国許には伝わらない。時期を見て処分を解き、しかるべき役目につけてやろうと思った。

だが、その目論見《もくろみ》はあえなく終《つい》えた。

翌日の夕方、佐之助が何も告げずに仮屋を抜け出し、近くの浜で自決したのである。

懐には笑左衛門あての遺書があり、「迷惑をかけたので責任を取る」という主旨のことが記されていた。

この事件が砂糖の生産に悪い影響を及ぼすことを避けようとしたのである。

笑左衛門は庭に出ると、佐之助が自害した浜に向かって手を合わせた。

風が出て波が高くなったらしい。時折港に打ち寄せる波の音がして、潮騒《しおさい》のざわめきがせわしなくなった。

その中から有度が唄《うた》った島唄が聞こえてくる気がして、笑左衛門はあたりが冷えきっていることにも気付かずに立ち尽くしていた。

第三章　唐物抜荷

一

高く澄んだ笛の音が響き渡り、獅子舞《ししま》いが始まった。

軽快な笛と太鼓に合わせて、目をぎょろりとむいた赤い顔の獅子が縦横に駆け回る。

唐草模様の体を低くして地を走り、歯がみをしながら見得《みえ》を切ったかと思うと、ふいに高々と飛び上がって死んだようにごろりと横になる。

初めて獅子舞いを見た厚子や安之進は、その一挙手一投足を手に汗を握ってながめている。妻の毛利子《もりこ》も身を乗り出し、子供のように夢中になっていた。

調所笑左衛門広郷《ずしょしょうざえもんひろさと》は盃《さかずき》を傾けながら、三人の熱中ぶりを心地よくながめていた。

天保六年（一八三五）の年明けである。

去年は何かと辛《つら》いことが多く、毛利子にも苦労をかけた。正月三ヵ日にはそうしたことを忘れて楽しんでもらおうと、長崎から獅子舞いの一座を呼び寄せたのだった。

獅子舞いが佳境に入った頃、脇に控えていた者たちが三つの長床几《ながしょうぎ》を横に並べた。高さは三尺ばかりで、一間ばかりのへだたりがある。

獅子は長床几のまわりを遠巻きにして、何だろうというように臭いをかぐ仕草をしたが、関わりあいたくないのか逃げるように庭の隅へと引っ込んだ。

すると笛と太鼓が急調子になり、早く芸を披露しろと催促する。

獅子は下げた頭を小刻みに横に振って嫌だという仕草をする。その情《なさけ》なげな姿が滑《こっ》稽《けい》で、毛利子と厚子が声を上げて笑った。

安之進はかえって不安になったらしく、この先どうなるのかと身を固くしている。

ふいに笛と太鼓がぴたりと止んだ。

すると獅子は疾走を始め、三つの長床几の上を飛び石のように軽々と飛んだ。

その動きは猫にそっくりで、とても人間が中に入っているとは思えないほどだった。

「父上、おひとついけんごわんどかい」

嫡男の笑太郎が酒を勧めた。

先妻との間に生まれた子で、小納戸《こなんど》頭取をつとめている。家督を継ぐことも正式に決っているので、そろそろ側用人《そばようにん》への道を進ませようと考えていた。

「どげんじゃや、長崎の獅子舞いは」

笑左衛門は鷹揚《おうよう》に盃を飲み干した。

「見事な技と見受けましたが、諸事倹約の折、贅沢《ぜいたく》が過ぎるのじゃなかかと案じておりもす」

「何を肝細《きもごま》かこつを。江戸の芸妓《げいぎ》に比ぶれば、一座の手当てなど知れたもんじゃ」

「おや、江戸ではそげんなお遊びをなされるのでござりもすか」

毛利子が耳ざとく聞きつけた。

「そげん暇があるもんか。たとえあったとしても、おいはもう還暦じゃ。こげん年寄りなど、誰からも見向きもされまいて」

笑左衛門は今年で六十歳になる。髪が薄くなり、ねずみの尻尾《しっぽ》のような髷《まげ》しか結えなくなっていた。

「おやまあ。皆にちやほやされるなら遊びに行かるっとですか」

「行かんよ。こげんに可愛かうっかたがおっとに、なんで、そげん所へ行ったりするもんか」

笑左衛門は笑太郎に酒を勧めて、毛利子の矛先をかわした。

実は家老になってからは、江戸の茶屋に足を踏み入れる機会が多い。幕閣の要人などを接待するためだが、そうした場所で芸妓たちにちやほやされるのもまんざら悪い気はしなかった。

獅子舞いが終るのを見計らったように、十人ばかりの武士たちが角樽を下げて新年の挨拶《あいさつ》に来た。

三原藤五郎や宮之原源之丞、肥後八右衛門ら三島方《さんとうほう》の役人である。五年前に道之島三島からの砂糖の惣買入れを実施して以来、笑左衛門の手足となって働きつづけた者たちだった。

「新年おめでとうございもす。本年も何とぞよろしくご指導をたまわりますよう、伏してお願い申し上げもす」

三島方頭取の藤五郎が皆を代表して挨拶をした。

「ご家老さまにはめでたく還暦を迎えられ、祝着に存じもす。これはわずかでございもすが、祝いの気持でございもす。お納め下さったもんせ」

五升入りの角樽を差し出した。

阿久根《あくね》名産の焼酎《しょうちゅう》「阿久根千酒《ちざけ》」である。江戸での値段は一升八百文。伏見の銘酒の三倍以上もの値がつく高級品だった。

「こいはまた奮発したもんじゃのう。わいどまぁ、正月の小遣いを使い果たしたじゃろう」

笑左衛門は角樽の封を切り、皆にふるまった。

阿久根の折口伊兵衛が琉球に渡って製法を学んで来たもので、焼酎というより泡盛に近い。

酒度が高いのに飲み口はまろやかで、口にふくんだ途端に芳醇《ほうじゅん》な香りが喉《のど》の奥にまで広がっていく。

後に「阿久根諸白」の名で知られるようになった逸品で、三島方の役人の扶持《ふち》ではなかなか手が届かない酒だった。

「砂糖黍の作柄は例年の半分ほどしか見込めんどん、琉球からの買い付けと搾り車の改良で、何とか被害を二割程度に抑えることができんど。こいもご家老さまのご指示の賜物でござぃもす」

源之丞が感無量といった顔で焼酎を傾けた。

「皆の働きのお陰じゃ。今日は仕事のことは忘れて、思う存分飲みゃんせ」

笑左衛門は座の真ん中に出て皆に酒をついで回った。

日頃は馬車馬のように働かせているので、こういう時くらいは存分に楽しんでもらいたかった。

「さてそいでは、祝いの歌でも披露しもんそか」

酔うと人が変わったように陽気になる源之丞が、腰に手を当てて立ち上がった。

その時外からふすまが開き、毛利子が小さく手招きをした。

「指宿《いぶすき》の浜崎家から使いが来ちょりもす。どげんいたしましょうか」

側に寄って耳打ちした。

「すぐに会う、後のことは笑太郎に頼んでおいてくれ」

四十がらみの使者は勝手口の土間に立ち尽くしたままだった。よほど急いで来たらしく、肩で大きく息をついていた。

「お祝い事のさなかにご無礼をいたします。主人太平次が至急お目にかかりたいと申しておりますので、西田橋側の和田屋までご足労をお願い申し上げます」

京か大坂から下って来た手代らしく、そつのない丁重な口上をのべた。

「用件は?」

「唐物商いについて、お知恵を拝借したいと申しております」

すでに和田屋の駕籠《かご》まで迎えに寄《よ》こしている。

笑左衛門は不吉な胸騒ぎがして、家の者に行先も告げずに駕籠に乗り込んだ。

今年は正月とも思えないほど暖かく、時には南西から湿気を含んだ生温かい風が吹きつける。

その風に乗って桜島の火山灰が城下に飛来し、屋根の上に雪のように降り積っていた。

正月だけあって、道路は美しく掃き清められている。

旅籠《はたご》の多い西田橋筋には、他国から来た派手な装いの者たちが、宿の手代に先導されて東の方へと向かっていた。

船に乗り、温泉場にでも行くつもりらしい。

笑左衛門が若い頃には他所者《よそもの》に対する警戒が厳重で、旅の者が城下を気ままに歩き回ることなど絶えてなかった。

ところが重豪《しげひで》の開放政策によって、他国の商人が城下で自由に店を出せるようになった。

閉鎖的で因襲に縛られがちな薩摩の気風を改めようとしてのことだが、人が自由に出入りするようになったために、藩内の機密が守りにくくなるという弊害も生じていた。

浜崎太平次は和田屋の離れで待ちわびていた。

まだ二十二歳になったばかりの青年で、笑左衛門にとっては孫のような年回りである。

だが、商才の鋭さと度胸の良さは百戦錬磨の商人も及ばないほどで、零落していた浜崎家をわずか数年で立て直したのだった。

「正月早々にお呼び立てして申しわけありません。私がお訪ねしては、人の目もあると思いましたので」

太平次は崖《がけ》っ淵《ぷち》に追い詰められた切羽詰まった目をしていた。

「構わぬが、よい知らせではないようだな」

「越中に向かった早瀬丸が越後の村松浜で座礁し、代官所の役人に取調べを受けているとの知らせが参りました」

「積荷は」

「役人が踏み込んで来る前に海に捨てたそうですが、そのうちのいくらかが岸に打ち上げられたようでございます」

笑左衛門は加賀の豪商銭屋五兵衛《ぜにやごへえ》と組み、数年前から北前船《きたまえ》と唐物取引きを結び合わせた密貿易のルートを作り上げていた。

蝦夷《えぞ》地産の昆布や海参《いりこ》を清国《しんこく》に輸出し、引き替えに輸入した唐物の薬種を富山の薬売りの販路を使って全国に売りさばくのである。

この密貿易に太平次も深く関わり、浜崎家の船で唐物の薬種を越中へと運んでいた。

その船が座礁し、禁制の唐物の薬種を大量に積んでいたことが発覚すれば、密貿易の実態が白日のもとにさらされる危険があった。

「船には身許《みもと》が分るようなものは積んでおるまいな」

「早瀬丸は唐船風に仕立てておりますので、その心配はございませぬ」

「水夫《かこ》は？」

「十人でございます。そのうちの二人が代官所の役人が来る前に船から逃げ出し、急を知らせたのでございます」

「残ったのは八人か」

その者たちが嘘をつき通せればよいが、唐物の薬種を押さえられたとすれば取調べは容赦のないものになるにちがいなかった。

「口を割る者はいないはずですが、どのようなご迷惑が及ぶか分りませぬので、お知らせした次第でございます」

「わしも江戸に使いを出して様子をさぐってみよう。万一の場合には、それ相応の覚悟をしてもらうことになるかもしれぬ」

「承知いたしております。何なりとお申し付け下さいませ」

太平次が深々と頭を下げた。すべての責任は自分が負うという意味だった。

難破船の影響は一月ほどたってから現われた。

越後の代官青山九八郎からの報告を受けた老中の大久保忠真《ただざね》は、真相を徹底的に糾明するように申し付けたばかりか、長崎奉行の久世広正に薩摩藩の唐物販売の実態を調査するように命じたのである。

そうした動きをこと細かに記した猪飼央《いかいなか》の書状に目を通すと、笑左衛門はごろりとあお向けになった。

江戸での贅沢《ぜいたく》がたたったのか、近頃痛風に悩まされて正座ができないほどである。あぐらをかいてもふくらはぎから爪先《つまさき》にかけて針で突っついたように痛み出すので、ついあお向けに寝そべるようになっていた。

（やれやれ、弱り目にたたり目とはこのことじゃ）

笑左衛門は珍しく弱音を吐いた。

薩摩藩は文政八年（一八二五）に唐物十六種販売を五年間の期限つきで許可され、さらに五年の延長が認められていた。

ところがその免許が今年で切れるので、来年から二十年間延長してもらうことにしていた。

これは笑左衛門が各方面に根回しをしてようやく実現したものだが、幕閣の中にはこの許可を取り消すべきだという強行な意見もあった。

もし唐物販売免許が取り消されたなら、清国との密貿易がつづけられなくなり、ようやく軌道に乗りかけた財政再建が頓挫《とんざ》する。

一刻も早く江戸や長崎に出向いて事件をもみ消し、幕閣に付け入る隙を与えないようにしなければならなかったが、痛風をこらえて旅に出るのは気が進まなかった。

歩くのはまだ我慢ができる。だが長崎奉行や老中の前ではいつくばり、痛みをこらえながら長々と弁解をつづけるのかと思うと、どうにも気が滅入《めい》るのだった。

翌朝早く、笑左衛門は藩の用船を仕立てて長崎へ向かった。

役目柄の出張に、初めて笑太郎を同行している。

やがては斉興《なりおき》の側用人に取り立て、この仕事を引き継がせるつもりなのだから、今のうちから経験を積ませておきたかった。

「政《まつりごと》には表と裏がある。男子たるもの少々のことでうろたえてはならん」

船が錦江湾《きんこう》を出る時、笑左衛門は厳しく言い渡した。

素直で純朴な笑太郎が裏の世界を知ったならどうなるか、一抹の不安があった。

船が長崎に着くと、二人はまず藩の蔵屋敷を訪ねた。琉球を通じて入手した唐物を売りさばくための出張所で、常時数名の藩士が詰めていた。

笑左衛門は腹心の大迫藤兵衛《おおさことうべえ》に会って長崎奉行所の動きをたずねたが、詳しいことは何も分らなかった。

「今年になって奉行所のお歴々の口が急に固くなり、懇親会に欠席される方が多いのでござりもす」

藩では月に二度、長崎奉行所や長崎会所の役人たちを懇親会に招いて接待している。それに欠席する者が多くなったとすれば、この先幕府の態度がますます厳しくなるにちがいなかった。


翌日、裃《かみしも》に着替えて高島四郎兵衛《たかしましろべえ》の屋敷を訪ねた。

高島家は幕府が長崎に出島を築いた時に費用を負担したほどの旧家で、代々町年寄や長崎会所の調役《しらべやく》に任じられていた。

長崎の行政ばかりか会所の運営にも絶大な力を持ち、将軍の代替りと自家の家督相続の際には江戸に出て将軍に御目見《おめみえ》をするほど重用されていた。

当代の四郎兵衛はオランダ語にも通じ、六年前に国外追放処分となったシーボルトとも親しく交わっていた。

また四郎兵衛の息子四郎太夫（後の秋帆《しゅうはん》）は西洋砲術を学び、高島流砲術を確立して幕府にさえ一目置かれる存在となっていた。

大村町にある四郎兵衛の屋敷は、一千坪以上もの広さがあった。五千石取りの旗本の屋敷に匹敵する構えで、長屋門や築地塀《ついじべい》の古色蒼然《そうぜん》たるたたずまいが、高島家の格式の高さを示していた。

すでに昨日のうちに対面の約束は取り付けている。屋敷の客間に入ると、高島四郎兵衛、四郎太夫父子《おやこ》が袴《はかま》姿で待ち受けていた。

四郎兵衛は笑左衛門より四歳上で、会所調役に任じられている。四郎太夫は笑太郎より四つ上の三十八歳で、町年寄をつとめるかたわら西洋砲術の研究に打ち込んでいた。

年頃、風体とも似たような父子である。こうして二組で向かい合うと親しみを覚え、座はなごやかな空気に包まれた。

「さっそくご対面いただき、かたじけのうございます。こちらは嫡男の笑太郎でござる。以後お見知りおきいただきたい」

笑太郎を二人に引き合わせながら、笑左衛門はかつて味わったことのない誇らしさを覚えた。

父親の役目を果たせたという安堵《あんど》と、一人前になった息子を披露する晴れがましさがある。

その歓《よろこ》びは自分でも意外なほど大きく、痛風の痛みも忘れるほどだった。

「私は出島のオランダ人から西洋の砲術を学んでおります。西洋の優れた技術を取り入れなければ、諸外国に太刀打ちできないと思うからですが、笑太郎どのは興味がおありでしょうか」

四郎太夫が気さくに話しかけた。

「はい。西洋の銃器は日本より格段に優れているとうかがいました。当藩でも研究に着手しているところでございます」

「それならどうです。オランダから買い付けたゲベール銃がありますから、見てみませんか」

ゲベール銃は燧石式《ひうちいし》発火器が装着されているので、日本の火縄銃のように火縄を用いる必要がない。しかも最大射程は九町近くもあるので、火縄銃ではとても対抗できないだろう。

四郎太夫が知識の一端をさらりと披露した。

「九町、ですか?」

笑太郎が問い直した。

火縄銃の射程は三町ばかりしかないので、信じられないのも無理はなかった。

「オランダの説明書によれば九百五十メートルです。もっともそれほど離れたところから人を撃っても、当たるとは思えませんが」

「しかし、大軍同士の戦では有効でしょう」

「そうです。フランスのナポレオンという大将は、百姓や町人に銃を持たせて歩兵隊を組織し、フランスを西欧一の強国にしました」

四郎太夫はゲベール銃を見せたくてたまらないらしく、笑太郎の手を取るようにして別室へと案内した。

「あれには少々せっかちなところがありましてな。何かの拍子につまずかぬかと案じております」

四郎兵衛が長い眉尻《まゆじり》を下げて苦笑した。

「うちのはおっとりとし過ぎておりますので、ご子息から西欧の風を吹き込んでいただけば目が覚めるでしょう」

笑左衛門はしばらくとりとめのない話をしてから、唐物取引きの規制についての話に移った。

「近頃幕閣では、当藩への販売免許を取り消そうという意見があるそうですが、何かお聞き及びでしょうか」

「ここ数年、会所は赤字つづきです。それを立て直すようにという厳しいお達しが、毎月のように届いております」

「四郎兵衛どのや町年寄の方々のご協力により、昨年唐物販売の二十年延長が認められたばかりでございます。それを取り消されては、当藩にとって由々しき大事でございます」

「ご無礼をいたします」

四郎兵衛が長ギセルに煙草を詰め、火鉢の火を移して深々と息を吸い込んだ。

煙草は笑左衛門が贈った国分《こくぶ》産の名品だった。

「越後の村松浜で座礁した船が、ご禁制の唐物薬種を積んでいたそうです。お聞き及びでございましょうか」

「いいえ。存じませぬ」

笑左衛門は眉ひとつ動かさずに受け流した。

「水夫《かこ》たちは長崎在住の唐人に頼まれて荷を運んだと言い張っているようですが、ご老中の中には薩州船ではないかと疑っておられる方もいるそうでございます」

ふいに笑左衛門のふくらはぎに千本もの針で刺されるような痛みが走った。背筋から脳天にまで突き抜ける激痛だが、平静をよそおったまま膝《ひざ》を崩そうとはしなかった。

「さきほども申しましたが、近年会所は赤字つづきで、幕府への運上金もとどこおっております。その原因はどこにあるとお考えですか」

「さあ、私のような素人には」

「何者かが唐物の抜荷を行ない、各地で大量に売りさばいているからです。その品が安くて優秀なので、長崎会所で取り扱う品が見向きもされなくなったのですよ」

薩摩藩の密貿易はそれほど大がかりなものだった。

蝦夷《えぞ》地産の昆布や海参《いりこ》と引き替えに薬種を輸入するというルートを確立したばかりか、花倉《けくら》屋敷で作った贋金《にせがね》を使い、清国や朝鮮から直接買い付けている。

そのために両国の産物の価格が下落し、長崎会所の唐貿易や対馬《つしま》藩の朝鮮貿易まで衰退させていた。

「何事にも限度というものがございます。会所の赤字がつづけば、我々町年寄も利益の分配にあずかれなくなりますので、いつまでも手をこまねいているわけには参りませぬ」

四郎兵衛は大きく煙を吐き出し、一通の書付けを差し出した。

〝唐物抜荷一件〟と題された調書の写しだった。

二

調査は詳細をきわめていた。

長崎会所の命を受けた者が長崎や薩摩ばかりか、琉球、奄美大島、越前、加賀、越中、越後、津軽、蝦夷地にまで出向き、風聞や目撃談などを集めていた。

その中には、加賀の北前船が松前藩や津軽藩から昆布や海参を買い込んで薩摩まで運んでいることや、薩摩の船が加賀や越中まで唐物を運んでいることが明記されていた。

明確な証拠こそないものの、笑左衛門と銭屋五兵衛が作り上げた密貿易のルートが白日のもとにさらされたのである。

内容はそればかりではなかった。

鹿児島や道之島三島に唐船が寄港していることや、薩摩藩が清国や朝鮮に交易船を派遣していること。手に入れた抜荷の品は、唐船に偽装した薩州船が越中や越後に運んだり、琉球国産物に取り交ぜて長崎で売りさばいていることにまで言及していた。

予想していたよりはるかに大がかりな調査で、とても一年や二年でやれるものではない。唐物抜荷《からものぬけに》を始めた当初から目を光らせていたとしか思えなかった。

唐物販売を許可された当初から、藩と長崎会所の対立はあった。

幕府はこれを解消するために、藩の唐物販売額を一年間に銀千七百二十貫目（約金二万八千七百両）と定め、そのうち二百四十貫目を会所に納付するように義務づけた。

またすべてを長崎に荷揚げし、会所の調役が品物の目利き、荷見せ、入札などに立ち会って不正がないように監視することになっていたが、笑左衛門はこれらの決りをすべて無視していた。

四郎兵衛が何事にも限度があると釘《くぎ》を刺したのは、抜荷の実態をここまで把握してのことだったのである。


「父上、お体の具合はどげんでござりもすか」

笑太郎が風呂敷《ふろしき》包みを持って訪ねてきた。

「うむ、可もなく不可もなか」

「こいはオランダの薬で、痛風にも効くそうでございもす」

白い粉末の入った半透明の小瓶を差し出した。

「こげんもんを、どこで」

「四郎太夫どんにいただきもした」

笑太郎は昨日今日と高島屋敷に入りびたっている。四郎太夫と余程気が合うようだった。

「明後日、屋敷の庭でゲベール銃の実射をなされるそうでございもす。父上にもご足労いただきたいとおおせでございもす」

その日は長崎奉行の久世広正も顔を出すという。抜荷のことなど夢にも思わぬ呑気《のんき》な口ぶりだった。

「そうか。そん鉄砲で、おいどんたっが撃ち殺されるかもしれんな」

「おたわむれを申されますな」

「戯言《ざれごと》かどうか、こいに目を通してみれば分る」

笑左衛門は言いようのない苛立《いらだ》ちに駆られて、〝唐物抜荷一件〟を押し付けた。

二日後、二人はそろって高島四郎兵衛の屋敷を訪ねた。

さすがに笑太郎の表情は固い。抜荷の一件については藩の与《あずか》り知らぬことだと言ってあるものの、大きな衝撃を受けているようだった。

「おいどんたっは薩摩の侍じゃ。殿へのご奉公だけ心掛ければそれでよか」

高島家の長屋門をくぐる前に、笑左衛門は笑太郎の目をのぞき込んで言い聞かせた。

客間でしばらく待っていると、四郎兵衛と久世広正が連れ立って入って来た。

「調所どの、お久しゅうござる」

広正は上座に着くのを遠慮して笑左衛門の正面に腰を下ろした。

老中昇進の工作費にと、臆面《おくめん》もなく袖《そで》の下を要求してきた男だった。

「ご無沙汰《ぶさた》をいたしました。日頃から何かとお心遣いをいただき、かたじけのう存じまする」

笑左衛門は満面の笑みを浮かべて礼をのべた。

「先日は珍らしい品々をお届けいただき、お礼申し上げる」

「お陰さまで唐物販売の二十年延長も無事に認めていただきました。これも久世さまや奉行所の皆様のご尽力のお陰でございます」

この決定には老中の大久保忠真が難色を示したが、延長を認めても長崎会所の経営に支障はないという久世広正らの上申によって許可されたのである。

そのために笑左衛門が使った工作費は、長崎だけでも五千両にのぼっていた。

「ところが近頃、この長崎でもさまざまの風聞や雑説がござってな。我らも困っておるのでござる」

「抜荷の一件でしょうか」

「さよう。唐物の抜荷が横行し、長崎会所の経営が立ちゆかないほどでござる。もし薩摩藩がこれに関わっているとすれば、由々しき大事でござる」

「先日高島どのから調書を見せていただきました。薩州船が抜荷に関わっているとの指摘があり、驚き入った次第でございます」

「調所どの、あれは風聞のみにもとづいたものではござらぬ」

四郎兵衛が鋭く釘を刺した。

「承知いたしております。薩摩は昔から唐や南蛮との関わりが深い土地ゆえ、廻船業《かいせんぎょう》に従事する者の中には、抜荷に関わる不逞《ふてい》の輩《やから》がいるかもしれませぬ。今日にも倅《せがれ》を薩摩につかわし、厳しく取り調べるよう申し付けるつもりでございます」

「あの調書は、まだ上申してはおりませぬ。調所どのに善処いただけるなら、ここだけの話として済ますこともできるのでござる」

「むろん我らも、できる限りのことはいたしまする」

「私が調書の写しを差し上げたのは、この一件は調所どのの腹ひとつで解決できると見込んだからでござる。取り調べるなどと悠長なことを言わないでいただきたい」

四郎兵衛はいつになく厳しい口調で喰《く》い下がった。

「むろん悠長に構えてなどおりません。抜荷に関わっていると疑われては末代までの恥辱ゆえ、藩の総力をあげて不逞の輩を突き止める所存にござる」

「我らはこれまで貴殿を信じ、唐物販売にも協力して参りました。その恩を仇《あだ》で返すようなことをなされるのなら、会所としても覚悟を決めなければなりませぬ」

「お待ち下され。そのように一方的に出られては……」

「今後一度でも薩州船が抜荷に関わっていると疑われる事態が起こったなら、長崎会所は薩摩藩の唐物販売に立ち会うことを拒否いたします。そうお心得いただきたい」

会所の立ち会いのもとでしか唐物販売はできないのだから、これは清国との貿易を差し止めると言うに等しい。四郎兵衛の怒りはそれほど激しかった。

やがて屋敷の庭でゲベール銃の実射が始まった。

四郎太夫は時々門弟を集めて実射の訓練をしていたが、この日は笑左衛門らのために特別に披露することにしたのである。

一町ほど離れた所に置いたガラス瓶を、四郎太夫と五人の門弟たちが次々と撃ち割った。

パンという乾いた銃声が上がった直後に、ガラスが砕け散るけたたましい音がする。弾が一町の距離を一瞬に飛ぶので、魔法でも見ているようだった。

「このゲベール銃は今から六十年ほど前にオランダの歩兵隊で使用されたもので、今では旧式のものとなっております」

四郎太夫が先端の銃剣を取りはずし、筒先に着装してみせた。

ゲベール銃はたちまち長さ一間ばかりの槍《やり》に変わった。

「弾を撃ちつくしたなら、こうして突撃して白兵戦を挑むのでございます」

今度は燈籠《とうろう》を立てて的とし、六人でいっせいに弾を撃ちかけた。

驚いたことに石灰岩で作られた燈籠が、弾が命中するたびに土くれのように崩れ落ちていく。

これではどんな鎧《よろい》をまとっていても、ひとたまりもなく撃ち殺されるにちがいなかった。

「撃ち方やめ。突撃準備にかかれ」

号令に従って五人の門弟が素早く銃剣を着装し、「準備よし」と声を張り上げた。

「よおし、突撃」

四郎太夫が命じると、袴《はかま》の股立《ももだ》ちを取ってたすきを掛けた門弟たちが、声を上げながら燈籠に向かって突撃していった。

これが西洋の歩兵隊だという。日本が二百年近くも鎖国をつづけている間に、ヨーロッパやアメリカの武器や戦法は飛躍的に進歩していたのである。

翌日、笑左衛門は長崎会所の船に便乗して大坂に向かった。

笑太郎には薩摩に帰り、唐物抜荷の取締りに当たるように命じている。

だがこれは表向きで、抜荷をやめさせるつもりはないのだから、三島方の者たちが万事そつなく計らってくれるはずだった。

(笑太郎に真実を告げた方が良かったかもしれぬ)

笑左衛門は甲板に出て大海原をながめながら、かすかな後ろ暗さを覚えていた。

薩摩に戻って抜荷の取締りに当たると言えば、三島方の者たちは笑太郎が何も知らされていないことに気付き、軽くあしらうおそれがある。

笑太郎とて後にこのことを知ったなら、道化役を演じさせられていたことを恨みに思うにちがいない。だが、四郎兵衛の前でぬけぬけとしらを切った後だけに、実は自分がやらせているとは言えなかったのである。

三日後、船が大坂の港に着いた。

笑左衛門は艀《はしけ》に乗り替え、今橋の近くの出雲屋《いずもや》孫兵衛《まごべえ》の店を訪ねた。

大坂の市中は殺気立っていた。

この間来た時には、米価高騰の影響で商人たちが熱に浮かされたように活気づいていたが、その頃の面影は消え失《う》せていた。

商人たちは肩をすぼめてうつむきがちに歩き、下層の町人や無頼漢が五人十人と連れ立ち、あたりに火でもつけかねないすてばちな目をして歩いていた。

天保の大飢饉《ききん》による米価高騰のために、大坂市中の大半の者が食えなくなっている。いつ打ち壊しが起こっても不思議ではない不穏な空気がただよっていた。

出雲屋の大きな暖簾《のれん》をくぐると、五、六人の一本差しが鋭い目を向けてきた。打ち壊しが起こった場合に備えて、渡世人の用心棒を雇い入れていたのである。

店の者がすぐに気付き、孫兵衛の部屋まで案内した。

八畳の部屋には文机《ふづくえ》がひとつあるだけだった。山のように積まれていた帳簿も、棚にぎっしりと並んでいた書類もきれいに片付けられていた。

「どうした。引っ越しでもするつもりか」

「いつ襲われるか分りませんので、地下の火除《ひよ》け蔵に移しました。当分まともな商いもできませんから」

孫兵衛が文机から顔を上げ、入れかけの算盤《そろばん》をチャッチャッと横に振った。

「事はそこまで差し迫ったか」

「米の相場が上がり過ぎました。これは商人のせいばかりではないのですがね」

幕府や各藩は現金収入を増やそうと、稲作から換金作物への転作を強制した。そのさなかに飢饉にみまわれたために、かつてない深刻な米不足におちいっていた。いわば武士の失政が招いた飢饉であり米価の高騰である。だが庶民の目には、米の売買をする商人だけが極悪人に見えるのだった。

「そうか。我らは悪人仲間というわけだな」

笑左衛門は声を上げて笑った。

「悪というなら、幕府の制度そのものが悪でございましょう。幕府も大名家も商人から莫大《ばくだい》な借財をしておきながら、士農工商という身分制度を改めようとはなされない。我々商人はもっともっと儲《もう》けて、こうした制度を内側から喰い破らなければならないのでございます」

孫兵衛の色白の頬にうっすらと血の気がさした。

この男には商いによって天下国家を変えようという執念があり、こうした話になるとつい熱くなるのである。

「砂糖の相場はどうかな」

笑左衛門は話を目先の問題に戻した。

「よくありません。作付けが悪い上に飢饉のあおりを受けて値が下がっていますので、昨年の半分ばかりの収入しか見込めないでしょう」

「そんなに悪いか」

「多くの者たちが、米さえ買えないのです。例年の値段では、とても黒砂糖には手が出せません」

「そうか。昨年の働きが水の泡になったか」

笑左衛門は昨年も奄美大島に渡り、砂糖黍《さとうきび》の不作の穴埋めをするために死力を尽くした。だが砂糖の相場が暴落しては、いかんともし難いのである。

「実は長崎でも問題が起こってな。唐物販売を差し止められかねないのだ」

「抜荷の件でございますか」

「そうじゃ。存じておったか」

「長崎の店から連絡がございますので、おおよそのことは」

「今度は長崎会所も本腰を入れて摘発にかかっておる。かといってここで手を引けば、財政の立て直しが頓挫《とんざ》することになる」

笑左衛門は足を投げ出してひざをさすった。

笑太郎からもらった薬のお陰でおさまっていた痛風の痛みが、急にぶり返したのである。

「ご老中方を動かして、会所からの上申書を握りつぶしていただくことはできませんか」

「そうしたいところだが、大久保さまや水野さまとは折り合いが悪いのでな」

幕府が薩摩藩に厳しい態度でのぞむようになったのは、将軍家斉《いえなり》の岳父《がくふ》としてにらみを利かせていた重豪が二年前に他界したからである。

また、笑左衛門の後ろ楯《だて》となっていた老中首座水野忠成《ただあきら》が昨年二月に他界したことも大きな痛手となっていた。

新しく老中となった大久保忠真や水野忠邦は、この機会に薩摩藩の唐物免許を取り消して長崎会所の経営を立て直すべきだと主張していた。

「ならばお二人の泣き所でもつかんで、裏から手を回すしかありませんね」

「そんなものがあれば良いが」

「いくつか心当たりがございます。手前にお任せ下されませ」

孫兵衛は探索を専門とする配下を抱えている。相場を操るには相手の出方をいち早くつかむ必要があるからだが、時には弱味をつかんで脅しつける手荒いことにも手を染めていた。

「とにかく今は、できるだけの手を打っておかねばならぬ。銭屋五兵衛どのと今後のことを打ち合わせたいので、会う手筈《てはず》をととのえてくれ」

「承知いたしました。それからこれを、ご出府の折にお殿さまにお渡し下されませ」

孫兵衛が黒漆ぬりの文箱《ふばこ》を差し出した。

「何じゃこれは」

「お殿さまから内々に調べるようにおおせつかったものでございます。調所さまなら不都合はございますまい。どうぞご覧下されませ」

「やめておこう。知らぬが仏ということもあるのでな」

銭屋五兵衛とは三月五日に会えることになった。

笑左衛門はその間大坂に滞在し、三島からの砂糖の搬入状況と砂糖会所での売れ行きの状況を確認した。

孫兵衛が言ったように、砂糖相場は昨年の半分以下に暴落している。

これ以上値が下がる前に売りに出たほうがいいのか、それとも蔵屋敷に保存して値上がりを待つのがいいのか、判断に迷うところだった。

「飢饉が収まらぬ限り、値上がりは見込めませぬ。今のうちに売り抜けたほうがいいと思います」

孫兵衛の助言に従って二月中に搬入した品はすべて売り払ったが、三月以後に搬入する分は秋まで保存して様子を見ることにした。秋に米が豊作になれば、年末年始の砂糖の需要も伸びるので、値段も例年なみに回復すると期待したのである。

「いささか甘い見通しでございましょう」

孫兵衛は哀れむような目を向けたが、あれほど苦労して収穫した砂糖を二束三文の値段で手放したくはなかった。

その一方で、更始《こうし》に向けての根回しもしなければならなかった。

笑左衛門は痛風の体に鞭打《むちう》って、昼間は砂糖会所に通い、夜は平野屋彦兵衛や炭屋彦五郎ら銀主団との交渉に当たった。

「平野屋の御大《おんたい》は、更始を容認するとおおせでございます」

三月早々、孫兵衛が平野屋五兵衛の了解を取りつけてきた。

五百万両もの更始を行なえば大坂中の商人を敵に回すおそれがあるので、銀主団の後ろ楯である五兵衛の了解が絶対に必要だった。

「ただし、あまりにご無理なことをなされては、薩摩藩の体面にも関わることゆえ、借銭の一部なりとも返してやってほしいとのことでございました」

平野屋の分家に当たる彦兵衛が言い添えた。

「一部とは、いかほどじゃ」

「一割は譲れぬところだと」

「五十万両か」

笑左衛門は力なく笑った。

万古不易の備えを命じられて五年、血のにじむような努力によって、ようやく三十万両ほどの貯《たくわ》えができたところである。

それをすべて吐き出しても、まだ二十万両もの不足があった。

銭屋五兵衛との対面は、予定通り三月五日に実現した。

笑左衛門は幕府の隠密《おんみつ》の目をさけるために茶屋の船に乗り、大川の河口まで出て銭屋の北前《きたまえ》船に乗り移った。

「このような所までご足労いただき、かたじけのうございます」

五兵衛は相変わらず不敵な面魂《つらだましい》をしていた。

面長の顔は潮焼けして、六十三歳とは思えないほど若々しかった。

「このたびは当方の船の不始末で迷惑をかけた。この通りお詫《わ》び申し上げる」

笑左衛門は深々と頭を下げた。

「海に事故はつきものでございます。要はその後の処理をどうするかでございましょう」

「長崎会所が我らの動きを調べ上げておる。あの事故をきっかけに、幕府も本腰を入れて摘発に乗り出す構えじゃ」

笑左衛門は高島四郎兵衛から突き付けられた調書を渡した。

「越後で座礁した船については、手前どもにも加賀藩を通じて問い合わせがございました。越中の薬売りにも、隠密の手が伸びているようでございます」

「各方面に手を回して事を荒立てぬようにしておるが、老中の大久保さまや水野さまが当家を目の仇《かたき》にしておられるのでな」

「嵐の日に船は出せませぬ。しばらく港に入って、風がおさまるのを待つべきでございましょう」

「そちの方は、それでも構わぬのか」

ここ数年、五兵衛らは蝦夷地の昆布や海参《いりこ》を買い付け、薩摩藩が密輸入した唐物薬種と交換している。その交易を縮小したなら、蝦夷地の仕入れ先や越中の薬売りにまで被害が及ぶはずだった。

「お陰さまで二年や三年は耐えられるだけの貯えがございます。それに近々加賀藩の御用をうけたまわることになっておりますので、あまり目立った動きをしない方がよいと考えております」

五兵衛は以前から加賀藩に莫大《ばくだい》な上納金を納めていたが、このたび藩の執政である奥村栄実《おくむらひでざね》に目をかけられ、藩の直営船の管理役に取り立てられたのである。

前田家でも財政危機を乗り切るために、藩を上げて五兵衛の事業を後押しすることにしたのだった。

「奥村どのは、何もかもご存知か」

「話してはおりませぬが、ご存知の口ぶりでございます」

「そうか。ならばほとぼりが冷めるのを待つことにするが、そちも難儀な道に足を踏み入れたものよな」

「これも調所さまと出会ったお陰でございます。お互いまともな死に方はできぬようでございますな」

二人は顔を見合わせて苦笑した。

高輪《たかなわ》藩邸のしだれ桜は満開だった。

重豪が米寿の祝いに福寿亭という茶室を作った時に、京都の近衛家から五株だけ分けてもらったものである。

丸い形に垂れ下がった桜の姿と、福寿亭の丸みをおびた屋根とが雅《みや》びやかな調和を保ち、何ともいえない風情がある。

作った当初は六千五百両の造営費のことしか頭になかったが、こうして見ると重豪の眼力の確かさに改めて驚かされるのだった。

笑左衛門はしだれ桜をながめて気持を鎮めてから、猪飼央《いかいなか》の部屋を訪ねた。

「これは早いお着きでございますな」

央は笑左衛門より十七歳も年下だが、今では側用人筆頭として家老に任じられている。

江戸藩邸ではもっとも頼りになる男だった。

「樽廻船《たるかいせん》の船便がござってな。年寄りには有難い乗り物でござる」

「そのようなご謙遜《けんそん》を。調所どののお仕事ぶりは、とても我らの及ぶものではござらん」

「万やむを得ず、あちらこちらと飛び回っているばかりじゃ。こちらのご様子はいかがかな」

笑左衛門が斉興の御殿にちらりと目をやった。

「ご機嫌を損じておられまする。一昨日《いっさくじつ》、ご老中からの呼び出しがあり、唐物抜荷の風聞について話が出たのでござる」

「ご老中というと、大久保どのでござろうか」

「さよう。越後の村松浜で座礁した船に、ご禁制の唐物薬種が積まれていたことについて詮議《せんぎ》がござってな」

大久保忠真があれは薩州船にちがいあるまいと言うと、斉興は真っ青になって怒り出し、何を証拠にそのような言いがかりをつけるのかと詰め寄った。

斉興は重豪のように能弁ではないが、人の考えの数手先まで見通す洞察力があり、ぼそりぼそりと吐く言葉には急所をそらさぬ鋭さがある。

これには忠真も辟易《へきえき》して話の矛を収めたが、央を別室に呼びつけ、この一件は薩摩藩の存続に関わりかねないので慎重に対処した方がいいと釘《くぎ》を刺したという。

「その上、斉彬《なりあきら》さまのお世継ぎ問題にまで言及なされたのでござる」

「そのことを、殿に……」

「むろん申し上げました。何の話かとご下問があれば、それがしごときに隠し通すことはできませぬ」

（それを隠し通すのが、そちの役目ではないか）

笑左衛門はそう怒鳴りたいのをかろうじてこらえた。

家督相続は斉興の前では触れてはならない問題だった。

今年で二十七歳になった世子《せいし》斉彬の秀才ぶりは、幕閣ばかりか諸大名や他藩の有志にまで知れ渡っていて、早い時期に藩主にと切望する声が多かった。

ところが斉興はこれに強硬に反対し、斉彬のお国入りさえ実現しようとはしなかった。

重豪が他界してようやく藩政の実権を握ったというのに、わずか二年で藩主の座を手離してたまるかという思いがある。

それに斉興には側室由羅《ゆら》との間に生まれた久光《ひさみつ》がいるので、この子を藩主にしたいとひそかに願っていたのだった。

斉興は脇息《きょうそく》にもたれて酒を飲んでいた。

二十畳ばかりの広さがある御座の間で、ただ一人つまらなそうに盃《さかずき》を傾けていた。

「長崎、大坂に立ち寄り、ただ今戻りました」

笑左衛門は二間ほど離れた所に平伏した。

「うむ」

斉興は青ざめていた。

いくら飲んでも少しも陽気にならない質《たち》だった。

「ご老中よりご意見があった旨、猪飼どのより伺いました」

笑左衛門は問われぬ先に打ち明けた。

斉興はたいていのことは見通しているので、先に回って話さなければかえって不機嫌になるのである。

「唐物抜荷の嫌疑については容易ならぬ事と存じます。長崎会所でもこのことが問題となっておりました」

「販売免許を取り消すというのであろう」

「会所調役の高島どのより、抜荷一件についての詳細な調書を頂戴《ちょうだい》いたしました。このたびは相手も、本腰を入れてかかっているようでございます」

「幕閣にもその話は伝わっておる。あらぬ疑いをかけられ、迷惑なことじゃ」

唐物抜荷については斉興も承知している。だが笑左衛門の前でも、知っているとは決して口にしなかった。

「これからは妙な風聞が立たぬよう、厳重に取締る所存にございます」

「大坂の件は、どうした」

「平野屋五兵衛から了解するとの返答がありましたが、総額の一割くらいは支払いに応じてほしいとのことでございます」

「五十万両か。大金じゃな」

斉興が薄い唇をひん曲げるようにして酒を飲み干した。

「それほどの貯えはございませぬゆえ、どうしたものかと思案いたしております」

「三位《さんみ》さまが万古不易の備えを命じられてから、今年で五年目じゃ。残りの年限を思えば、手段を選んではいられまい」

「どんな策でも用いるつもりでおりますが、当藩の面目や後々のこともございますので」

「それは浜村から預かったものか」

笑左衛門が膝《ひざ》の前に置いた包みを、斉興が物憂げに見やった。

浜村とは出雲屋孫兵衛のことである。孫兵衛は五年前に士分に取り立てられて浜村姓を与えられたが、今では八十人扶持《ぶち》の新番格に任じられていた。

「さようでございます。殿におおせつかった調書だそうでございます」

「そちは見たか」

「拝見しておりませぬ」

「ならば開けてみよ。面白いものが入っているはずじゃ」

笑左衛門は包みをほどき、黒漆ぬりの文箱《ふばこ》を開けた。

中には数冊の書付けが入っていた。京都市中の宿屋の宿泊名簿で、薩摩、大隅《おおすみ》、日《ひゅ》向《うが》の三州から上洛《じょうらく》した者の名が記されている。

しかも名前の下には講の名と献上銀の額、それに本願寺で購入した仏具の種類まで記されていた。

まぎれもなく一向宗徒の宿帳である。

（殿は、いつの間にこのようなことを……）

笑左衛門の脇に冷たい汗がにじんだ。

藩では一向宗を禁じていた。豊臣秀吉が薩摩攻めを行なった時、一向宗徒が本願寺の命に従って秀吉に味方したためだが、領内にはひそかに講を組んで信仰を守りつづけている者が多かった。

その実態を解明するのは容易ではなく、これまで取締りが行なわれることはあまりなかったが、この宿帳があれば講の所在も世話役の名も一目瞭然《りょうぜん》だった。

「どれ、これへ」

斉興は宿帳を受け取り、皮肉な薄笑いを浮かべた。

「百姓ばかりか、家臣の中にもこれほど宗徒がおるとはのう」

「……」

「本願寺の内情に通じた者から、ひそかに知らせがあってな。浜村に内偵を命じていたのじゃ」

「それが事実とすれば、容易ならぬ事態でございまするな」

三冊の宿帳には七十あまりの講の名が記されている。加わっている信徒の数は、十万人ちかくにのぼるはずだった。

「この者たちは主家ではなく本願寺に忠誠を誓っておる。ことあるごとに年貢の減免を願っておきながら、寺へは欠かさず寄進しておるではないか」

「どのようなご処分をなされますか」

「禁令に背く者は徹底して取締らねばならぬ。そちは町奉行の経験があるゆえ、やり方は心得ておろう」

斉興が汚らわしげに宿帳をほうり投げた。

「これは献上銀を差し止めるためばかりではないぞ。三位さまの開放政策以来領内には得体の知れぬ者たちがまぎれ込んでおる。それゆえ抜荷などとあらぬ噂が立つのじゃ。一向宗徒の取締りを機に、そのような輩《やから》を一網打尽にするがよい」

藩主として初めて見せた強権的な一面である。そのやり方は重豪よりもはるかに周到で、容赦のないものだった。

三

梅雨の入りも間近になった旧暦四月下旬――。

島津斉彬が初めてお国入りをすることになった。早期の藩主交代を求める幕閣の声に、斉興が抗しきれなくなったからだ。

薩摩藩が唐物抜荷をやっているという噂は、今や津々浦々に広がっている。これをいつまでも放置していては幕府の沽券《こけん》にかかわるので、英明の誉《ほまれ》高い斉彬に家督をゆずらせることで人心一新を計ろうとしたのである。

斉興はこれに従うつもりはまったくなかったが、幕閣の意向を無視するわけにもいかないので、お国入りだけ済ませて藩主交代に向けて動き出したと見せかけようとしたのだった。

しかもこのお国入りには、もうひとつの陰気な企《たくら》みが隠されていた。

国許《くにもと》で斉彬の人気が高まり、藩主に擁立しようという動きが加速することを恐れた斉興は、斉彬が帰国している間に一向宗徒の大弾圧に着手するよう命じたのである。

藩の領民はおよそ三十万人である。そのうちの三分の一にものぼる一向宗徒を弾圧したとなれば、斉彬の評判は一気に落ちる。

そうすれば藩主交代を拒む理由にもなるし、うまくいけば斉彬を廃嫡《はいちゃく》して久光を世継ぎにすることができるかもしれぬ。

斉興はそう考え、笑左衛門を随行させて徹底的にやるように命じたのだった。

七十七万石の大藩らしく華々しい大名行列を仕立てた一行は、江戸から東海道を西上し、八日間で大坂に着いた。

大坂屋敷で一月ほど滞在した後、藩の用船で小倉へと向かった。

船が明石海峡を越えて瀬戸内海に入った頃、笑左衛門は御座の間に呼ばれた。

「笑左、足の具合はどうじゃ」

斉彬が気遣った。

「大事ございませぬ。お心遣い、かたじけのうございます」

いつものえびす顔を作ってにこやかに応じたが、正座をしていると針のむしろに座っているように痛い。

八日もの間狭い駕籠《かご》にゆられていたのが悪かったらしく、長崎で笑太郎からもらった薬も効かなくなっていた。

「病とあれば遠慮は無用じゃ。足を伸ばせ」

「しかし……」

「そちは当家の宝だと、三位さまが常々おおせであった。つまらぬ我慢をして、体をこわしてはならぬ」

斉彬は手ずから座蒲団《ざぶとん》を運び、二つ折りにして当てるように勧めた。

この配慮は心にしみた。

これまで何度も斉彬と顔を合わせていたが、これほど心配りの細やかな若様だとは思ってもいなかった。

「もったいのうございます。お言葉に甘えて、足だけ伸ばさせていただきます」

痛みから解放されてほっとした途端に、笑左衛門の胸はかたじけなさで一杯になった。

君恩に包まれているという喜びは、重豪が他界して以来久しく忘れていたものだった。

「小倉からは陸路をたどると聞いたが、このまま船で薩摩に行ったらどうじゃ」

「幕府の定めゆえ、勝手に変えることはできないのでございます」

「ならば駕籠だけ陸路を行かせるがよい。いろいろと思惑のからんだお国入りじゃ。

忍びで行くのも悪くはあるまい」

「滅相もございませぬ。この笑左の痛風のために、そのようなことをなされては」

「そればかりではない。海は当家の宝ゆえ、この目で早く見ておきたいのじゃ」

まるで唐物抜荷について知っているような口ぶりである。それならこの際、薩摩の豪商たちに引き合わせておくのも後々のためかもしれなかった。

九州はすでに梅雨に入っていた。

小倉の港を出て豊予《ほうよ》海峡にさしかかった頃から雨が降り始め、南西からの温かい風が吹き始めた。

空には鉛色の雲が低くたれこめ、海も見渡す限り陰鬱《いんうつ》な色である。

斉彬と近臣十人ばかりを乗せた船は、大きな帆に逆風を巻き込み、間切りと呼ばれるジグザグ航法をとりながら南へ下っていった。

小倉を出て四日目に山川港に着いた。

笑左衛門は斉彬の一行を浜崎家の屋敷に案内し、接待に手落ちがないように太平次に申し付けた。

浜崎家は商家ながら、屋敷の一角に島津家の別荘を備えていた。

寛政十年（一七九八）に斉彬の祖父斉宣が指宿の長井温泉に保養に来た時、太平次の曾祖父《そうそふ》である太左衛門は、自宅の中に御殿を新築して接待した。

以来この館《やかた》が島津家の別荘となり、浜崎家は薩摩の豪商の中でも特別の地位を占めるようになったのである。

「ほう。江戸の藩邸より立派ではないか」

御座の間に入るなり、斉彬が驚きの声を上げた。

天井は漆ぬりの格子を使った格天井《ごうてんじょう》で、花鳥風月の鮮やかな絵が描かれている。

床の間の柱や違い棚には螺鈿《らでん》がちりばめてあり、白磁の壺《つぼ》やオランダ製の地球儀が置かれていた。

「この別荘を建てた頃の浜崎家は、三井や鴻池《こうのいけ》と肩を並べるほどの分限者《ぶげんしゃ》でございました。それゆえこのように贅《ぜい》を尽くした御殿を造ることができたのでございます」

「今はどうじゃ。あまり名を聞かぬが」

「先代の頃に家運が傾きましたが、当代の太平次になってかなり盛り返したようでございます。まだ二十歳そこそこの若者ですが、やがては商人として大成するものと存じます」

笑左衛門はそれとなく売り込み、後ほど引き合わせたいと申し出た。

「わが領内にそれほど有望な者がいるとは楽しみじゃ。すぐに会《お》うてみたい。これへ呼べ」

斉彬の許しを得て、浜崎太平次が裃《かみしも》姿で次の間に入ってきた。

商人とはいえ、名字帯刀を許された島津家の家臣なのである。

「浜崎太平次でございます。本日は拝顔の栄によくし恐悦至極に存じまする」

太平次は斉彬から十間ばかりも離れた所で平伏した。

「今日は世話になる。三島方の用をつとめていると笑左から聞いた。このような時期ゆえ何かと苦労が多かろうが、藩再建のために力を尽くしてくれ」

どんな苦労をしているか知っていると、それとなく伝えている。笑左衛門はそう感じ、改めて斉彬の器の大きさに感服した。

「こたびのお国入りに際して、お含みいただきたいことがございます」

太平次が下がるのを待って、笑左衛門はそう切り出した。

「近々一向宗徒に対する取締りを行なう所存でございますが、この責任はすべてそれがしが負いまする。若様は何もご存知ないようにお振舞い下されませ」

斉彬はすでに二十七歳である。そう遠くない時期に藩主となり、万古不易の備えのために共に働くことになるだろう。

その時に備えて、斉興とは一線を画していることをそれとなく伝えておきたかった。

「一向宗は禁教とはいえ、他国においては認められている。それほど厳しく取締る必要はあるまい」

「殿の厳命ゆえ致し方ございませぬ。家臣、領民から非道のそしりを受けようとも、やり遂げる所存にございます」

翌日、薩摩の豪商たちがそろって別荘を訪れ、斉彬に目通りを願った。

坊ノ津の森吉兵衛、阿久根の河南源兵衛、丹宗庄右衛門、志布志《しぶし》の中山宗五郎、柏原の田辺泰蔵、波見《はみ》の重政右衛門。

いずれも藩から名字帯刀を許され、家代々の屋号と名前を受け継ぐ者たちである。倭寇《わこう》の末裔《まつえい》や唐通詞《からつうじ》の家系、秀吉の頃から朱印船貿易を許された者など経歴はさまざまだが、今では笑左衛門の手足となって砂糖の輸送や琉球貿易、唐物抜荷に従事している。

藩の屋台骨を支えているのはこの者たちだと言っても過言ではなかった。

山川港で三島方の砂糖倉や番所、浜崎太平次に命じて建設を進めている造船所などを見学してから、斉彬は六月二十三日に鶴丸城に入った。

国許《くにもと》では、斉興と斉彬の間にきわどい対立があるとは夢にも思っていない。次期藩主のお国入りとあって、家臣一同かしこまってお目見の場へと進み出た。

薩摩藩では藩士の家格を一門、一所持《いっしょもち》、一所持格、寄合、寄合並、小番、新番、小姓組の八段階に分けている。

このうち寄合並までが上級武士で、大身分《たいしんぶん》と称した。

四千戸にのぼる家臣団の中で、大身分に属するのは百二十戸ほどで、お目通りが許されるのも普通は彼らだけである。

ところが斉彬は小番、新番、小姓組の者たちにも目通りを許し、親しく言葉を交わした。

大身分や藩の要職にあるのは斉興の息がかかった者たちなので、下級の若い藩士の中から有為の人材を発掘しようとしたのである。

大身分とのお目見に臨席した後、笑左衛門は忍びで吉野の東雲寺を訪ねた。

山門をくぐって苔《こけ》むした石段を登っていると、胸が絞め付けられるような痛みを覚えた。

この近くにある花倉《けくら》の御仮屋では、贋金《にせがね》造りが行なわれている。

奄美大島から連れて来られた者たちが、水銀の毒におかされながら働かされているのである。

斉彬の華やかさが光とするなら、ここは薩摩藩の陰を集めた黒々とした淵《ふち》である。

その主宰者は他ならぬ笑左衛門であり、その淵にまたひとつ暗い陰を投げ込むために歩を進めているのだった。

本堂脇の客間で伊地知源三が待っていた。

「ご無事のご帰国、おめでとうございもす」

外にもれることをはばかる低い声だった。

「御仮屋の様子はどうじゃ」

「大事ござりもうさん。皆よう働いておりもす」

「体を悪くする者もおるのではないか」

「ご案じ下されもうすな。清国から取り寄せた妙薬があっとで、人足どももおとなしゅう働くようになりもした」

「妙薬とは、どのようなものじゃ」

「疲れも憂さも忘れる薬でございもす」

源三はそれだけしか言わなかった。

あるいは清国で問題になっている阿片《あへん》ではないかと思ったが、笑左衛門は確かめようとはしなかった。

斉興が決して唐物抜荷に言及しないように、知らないふりをした方がいいことも世の中には多いのである。

「このような物が手に入ってな。この際厳しく取締れとのお申し付けがあった」

一向宗徒の宿帳を差し出した。

源三は頰のそげ落ちた険しい表情をして、黙ったまま宿帳を改めた。

「どのようにすればよいか、わしには分らぬ。いい知恵があれば教えてくれ」

「取締りちいうても、いろいろとございもす。講の世話役や講頭だけなら、捕《とら》ゆっとは簡単でごわんしょう」

「こたびは容赦なくやれとおおせじゃ。一向宗徒を根絶やしにするほどの覚悟で当たらねばなるまい」

「そんなら配下に命じて、この宿帳に記された者どもをひそかに取り調べまする。その上で捕縛して叩《たた》きにかくれば、講の実態をくまなく暴くこっがでくっでしょう」

叩きとは拷問のことである。

源三は領内に潜伏している十組五十人の影目付の頭なので、こうした仕事は手慣れたものだった。

一向宗徒の検挙は七月一日から始まった。

影目付の内偵によって七十にも及ぶ講の実態をつかむと、講の世話役や講頭の家に踏み込んで証拠の品を押収した。

その上で番所に連行して叩きにかけ、講に加わっている者たちの名を一人残らず白状させせようとした。

摘発や取調べは厳重を極めた。

『薩摩国諸記』などの伝えるところによれば、男は割木の上に座らせて重い石を抱かせ、左右から短い棒で打ち叩く、女はまっ裸にして鋭く尖《とが》った木馬に乗せる、という陰惨な拷問が連日行なわれたという。

摘発の狙いは、一向宗徒から本願寺に奉納される献上銀を差し止めることばかりではなかった。

この機会に他国から来ている不審な者たちを追放し、唐物抜荷や贋金造りの秘密を守り抜くことにあった。

重豪の開放政策以来、幕府や長崎会所の隠密《おんみつ》が姿を変えて入国していたが、これを個別に取締ることは至難の業である。

そこで一向宗徒の摘発という名目で不都合な者はすべて追い出し、重豪以前の秘密体制に戻そうとしたのだった。

だが、このことを知る者は少ない。

多くの家臣や領民は突然始まった惨《むご》い弾圧に眉《まゆ》をひそめていただけに、笑左衛門に対する批判と非難は燎原《りょうげん》の火のように広がった。


夏の盛りとなった七月の初め──。

「お前さぁ、折入ってお願いがございもす」

夕食後に毛利子が改まって申し出た。

「言いたかことは分っちょ」

縁側で涼みながら焼酎《しょうちゅう》を傾けていた笑左衛門は顔をそむけたままだった。

毛利子も一向宗の熱心な信者で、夜中に小さな阿弥陀如来《あみだにょらい》像を出して祈っている。

一向宗徒の弾圧を始めてから、笑左衛門を見る目付きが日ごとに険しくなっていた。

「いえ、そいでん言わせていただきもす。こげん非道なことをなされては、必ず報いがありもんそ」

「それは……、わいたっの考え方じゃ」

一向宗の、と言おうとして、笑左衛門は言い方を変えた。

それを口にすれば、毛利子との溝が決定的になる気がした。

「人の道は皆同じでございもす。どうか、あげんこつは一刻も早く止めさせて下されもうせ」

「すべて殿のお申し付けじゃ。わしの一存ではどげんにもならん」

「お前さぁは殿さまの御側用人ではございもうさんか。この数年の間にご立身なされたとはいえ、こげん役目まで押し付けられることはなかでしょうが」

「出過ぎたこつを言うな」

笑左衛門は腹立ちを抑え、とっておきのえびす顔を作った。

「いつぞやわいは、夫が戦に出るのなら妻子が運命を共にすっとは当たり前じゃと言ってくれたではないか。心置きなくやってたもんせと励ましてくれたじゃなかか」

「あん時には、お前さぁを信じておりもうしたが、今はもう……」

毛利子が口ごもって目を伏せた。

自分のことだけではない。親戚《しんせき》の中には一向宗徒が多いので、板ばさみになって苦しんでいたのだった。

数日後、笑左衛門は藩庁を動かし、十五歳になった次男安之進を元服させて分家を立てた。

このような危うい仕事にたずさわっていては、いつ大崩れ（政変）が起こって詰め腹を切らされるか分らない。

分家にしておけばそんな場合にも直接責任が及ばないので、安之進が毛利子や厚子を守ってくれるだろう。

それに小姓組の川崎家に生まれ、調所家に請われて養子に入った身としては、どんな形ででも家を存続させる責任があった。

七月のお盆を前に一向宗徒への弾圧は厳しさの度を増し、摘発された者の数は一万人にものぼった。

あまりに人数が多く、一畳につき七、八人も牢屋《ろうや》に押し込めるので、横になることはおろか身動きさえできない有様だった。

しかも夏の盛りだけに、熱病が流行して死者が続出した。

その者たちを俵に入れて外に出すと、野良犬が集まって喰《く》いあさるという地獄のような状況を呈した。

捕われた者の中には小番以下の藩士も数多く含まれているので、家中に深刻な動揺をきたし、城下にも不穏な噂が飛び交うようになっていた。

「少々お耳に入れたかことがございもす」

伊地知源三が屋敷に忍んできたのは、七月十日のことだった。

「摘発に不満を持つ一向宗徒が、盆の墓参を口実にして他領に逃散《ちょうさん》しようとしちょっちゅう噂がございもす」

「どこん村じゃ」

「一村だけのことではござらん。講の世話役らが連絡を取り合《お》うて、国境に近か村の者たちにいっせいに他領へ逃れるように指示しちょっとでございもす」

「三ヵ国、すべてにか」

笑左衛門は絶句した。

もし領内から数万人もの領民が逃散すれば、隣藩から幕府へ訴えがなされ、一向宗弾圧の実態が白日のもとにさらされる。

そうなれば島津家の面目が丸潰《まるつぶ》れになるばかりか、斉興や笑左衛門の責任が追及されることは必定である。

一向宗の指導者たちはそこまで見通し、国境の警備が手薄になるお盆に逃散を企てたのだった。

「どげんしもんそか」

「盆の間も国境の警備を厳重にする。わいたっは講の動きから目を離すな。そいにな」

一向宗徒が捕われた仲間を救い出すために蜂起《ほうき》するという噂を流せ。源三に体を寄せてそうささやいた。

噂は数日のうちに広がった。

笑左衛門はこれに備えるためと称して全藩士に登城を命じ、国境の警備や一向宗徒の摘発に当たらせた。

七月十三日から十五日まで城に泊り込み、陣頭に立って指揮をとったことが功を奏し、他領に逃散した者は一人もいなかった。

十六日の夕方、笑左衛門は安堵《あんど》の胸をなで下ろして帰宅の途についた。

家老用の駕籠《かご》に乗り、前後を四人の家臣に守られて平之馬場の屋敷に向かっていく。あたりはすでに薄闇に包まれているので、提灯《ちょうちん》を持った下僕が前と後ろに従っていた。

笑左衛門は前の吊《つ》り紐《ひも》につかまり、ついうたた寝をした。

三日の間ほとんど眠っていないので、さすがに疲れ果てている。

引きずられるように心地良い眠りに落ちた時、駕籠が何かに突き当たったようにガクンと止まった。

笑左衛門は前に突っ伏しそうになり、あわてて吊り紐につかまって体勢をととのえた。

その時、駕籠の外で叫び声がした。

「何者じゃ。ご家老と知っての狼藉《ろうぜき》か」

つづいて数人が走り寄る気配がして、示現《じげん》流の鋭い気合と刀を打ち合わせる金属音が間近で聞こえた。

それは障子越しのような近さで、頭にこびりついた眠気を跡形もなく吹き飛ばした。

笑左衛門は物見を開けて様子を見た。

両断された提灯が地に落ちて燃えている。襲撃者は十人ちかく、警固の四人は駕籠の四方に立って笑左衛門を死守しようとしていた。

前方に一人倒れ伏している。

提灯持ちの下僕が、笑左衛門の屋敷に異変を知らせようとして斬られたらしい。屋敷の表門は、そこからわずか一町ほどしか離れていなかった。

震えが来た。

体がさし迫った危険を察知して、無意識に震えていた。

若い時には俠気《きょうき》にはやり、何度か斬り合いの場に立ったこともあるが、もう四十年以上も前のことである。

茶坊主として重豪に仕えるようになってからは刀も持っていないのだから、腕に自信などあるわけがない。

それでも座して死を待つわけにはいかなかった。役目上のことで襲われ、前のめりに死ぬのなら本望だという覚悟もあった。

笑左衛門は引戸を開けて外に出た。

賊は八人、いずれも覆面頭巾《ずきん》をかぶり、二人一組になって警固の四人と斬り結んでいる。

薄闇の中で敵と味方が入り乱れ、刀を打ち合わせる鋭い金属音がたてつづけに上がった。

「おいが調所広郷じゃ」

大音声に名乗りを上げたつもりだが、腹に力が入っていないために甲高い不様な声になった。

それでも注目を集めるには充分だったらしく、斬り合いの動きが一瞬止まった。

「何者かは知らんが、覆面をして夜討ちをかけるとは卑怯《ひきょう》じゃろう。わいたっはそいでん薩摩の武士か」

今度は肚《はら》の据った声になった。

「ご家老、危のうございもす」

警固の内山重兵衛が素早く体を寄せた。

他の三人も笑左衛門を取り囲む陣形を取った。

それを追って賊が殺到した。目ざす仇敵《きゆうてき》を討ち果たそうと、目の色変えて打ちかかってくる。

四人はさっと前に踏み込んで敵を追い払おうとしたが、その間をかいくぐって一人が笑左衛門に飛びかかってきた。

「チェストー」

示現流独特の掛け声を上げ、右八双《はっそう》の構えから斬撃《ざんげき》をふるった。

笑左衛門も同じ構えから相手の刀を打ち落とそうとしたが、体が鈍《なま》っているので太刀行きが遅く、鍔元《つばもと》で受け止めるのが精一杯だった。

相手は三十ばかりの大柄の武士で、上からのしかかるようにして押し込んでくる。

笑左衛門はじりじりと後退し、駕籠の屋根に押し付けられて身動きがとれなくなった。

「卑怯者が。一向宗の恨みか」

笑左衛門は相手をののしりながら、渾身《こんしん》の力を込めて押し返そうとした。

「おいが女房は牢番《ろうばん》どもに手ごめにされ、喉《のど》を突いて自害した。そん悔しさが、わいに分っか」

相手は血走った目をむき出しにして、笑左衛門の首をかき斬ろうとする。あまりの力の強さに駕籠がひしゃげそうになり、きしんだ音をたてた。

「ご家老」

窮地に気付いた重兵衛が、賊の肩口に斬り付けた。

切っ先は見事に相手の二の腕を両断したが、重兵衛は追撃してきた敵に背中から斬られて前のめりに倒れた。

「内山」

笑左衛門は右腕を失った敵を突き飛ばし、重兵衛の仇《かたき》に斬りかかった。

相手は血刀をふり上げて受け止めようとしたが、笑左衛門はその動きを見切り、小手を浅く斬った。

その時、呼子の音がけたたましく鳴り響いた。

平之馬場の屋敷から提灯をかかげた数人が飛び出し、呼子を吹きながら駆け寄ってきた。

浅手を負った男が真っ先に逃げ出し、他の六人がそれにつづいた。

「南無阿弥陀《なんまんだ》、南無阿弥陀《なんまんだ》」

右腕を失った男は声高に念仏をとなえ、左手一本で喉をかき切って自害した。

「父上、ご無事でございもすか」

笑太郎が提灯を突きつけた。

「おいはよか。内山の傷を見てやれ」

左手にぬるりとした感触があった。ひじから手首にかけて傷を負っていたが、戦っている間は痛みさえ覚えなかった。

重兵衛は後頭部を深々と斬り割られて絶命していた。

笑左衛門が駕籠から出なければ、防げた犠牲かもしれなかった。

「ともかく屋敷に運びましょう。医師を呼んで傷の手当てをせんと」

笑太郎が笑左衛門の二の腕を布で縛って止血をした。

気の弱いところがあると案じていたが、意外に冷静で頼もしい。

「城に戻る。屋敷の者に内山と賊の遺体を運ばせてくれ」

「しかし、そん傷では」

「賊が何者かを突き止めんといかん。内山の家の者にも知らせんといかんでな」

笑左衛門は笑太郎の制止をふり切って城に戻った。

一向宗のことで襲われたと知ったなら毛利子がどんなに取り乱すかと思うと、家に戻る気にはどうしてもなれなかった。

四

天保六年には閏《うるう》七月がある。

閏七月二十四日、笑左衛門は大坂に出た。賊に襲われてから一月後のことで、腕の傷はまだ癒《い》えてはいない。

だが唐物販売免許が取り消されたなら薩摩藩の経済的な信用はがた落ちになり、債権を抱えている商人たちの対応がいっそう厳しくなることは目に見えている。

その前に五百万両の更始を行なわなければならないので、治療に専念している余裕はなかった。

八軒家の船着場で船を下り、近くの店で一升酒を買ってから出雲屋孫兵衛を訪ねた。

「ほう、めずらしい手みやげでございますな」

孫兵衛は奥の部屋で忙しく働いていた。

前に来た時には帳簿や書類をきれいに片付けていたが、文机《ふづくえ》の周りには真新しい帳簿がうずたかく積まれていた。

「たまには悪人仲間と飲みたくなったのでな」

「それは光栄なことでございます」

孫兵衛がにこりと笑った。

冷たい感じを受けるほど端正な顔立ちをした男だが、笑うと八重歯がのぞいて少年のように初々しい。

「相変わらず忙しいようだな」

「調所さまほどではございませぬ。どれもつまらない商いで、火除《ひよ》け蔵に入れる値打ちもないものばかりでございます」

「市中の様子はどうじゃ。少しは落ち着いたか」

笑左衛門はあぐらをかいた。

不思議なことに、腕に傷を負ってから痛風はぴたりと治まっていた。

「もうじき新米が届くので、米の値段が下がると下々の者は期待しております。もし下がらなければ、ひと騒動起きるのではないでしょうか」

「下がってくれなければこちらも困る。蔵屋敷には砂糖がうなっているのでな」

「腕をどうかなされたのでございますか」

左手に巻いた白い布を見て気遣った。

「刺客どもに襲われてな。不覚をとった」

「それは災難でございましたなあ。ご無事で何よりでございました」

「言いたくはないが、そちのせいじゃ」

「もしや、あの一向宗の」

孫兵衛は薩摩藩の内情に通じているので察しが早かった。

「殿が容赦なく摘発せよとおおせでな。今では三万人ちかい宗徒が罰を受けておる」

「そうですか。内々に証拠をつかめとのおおせでしたので、何かを企《たくら》んでおられるとは思っておりましたが」

「領内には公けにできぬことも多いのでな。秘密を守るためには好都合だが、わし一人が槍玉《やりだま》にあげられておる。近頃は毛利子にまで嫌われて、閨《ねや》の相手もしてもらえぬ有様じゃ」

笑左衛門は珍らしく愚痴をこぼした。

こんなことが言えるのも、孫兵衛を片腕と見込んでいるからだった。

「話は変わりますが、大坂東町奉行所におられた大塩平八郎という与力《よりき》をご存知でしょうか」

孫兵衛が急に話題を変えた。

「聞いたことはある。唐物取締り役をしていた融通のきかぬ男であろう」

平八郎は切支丹宗徒事件や奸吏《かんり》糾弾事件などを解決して名を馳《は》せた腕利きだが、天保元年（一八三〇）に肺の病を理由に職を辞していた。

在職中は唐物取締り役として唐物抜荷に目を光らせていたので、笑左衛門にとってはきわめて迷惑な相手だった。

「今は市中に洗心洞《せんしんどう》という学塾を開いておられますが、与力の頃には不正無尽《むじん》の摘発にも力を入れておられました」

無尽とは多くの者から出資金をつのり、困窮した者に貸し与えるという庶民金融で、頼母子講《たのもしこう》などがその例である。

ところが近年では、くじに当たった者が出資金を独り占めできる賭博《とばく》性の高い無尽が流行するようになり、不正無尽として厳禁されていた。

「実は大塩さまが摘発された不正無尽に、大久保さまや水野さまが関わっておられたと聞き込みまして、心利いた者に探らせておりました」

孫兵衛は席を立ち、一通の書状を持って戻ってきた。

「これは洗心洞で手に入れたものでございます。万一のことがあってはなりませんので、火除け蔵に仕舞っておりました」

〝不正無尽一件〟と記された調書である。大塩平八郎が東町奉行所の与力だった頃に、奉行に提出した報告書の控えだった。

六年前の文政十二年（一八二九）、平八郎は西町奉行所の与力弓削新右衛門《ゆげしんえもん》らの不正を摘発し、奸吏糾弾事件として世にもてはやされた。

ところがこの事件の背後には、京都所司代だった大久保忠真らが関与した大がかりな不正無尽があった。

大久保らは幕閣の要職に送る賄賂《わいろ》を捻出《ねんしゅつ》するために、新右衛門らに不正な無尽を組ませ、多額の金を受け取っていた。

この事実を平八郎はつかんでいたが、幕閣からの圧力によって新右衛門らの不正事件として処理せざるを得なかった。

後に平八郎は大坂で乱を起こす直前に、老中全員にあてて『建議書』を送りつけようとしたが、その中で次のように記している。

〈加賀守様（大久保忠真）所司代の節、御法度《ごはっと》の無尽を御催し、さる町人へ金作《かねづくり》の大小まで御遣《つか》わし、和泉守様（松平乗寛《のりひろ》）、伯耆守様（松平宗発《むねあきら》）にも、大坂表《おもて》に於いて獄門に相成り候八尾屋新蔵、自殺いたし候弓削新右衛門などに御頼み、無縁の町人へ右無尽御企て、扶持方並びに紋付羽織などまで新蔵へ遣わされ（後略）〉

大久保ばかりか松平乗寛や松平宗発も不正無尽に関わり、後にそろって老中になったというのである。

孫兵衛が入手した不正無尽一件には、こうしたいきさつが克明に記されていた。

「悪人仲間が多くて心強いことだな」

笑左衛門は調書を二度読み返した。

これが事実とすれば、大久保らの首根っ子を押さえたも同然だった。

「だが調書の控えではいささか弱い。平八郎とやらが自ら証人となってくれれば話は別だが」

「平八郎さまは牢人《ろうにん》の身でございます。薩摩藩で召し抱えられたらいかがでございますか」

「そんなことをすれば、ご老中方に正面から喧嘩《けんか》を売るようなものだ。こちらの意図もすぐに察知されよう」

それよりは平八郎を幕閣の要職に登用したほうが効果的である。将軍家斉の側用人にでもしたなら、大久保らは戦々恟々《きょうきょう》として日を送ることになる。

たとえそれが実現できなくとも、平八郎を登用する動きを見せただけで彼らを威嚇する効果はあるはずだった。

「将軍家の御台《みだい》さまを通じて何かできるかもしれぬ。これは有難く頂戴《ちょうだい》しておこう」

笑左衛門は調書を懐に入れ、更始の件について切り出そうとした。

「その話なら、川風にでも吹かれながらいたしましょう」

孫兵衛がみやげの酒を差し上げて、にこりと笑った。

出雲屋の屋形船で大川に出て、涼しい風に吹かれながら酒を汲《く》み交わした。

孫兵衛は気を利かせて肴《さかな》を用意している。鱧《はも》の落としに梅肉をそえたものと、鮎《あゆ》の塩焼き、それに加茂なすの一夜漬けだった。

「これは安曇川《あどがわ》の鮎です。この川の上流は朽木谷《くつきだに》という所ですが、水が冷たいせいか成魚になってもこれ以上の大きさにはなりません」

若鮎ほどの大きさだが卵をはらんでいる。脂の乗った身は甘みがあり、しかも鮎独特の上品な香りが口から鼻へと抜けていく。何とも贅沢《ぜいたく》な味だった。

「朽木谷といえば、朽木元綱《もとつな》の本貫地《ほんがんち》だな」

関ヶ原の合戦の時西軍に属していた元綱は、小早川秀秋《こばやかわひであき》が裏切ったのを見て東軍に寝返った。

このために西軍は総崩れとなり、島津義弘《よしひろ》も敵中突破して薩摩に逃げ帰らざるを得なくなったのである。

「古いことを申されまするな」

「我らにとっては古いことではない。あれさえなければという思いが、今も薩摩武士の胸の奥にくすぶりつづけておるのだ」

「さようでございますか。今のお役目も、そうした思いのなせる業かもしれませんな」

「さて、どうかな」

笑左衛門は軽く受け流して酒を飲み干した。

自分で意識したことはないが、徳川幕府を正統と認めていないから平然と国禁を犯せるのかもしれない。そうした思いは、島津家歴代の当主にはもっと強くあるはずだった。

川岸の船着場には、いつものように数百艘《そう》の船がびっしりと並んでいる。蝦夷地から昆布や海参《いりこ》などの俵物を運んできた北前船も多かった。

「ところで更始のことだが」

笑左衛門は無意識に声を低くした。

「平野屋の言うように一割の支払いに応じることはできぬ。だが五分だけなら何とか都合できるゆえ、残りは年賦払いにしてもらいたい」

総額五百万両にも及ぶ借金なのだから、五分の支払いだけでも二十五万両が必要である。

それが今の薩摩藩が示せる最大限の誠意だった。

「残りの五分を年賦で支払うということでしょうか」

「借金すべてを二百五十年の年賦で返す。証文をそのように書き改めるゆえ、古借証文をいったん預けてもらいたい」

「それでは貸主が納得いたしますまい」

一年先のことさえ分らない世の中である。二百五十年がかりで借金を返すとは、踏み倒すと言うも同じだった。

「だが、全額更始にするよりは増しであろう。どうあがいても、ない袖《そで》は振れぬのだからな」

「古借証文はどうなされます。そのような話をすれば、証文を預ける者はおりませぬ」

「五分の金を支払うので、古借証文を預からせてくれと申し出る。応じぬ者には支払わぬと言えば、拒否する者はまずおるまい」

五分の見せ金で古借証文を取り返す子供だましのような策である。だが、笑左衛門にはこれ以上の知恵は浮かばなかった。

「なるほど。その上で二百五十年の年賦で返すという新しい証文をお渡しになるわけですな」

「これでうまくいくと思うが、そちの考えはどうじゃ」

「うまくいくかもしれませぬ。しかしよほど信用のある者を間に立てなければ、貸主たちもすんなりとは応じますまい」

「信用のある者なら、目の前におる」

笑左衛門が徳利《とっくり》を取って孫兵衛に酒を勧めた。

「乗りかかった船でございますからな。途中で下りるのも後生が悪うございましょう」

孫兵衛が扇子を出して楽しげに胸元をあおいだ。

船はいつの間にか安治川《あじがわ》の河口まで下っていた。四年前に工事にかかった天保山《てんぽうざん》は立派に完成し、高さ十間ちかい山の形を保っている。

山頂には巨大な常夜燈《じょうやとう》が建てられ、大坂湾から安治川に入る船の格好の目印になっていた。

古借証文の書き替えは十一月末に行なった。

天保の大飢饉《ききん》による物価の高騰のために、商人たちも資金繰りに困っている。

これから年末に向けて仕入れの金が必要なので、借金の五分を支払うという笑左衛門の申し出を旱天《かんてん》の慈雨のように喜び、求められるまま古借証文の提出に応じたのだった。

笑左衛門は二十五万両を薩摩藩大坂屋敷に運び込み、返済額に応じて仕分けをさせた。

千両箱二百五十個、小判二十五万枚である。

大広間にずらりと並べた様は壮観で、十数名の家臣たちも大金持になったように活気づいていた。

笑左衛門は床几《しょうぎ》に座って監督にあたった。

日々の暮らしに使う金は有難いが、二十五万両ともなると何の感慨も覚えなかった。

（こげんもんに振り回されて、あくせく生きんとならんとは……）

笑左衛門は封印されたままの五十両をつかみ取り、二、三度ゆすって重さを確かめた。

午《うま》の刻を期して、貸主の商人たちが続々と集まってきた。

その数は二百人を超える。平野屋や天王寺屋のような豪商もいれば、米や酒、砂糖や煙草の仲買いをする牙儈《すあい》もいた。

孫兵衛も藩に三万両ほど貸し付けているので、桜となって素知らぬ顔で商人の中に混じっていた。

「本日はご足労をいただきかたじけない。これより借用した金の五分を返済するので、名を呼ばれた順に受け取っていただきたい。その際新たな証文を渡す手筈《てはず》であったが、経理方の手落ちで少々手間取っておる。別室に酒肴《しゅこう》の仕度を整えておるゆえ、そちらで暫時お待ちいただきたい」

笑左衛門は裃《かみしも》姿で口上を述べた。

側に控えた家臣が借用額の多い順に名を読み上げ、袋に仕分けた金を渡していった。袋には債権者の名と借用額、このたびの返済額が明記されている。

商人たちは金額に間違いがないことを確かめてから別室へ下がって行った。

中には二十万両も貸し付けている者がいる。

その五分といえば一万両にもなるので、数人の手代に千両箱を運ばせ、屈強の男たちに警固させて持ち帰るほどだった。

全員への分配を終えると、別室で盛大な酒宴を張った。

薩摩から取り寄せた阿久根千酒の樽《たる》を据え、新町から十数人の芸妓《げいぎ》を呼んで、鳴り物入りでもてなした。

「これまで迷惑をかけたお詫《わ》びでござる。心ゆくまで飲んで下され」

笑左衛門はえびす顔を作って酌をして回った。

商人たちも当座の金をつかんでほっとしている上に、書き替えた証文を受け取らなければ帰れないので、ついつい盃《さかずき》を重ね、座敷は祭りのようににぎやかになった。

夕方まで飲めや歌えのどんちゃん騒ぎをした後で、笑左衛門はおもむろに立ち上がった。

「ただ今ようやく借用証文ができ申した。経理方の者がお渡しいたすゆえ、受け取っていただきたい」

十数人の家臣たちが、席に置かれた名札を見ながら手早く証文の通帳を渡していった。

借用金を二百五十年かかって返すと記されているだけに、不穏なざわめきが起こるまでにさして時間はかからなかった。

「これは何や」

「いったいどういうこってすか」

隣の者と額を寄せ合い、互いの通帳を見比べている。

通帳には西暦の年数と十年ごとの残高が記されていた。

来年から返済を始め、全額を返し終えるのは二〇八六年ということになるが、西洋暦になじみのない商人たちには意味が分らなかったのである。

「これは西洋の暦でございまして、元号を用いずに数字だけで表わします」

経理方の者が流暢《りゅうちょう》に説明を始めた。

「今年は西暦一八三五年ですので、十年後は一八四五年となり、返済金の残高は右に記されている通りとなります」

これでようやく事態が飲み込めたらしい。誰もが酔いも迷いも一度に覚めて、油断のならない商人面《あきんどづら》に戻っていた。

「こんなん無茶苦茶や」

「二百五十年割り言うたら、千両当たりたった四両の返済どっせ」

「しかも利子が入っとらんやないか。こんなん阿呆《あほう》らしゅうて話になりまへんな」

口々に不満を言い立て、笑左衛門を鋭くにらんだ。

「調所さま、これはどういうことでしょうか」

打ち合わせ通り、孫兵衛が立ち上がって説明を求めた。

「手前は調所さまを信頼し、皆様に古借証文を預けるように勧めました。しかしこれでは、騙《だま》し討ちも同じではございませんか」

「その方たちの申し分はよく分る。しかしどうあがいたところで、今の島津家には四百七十五万両もの金を返す力はない。子々孫々にわたって返しつづけるしか方法がないのだ」

「そんなん当てにできまっかいな」

「踏み倒しと一緒や」

酔いと怒りにまかせて、口汚ない野次を飛ばす者がいた。

「踏み倒すつもりなど毛頭ない」

笑左衛門はここぞとばかりに高飛車に出た。

「当家は遠祖忠久《ただひさ》公以来、六百年以上もの間薩摩の統治を任されておる。それに比べれば二百五十年など短いものじゃ」

「島津さまを信用しないわけではございませんが、これではとても納得できません。古借証文を返していただきたい」

孫兵衛が青ざめた顔をして、牙儈場できたえた声を張り上げた。

「あれはすでに焼き捨てた。新旧とり混ざっては、間違うおそれがあるのでな」

「そんな馬鹿な。初めから手前どもを騙すつもりだったのでございますね」

「そのつもりなら二十五万両を支払ったりはせぬ。わしは薩摩藩の家老として精一杯の算段をしてきたが、こうした方法でしか全額返済することはできぬのだ。どうあっても許せぬとあれば、この場で腹かっさばいてわびるしかない」

「そんなしわ腹ひとつを五百万両に代えられるものですか。手前も皆さまに声をかけた責任がございます。島津のお殿さまに直談判《じかだんぱん》してでも、何とかしていただきますからね」

孫兵衛は憤然と出ていった。

きりりと見得《みえ》を切った役者のような退場ぶりである。それに引きずられて、血相を変えて文句を言っていた商人たちが三々五々と席を立った。

座敷には美しく着飾った芸妓たちが所在なげに残っていた。

「聞いての通りじゃ、今日の花代も二百五十年割りということになる」

笑左衛門がめずらしく戯言《ざれごと》を口にした。

芸妓たちが華やかな笑い声で応じた。

「さすがに薩摩のお武家さまは偉いものでございます。こんなお座敷に居合わせるとは、芸妓冥利《みょうり》に尽きるというものでございます」

新町一と評判の玉緒が、いそいそと歩み寄って酌をした。

日頃彼女たちは商人に頭が上がらない。金で売り買いされる悔しさも知っているだけに、五百万両もの金がひと息に踏み倒されるのを見て胸のすく思いをしているのだった。

「そうか。そんなに誉められては、何やら尻《しり》がこそばゆいな」

笑左衛門は配り余りの百両を花代として与え、家臣たちを集めて酒宴をつづけた。たとえどんな手であろうと、重豪の遺命のひとつがようやく果たせたのである。これで毎年の支払いは二万両で済むと思うと、肩の荷が下りた気がするのだった。

第四章　藩主交代

一

床の間に置かれた白磁の壺《つぼ》に、千両が生けられていた。

つややかな透明感のある壺と、千両の赤い実が鮮やかな対比をなしている。

高輪《たかなわ》御殿の対面所でお成りを待つ間、調所笑左衛門広郷《ずしょしょうざえもんひろさと》はじっとそれを見つめていた。

深みのある地肌の美しさといい、女の豊かさを思わせるふくよかな丸みといい、目を惹《ひ》きつけずにはおかない秀逸な壺である。

おそらく清国《しんこく》の景徳鎮《けいとくちん》あたりの名品を、斉興《なりおき》が薩摩の豪商に命じて買い付けさせたものだろう。

「あの壺なら五万両で売れましょうな」

背後に控えている出雲屋《いずもや》孫兵衛《まごべえ》が請け合った。

「清国から直《じか》に買い付ければ、二千両くらいで手に入る。何とも残念なことじゃ」

笑左衛門は未練がましく溜息《ためいき》をついた。

これまでは唐物販売を許可されていることを隠れ蓑《みの》にして、大々的に密貿易を行なってきた。

ところが幕府が天保十年（一八三九）から唐物販売を禁じる措置を取ったために、薩摩藩の収入は大幅に落ち込んでいた。

（こんな壺を置かれたのは、唐物を何とかしろという意味に相違あるまい）

笑左衛門はそう察した。

斉興は極端に無口で、考えを明言することはめったにない。その代わりにいろいろなやり方で暗示するので、見落さないよう常に気を張り詰めていなければならなかった。

天保十二年（一八四二）閏《うるう》一月五日のことである。

老公重豪《しげひで》に万古不易の財政改革を命じられてから十年、笑左衛門はようやく改革の成果を報告できるところまで漕《こ》ぎつけた。

その場に同席するために、孫兵衛もわざわざ大坂から駆けつけたのだった。

半刻《はんとき》ばかりも待たされた頃、斉興が斉彬《なりあきら》を従えて上段の間についた。

斉興は五十一歳、斉彬は三十三歳になる。六十六歳になった笑左衛門にとって、子や孫に近い年回りだった。

「本日はご拝顔の栄によくし、恐悦に存じまする」

笑左衛門は型通りの口上をのべてから本題に入った。

「さて、かねてより拝命いたしておりました御改革につき、次の通りご報告申し上げます」

持参した包みを開き、『御改革取扱向御届』と題した書付けを差し出した。

いろいろな分野ごとに「い、ろ、は」から「へ」まで六項目に分類した、三十五通にも及ぶ報告書である。

「詳細は書付けに記してありますゆえ、概略についてご説明申し上げます。初めの三項目は収入の増加と支出の削減について、後の三項目は藩政の立て直しをはかる措置について記したものでございます」

笑左衛門は胸を張って説明を始めた。

「い」は米や砂糖、菜種子《なたね》、薬種など、産物の改良と増産についてである。

中でも最大の目玉は、道之島三島での砂糖の増産による収益増加だった。

「ろ」は支出削減についてである。

この中には江戸の藩邸や国許《くにもと》の経費削減、参勤交代の際の経費の節減なども含まれているが、何といっても大きいのは五百万両の借金を二百五十年年賦で返すようにしたことだった。

この踏み倒しに等しいやり方によって、これまで利子だけでも年間三十万両ちかくにのぼっていたものが、たった二万両の返済で済むようになった。

また一向宗徒の大量検挙によって、宗徒から本願寺に納めていた献上銀を差し止めたことも、領国からの資金流出を食い止めるのに効果があった。

「は」は諸蔵の管理や出納方法の改善である。

これまで国許でも大坂の蔵屋敷でも、蔵役人が収蔵品の一部を抜き取り、家計の足しにするという悪しき風習があった。

中でも米や砂糖はこの弊害が大きかったが、笑左衛門はこうした行為を厳禁した。

米俵や砂糖樽《だる》の規格をそろえ、内容量が一目で分るようにしたために、抜き取りが困難になったばかりでなく、商品としての価値も向上し、結果として大幅な収益増につながった。

「に」は人事管理の徹底と適材適所の配置によって、行政組織を整備したこと。

「ほ」は大坂への米の輸送を効率化するために四隻の船を建造したことと、新たに造船を希望する船主に資金を貸し付けたこと。

「へ」は藩邸や大坂蔵屋敷などの改修を行ない、国許の道路や河川の整備のための工事を行なったことだった。

当然のことながら、唐物抜荷《からものぬけに》や贋金造《にせがね》りについては一切記していない。

これは笑左衛門が一人で責任を負い、あの世まで持って行かなければならない秘密だった。

斉興は書付けをパラパラとめくると、斉彬の鼻先にぬっと突き出した。

斉彬は一度深々と頭を下げてから、両手で恭《うやうや》しくいただいた。

「終らなかったな」

斉興は眠気に耐えているような半眼をして脇息《きょうそく》にもたれかかった。

ねぎらいの言葉をかけるような主君ではないことは分っているが、いきなり五十万両の備蓄が成らなかったことを指摘されて、笑左衛門は心中おだやかではいられなかった。

「唐物取引きを停止されたことが痛手となりました。申し訳ございませぬ」

「そうだな。お陰で近頃はいい壺も手に入らぬ」

斉興が白磁の壺をちらりと見やった。

「我らも停止を取り消していただくように幕閣に働きかけておりますが、ご老中の水野さまが立ちはだかっておられますので」

「腹を切るか」

斉興があらぬ方を向いてつぶやいた。

何と言われたのか聞き取れぬほどの小さな声だった。

「三位《さんみ》さまとの約束であろう」

ねぎらいの言葉をかけるどころか、十年前の約束を果たせなかった責任を取って腹を切れと言うのである。

笑左衛門は急に手足が冷えていくような気がして、身じろぎさえしなかった。

「あと三年延ばす」

それまでに五十万両備蓄を成し遂げろという意味だった。

「承知いたしました。ついては、ひとつ、お願いの儀がございます」

笑左衛門は腹を据えて申し出た。

「年老いた身ゆえ、いつ病に倒れるやも知れませぬ。さすればお申し付けを果たせぬことになりますゆえ、倅《せがれ》笑太郎を補佐役としてお取り立ていただきとう存じます」

そう言い終えぬうちに、斉興がギロリと目をむいた。獲物をにらむ蛇のような鋭さだった。

笑左衛門は一瞬はっとしたが、引き下がろうとはしなかった。

「ご公儀をはばかる帳簿もあり、他の者には所在さえ明かせぬのでございます」

「この儀、どうじゃ」

斉興が斉彬にたずねた。

「これだけの大事を成し遂げた者の申すことでございます。無下にはできぬものと存じます」

斉彬の言葉に、笑左衛門は救われた気がした。

「ならばそちの用人にするがよかろう」

斉興はすぐにいつもの半眼に戻り、こう付け加えた。

「ただし五十万両の備えの他に、非常の手当てとしてあと五十万両用意せよ」

笑左衛門と孫兵衛は褒美の金子《きんす》を受け取ると、御用部屋に下がってしばらく暗い顔を見合わせた。

あまりの申し付けに、あきれて物が言えなかった。

「そりゃあ、蓄えは多いにこしたことはありまへんわな」

孫兵衛が大坂言葉でおどけてみせた。

「あの目を見たか」

「はい。いきなり抜身を突き付けられた気がいたしました」

「殿はご不快なのだ。それゆえあのような無理をおおせられたのだ」

腹が立つと相手を苛《いじ》めずにはいられない幼児性が斉興にはあった。自分でもそのことは分っているので日頃は自制しているが、カッとすると何を仕出かすか分らない。

それも重豪のような陽性のやり方ではなく、陰に回ってねちねちと苛め抜く質《たち》だった。

「ご不快とは、笑太郎さまのことでございましょうか」

「わしが今の地位を守るために、息子に引き継がせようとしていると思われたのであろう」

「そのようなおつもりなら、私も反対でございます。笑太郎さまのように気性の真っ直ぐなお方に、陰の秘密ばかりを背負わせることはありますまい」

「わしとてそのようなことはしたくはない」

笑左衛門は足を伸ばして膝頭《ひざがしら》をさすった。

ここ数年おさまっていた痛風が、この正月からぶり返していた。

「だが今のままでは、わしに万一のことがあればすべてが崩れてしまう。そうなれば三位さまに合わす顔がなく、これまで身を粉にして働いてくれた者たちに報いることもできなくなる。あのような申し出をしたのは、常々そう考えていたからなのだ」

「褒美は十両ですね」

孫兵衛が包みの中身を確かめた。

「五百万両の働きにこれっぽっちとは情《なさけ》ないが、どうです、吉原《なか》にでもくり出してぱっと使いませんか」

十両の重さを掌《てのひら》で計るようにしながら、孫兵衛が江戸風の伝法《でんぼう》な物言いをした。

「そうだな。たまには行ってみるか」

胸のもやもやを晴らしたくて、笑左衛門は駕籠《かご》を仕立てて出かけることにした。

吉原には泉州屋というなじみの茶屋があった。

大門を入って二本目の辻《つじ》を左に折れた江戸町二町目で、新吉原が開設された頃から店を構える老舗《しにせ》である。

笑左衛門はこの店を幕閣や諸藩の要人を接待する際に使っていたので、遊廓《ゆうかく》の堅苦しい仕来りに縛られずに遊ぶことができた。

吉原の遊女は通常五千人といわれるが、天保の大飢饉《ききん》以後七千人ちかくに膨れ上がっていた。

北関東や奥州から身売りした娘が流れ込んできたためで、その分店同士の客の奪い合いが激しくなり、吉原《なか》全体が騒然とした雰囲気に包まれていた。

十人ばかりの花魁《おいらん》を呼んで一刻《いっとき》ばかり酒を飲んだ後、好みの遊女をともなって寝屋《ねや》へ引き上げた。

笑左衛門はなじみの女を作らない。酒宴の間に容姿や気立てを見て、敵娼《あいかた》を決めることにしていた。

この日は小柄でおとなしそうな、若藤という花魁にした。笑うとふっくらとした頬にえくぼができる愛らしい顔立ちで、歳は二十四だという。

娘の厚子と同年代だと思うと面映《おもはゆ》さもあったが、笑左衛門はあお向けになって若藤の手管に身を任せた。

近頃は組み敷いて槍《やり》をくり出すほどの元気はないので、寝そべったまま手厚くしてもらうほうが気が安まるのだった。

（十年か……）

笑左衛門は長かった道程《みちのり》を思った。

五年前に五百万両の債務整理を行なってからも、苦難の連続だった。

この措置に激怒した大坂の商人たちが薩摩藩の不当を町奉行所に訴えたために、仲介した孫兵衛は捕えられて入牢《じゅろう》させられる憂きめを見た。

笑左衛門も十万両を幕府に献金して、事を穏便に済ませるように工作しなければならなかった。

翌天保八年二月には、大塩平八郎の乱が起こった。

大飢饉や諸物価高騰に対する幕府の無策と幕閣の腐敗を怒った平八郎は、洗心洞の門下生たちと挙兵し、大坂市中の豪商から金穀《きんこく》を奪って窮民にほどこそうとした。

この乱は事前に発覚し、わずか一日で鎮圧されたが、平八郎らの捨身の砲撃によって市中の五分の一が焼けるという惨状を招いた。

このため物価はますます高騰し、経済は混乱して、砂糖の取引きを停止せざるを得なくなった。

その痛手に追い討ちをかけるように、幕府は天保十年をもって唐物販売を停止すると命じた。

期限とされた天保十年になると砂糖相場が急落し、例年の半値になった。

そのために道之島三島の者たちに砂糖と引き替えに渡していた品々を買うこともできなくなり、羽書と呼ばれる手形だけを渡してしのがざるを得なくなった。

今日提出した『御改革取扱向御届』に記した成果は、こうした困難を乗り越えてようやく成し遂げたものだ。

それをさも当然のように受け取った斉興の態度を思い出すと、笑左衛門は憤りのあまり思わずうめき声を上げた。

「どうかなされましたか」

腰にまたがっていた若藤が気遣わしげにたずねた。

「何でもない。そちの具合が良過ぎて、つい声をもらしたのよ」

「まあ、嬉《うれ》しい」

若藤は可憐《かれん》なえくぼを浮かべ、労《いたわ》るように腰を使いつづけた。

翌日から、再び笑左衛門の戦いが始まった。

あと三年のうちに百万両、それが無理でも備蓄用の五十万両だけは用意しなければならない。そのためには何としてでも、幕府に唐物販売の再開を認めさせる必要があった。

笑左衛門は江戸家老格に立身した猪飼央《いかいなか》と膝詰《ひざづ》めで対応を協議した。

「水野さまは長崎会所を立て直し、幕府財政を再建する切り札にしようと考えておられます。将軍家もこれを後押ししておられますゆえ、なかなか難しゅうございましょう」

央は他人事《ひとごと》のような言い方をした。

そろそろ知命《ちめい》になるのに、危ない橋を渡るまいという生き方は変わらない。むしろ白毛が増えた分だけ用心深くなっていた。

「難しいのは分っておる。だがそれを突き破らねば、殿のお申し付けを果たすことはできぬ」

「調所どの、ここだけの話じゃが」

央が体を寄せて声を落とした。

「幕府が唐物販売を禁じたのは、目に余る行ないがわが藩にあったからでござる。ここはしばらく身を慎んでおかなければ、どのような処罰が下るか分り申さぬ」

「それは、殿のご命令を無視せよということか」

「貴殿のお陰で、当家の財政は見違えるほど良くなり申した。これ以上のことを求めて幕府と事を起こしては、元も子もなくなりますぞ」

「殿は三年のうちに五十万両を蓄えよと命じられた。わしはそれに従うばかりじゃ」

笑左衛門が改革の継続にこだわるのは、斉興の命を果たすためではなかった。重豪の遺志を自分の手で受け継ごうと決意していたからである。

内憂外患はなはだしく、日本はますます危機的な状況を迎えつつある。こうした問題に直面して初めて、重豪がどれほど正確に将来を見通していたかが分ったのだった。

月が変わり、福寿亭の梅の花も散り果てた頃、国許《くにもと》から急使が届いた。

使者は海老原宗之丞。

五年前から重用している四十ばかりの男だった。

「どうした。火急の用か」

顔を合わせるなり、笑左衛門は不吉な予感を覚えた。

今は砂糖積み出しの最盛期で、山川港では三島方《さんとうほう》の者たちが大童《おおわらわ》で積荷の検査に当たっている。そうしたさなかに訪ねてくるからには、よほど重要な用件にちがいない。

そうした用件といえば、近頃の笑左衛門には悪いことしか思い浮かばないのだった。

不幸なことに、その予感は的中した。

「三原さまから、これをお渡しするようにと」

宗之丞が油紙に包んだ書状をためらいがちに差し出した。

笑左衛門は激しい胸騒ぎを覚え、油紙を引き破るようにして書状を開いた。

「急ぎお知らせ申し上げ候。去る閏《うるう》一月十九日、ご嫡男笑太郎どの、急逝なされ候。唯々《ただただ》無念この上なく、慚愧《ざんき》の至りに候。詳細につきては、宗之丞申し上げ候。お力落としいかばかりかと、申し上ぐる言の葉も御座《ござ》なく候」

三島方頭取である三原藤五郎は、示現《じげん》流の達人らしい端正な字でそう記していた。

だが笑左衛門は何度読んでも、そこに何が書かれてあるのか理解できなかった。

頭を強打されたように激しい目まいがして、どうしても思考の焦点が合わないのである。

まるで体が理解することを拒んでいるようだった。

「お悔やみ、申し上げまする」

宗之丞が吊《つ》り上がった目を真っ赤にしてうなだれた。

「倅《せがれ》が、死んだのか」

笑左衛門はぽつりとつぶやいた。

「小納戸《こなんど》組の者たちと城下の料理屋にお出かけになり、その夜激しい腹痛におそわれてご他界なされたそうでございます」

「毒か」

「医師は食あたりと申しておりますが、毒を盛られた疑いも捨てきれませぬ」

たとえば河豚《ふぐ》の毒を取り、他の料理に混ぜておけば、人を殺すことなど雑作もない。しかも下手人の自白でもなければ、それを立証することは不可能なのである。

「葬儀は、どうした」

「ご家老がお戻りになるまで待てませぬゆえ、奥方さまを名代として執り行ないました。三原さまが陣頭に立ち、万端手抜かりなきようにと……」

宗之丞は嗚咽《おえつ》に喉《のど》を詰まらせて黙り込んだ。

近年、国許と大坂、江戸との連絡を迅速にするために使者専用の船を仕立てている。それでも国許から江戸までは十日もかかるので、笑左衛門が急を聞いて駆けつけても一月ちかく後になる。

その間遺体を安置しておくわけにはいかないので、葬儀を済ませたのだった。

「そうか。毛利子もさぞ……」

そう言いかけて、悲しみの熱いかたまりが突き上げてきた。

先妻の子である笑太郎と毛利子は、四歳しか年がちがわない。それでも笑太郎は毛利子を母上と呼び、家の中がうまくいくように何かと気を遣っていた。

そうした気配りを欠かさぬ優しい男だった。

「わしのせいじゃ。わしのせいで倅を死なせてしもうた」

笑左衛門はふいに立ち上がった。

じっとしていられない焦燥に駆られたが、かといって行く当てがあるわけではない。

ただ長廊下をとぼとぼと歩き、福寿亭の前まで来たところでぺたりと座り込んだ。

背骨がくだかれたような喪失感に、立っていられなくなったのだった。

二

笑左衛門は病みついた。

長廊下で倒れたまま気を失い、丸一日意識が戻らなかった。

翌日の夕方に正気づいたものの、起き上がることはおろか口をきくことさえできなかった。

重豪に万古不易の備えを命じられて以来、笑左衛門は修羅になると覚悟を定めて突っ走ってきた。

それは重豪の命を果たすためばかりではない。薩摩藩の窮状を救うことが、次の世代の飛躍につながると信じていたからだ。

この仕事を笑太郎に引き継がせようとしたのも、たとえ今は謗《そし》りを受けようと、やがて理解してもらえる日が来るという自負があったからだった。

（なぜ、もっと早く……）

自分がしていることの全てを笑太郎に話しておかなかったのか。その後悔に、笑左衛門の胸ははり裂けそうだった。

道之島三島を黒糖地獄にしていることや、人足たちを使い殺しにしながら贋金《にせがね》造りをつづけていること。

情容《なさけ》赦ない一向宗徒への弾圧や、長崎会所を破綻《はたん》させるほどの唐物抜荷。

これだけ悪に手を染めていれば、命を狙われる危険は山ほどある。そのことをきちんと話しておけば、笑太郎も日々用心を怠らなかったにちがいない。

だが笑左衛門は、その必要を感じながらも一日延ばしに延ばしてきた。

そのためらいが、笑太郎を殺したのだ。暗殺されたかどうかは定かでないが、思い当たることは山ほどあった。

「おいが女房は牢番《ろうばん》どもに手ごめにされ、喉を突いて自害した。そん悔しさが、わいに分っか」

そう叫びながら斬りかかってきた武士の顔が頭をよぎった。

花倉《けくら》の作業場から脱走しようとした人足の首を打ち落とした時の音が、生々しく耳底によみがえった。

(悪の報いじゃ。毛利子が言うた通り、非道の報いを受けたのじゃ)

笑左衛門は絶望に顔をおおい、身を焼くような後悔に布団の中で足ずりした。

五日目に斉興が見舞いに来た。

酒宴の後らしく、青ざめた顔をして目が据っていた。

笑左衛門は海老原宗之丞の手を借りて上体を起こそうとした。

「よい。そのまま横になっておれ」

斉興が鋭く制して枕許に座り込んだ。

「具合はどうじゃ」

「もう年でございます。体が言うことを聞きませぬ」

「なるほど。こうしてみると年寄り顔じゃ」

「早くあちらへ行って、三位さまにお仕えしとうございます」

これは何の役にも立たなくなったという意味だが、斉興はそうは取らなかった。

「わしでは不服か」

眉《まゆ》をひそめて不快そうに吐き捨てた。

笑左衛門は黙ったまま、仕方なげな笑みを浮かべた。

「息子のことは聞いた。辛《つら》かろうが、今は戦のさなかじゃ。采配《さいはい》を取るそちが倒れては、我が軍は全滅するほかはない。気力をふり絞って立ち上がってくれ」

斉興は珍らしく優しい言葉をかけたが、笑左衛門の胸には響かなかった。

二月十五日、笑左衛門は白金台の瑞聖寺にある重豪の墓に詣《もう》でた。

正式な墓は鹿児島の福昌寺にあるが、忌日ごとに国許《くにもと》に帰ることもできないので、この寺に遺品を埋葬して仮の墓所としていた。

まだ歩くのも覚束《おぼつか》ない状態だが、駕籠《かご》に乗って寺へ行き、宗之丞に支えられて墓前まで進んだ。

これまでも改革に行き詰まるたびにここに来て、墓の前に長々と額《ぬか》ずいたものだ。そうすると亡き重豪から力を与えられる気がして、困難を乗り切る勇気がわいてくる。今日はいつにも増してその力にすがりたかった。

墓は天を衝《つ》くようにそびえていた。「高輪下馬将軍」と評された重豪らしい豪気なたたずまいである。

笑左衛門は墓前に平伏し、大信院殿栄翁如証大居士と刻まれた墓標を見上げた。

墓の後ろには重豪が好んだしだれ桜の巨木があり、今を盛りと花をつけている。

薄紅色の花が、真っ青な空を背にして鮮やかに浮き立っていた。

笑左衛門の胸に熱い思いがこみ上げ、涙があふれ出した。

「殿……」

笑太郎の訃報《ふほう》を聞いても、笑左衛門は泣かなかった。病みつくほどの痛手を受けながらも、自分を責めるばかりで悲しむいとまもなかった。

衝撃のあまり心が凍《い》てつき、あらゆる感情を封じ込めてしまったのである。

重豪の墓の前に額ずくと、その封印が解けて口惜《くや》しさが一気にあふれ出した。

笑左衛門は膝頭《ひざがしら》を握りしめ、声をおし殺して泣いた。

この悲しみ、この苦しみ、そしてこの無念を分ってくれるのは、泉下の重豪しかいないのである。

ひとしきり泣いて心が鎮まると、重豪から「有難い」と三度唱えよと教えられたことを思い出した。

一度目は生きておられることへの感謝、二度目は生きていられることは奇跡に近いという感慨、そして三度目はこの世に生を享《う》けたことへの感嘆だった。

これは初めて出仕した時に教わった胆《きも》の練り方で、毎朝忠実にくり返しているうちに、いつ死んでもいいと腹が据り、何を申し付けられてもたじろがずに勤めを果たせたものだ。

だが重豪が他界してからは、いつの間にかそうした厳しさを失っていた。

「笑左、どうじゃ」

ふいに重豪の声が脳裡《のうり》に響いた。

「ははっ、恐れ入りましてございます」

笑左衛門は声に出して返答した。

あまりにはっきりと聞こえたので、本人が目の前にいるような気がした。

「ならば笑え。その面に涙は似合わぬ」

笑左衛門はひとつ息を呑《の》んで姿勢を正し、墓石に向かって取っておきのえびす顔を作ってみせた。

その時一陣の風が吹き抜け、桜の花びらが舞い落ちてきた。

それは重豪の笑い声のように豪気でからりと明るかった。

この日以来、笑左衛門の病は快方に向かった。

もう一度立ち上がろうという気力が生まれ、食事も喉《のど》を通るようになった。体力も徐々に回復し、三月初めには庭に散歩に出られるようになった。

不思議なもので、今度も痛風は知らない間に治っていた。

いつぞや長崎会所に出かけた時には、痛風に悩まされているのを見かねた笑太郎が、オランダ渡りの薬を手に入れてくれたものだ。

あの茶色で半透明のガラス瓶を、笑左衛門は今も大事に持っていた。

ここで倒れたなら、あの子の死を無駄にすることになる。重豪と自分がやってきたことは正しかったと証明するためにも、この仕事をやり遂げねばならぬ。笑左衛門はそう腹を据え直し、山のようにたまった仕事に取り組み始めた。

大坂での砂糖相場への対応や、国許で進めている甲突川《こうつきがわ》の改修工事など、解決すべき問題は多い。

だが、まず手をつけるべきは、幕府に唐物販売免許の停止を撤回させることだった。

笑左衛門らにとって、状況は好転しつつあった。

二ヵ月前の閏《うるう》一月三十日に、大御所徳川家斉が他界したからだ。

家斉は四年前に将軍職を家慶《いえよし》にゆずった後も大御所として実権を握りつづけていたが、六十九歳を一期《いちご》として泉下の人となったのである。

開国を目ざした重豪の計略を、シーボルト事件を仕掛けて潰《つぶ》したのは家斉だった。

それ以後も薩摩藩の動きには警戒の目を向けつづけ、隠密《おんみつ》を送り込んで抜荷の実態を突き止めた上で唐物販売免許を停止した。

それゆえ家斉が健在な間は手の打ちようがなかったが、他界したこの機会をとらえて水野《みずの》忠邦《ただくに》に揺さぶりをかければ、停止の撤回に応じさせることも不可能ではなかった。

(忠邦にさえ会えば、何とかなる)

笑左衛門はそう踏んでいたが、相手は天下の老中首座である。

しかも唐物販売免許についての陳情であることは分りきっているので、面会を申し入れても会ってくれるはずがない。

そこで笑左衛門は一計を案じ、渋谷にある水野家の下屋敷を訪ねることにした。学問好きの忠邦は、この屋敷に文庫を作って和漢の書物を集め、非番の日には勉学に励んでいる。

そこで文庫を拝見したいという口実をもうけて対面しようとしたのである。

初めて訪ねたのは三月十六日、重豪の月の命日の翌日だった。

重豪が編纂《へんさん》した『琉球産物志』の写本と金百両を手みやげに持参し、文庫を拝見したいと申し入れた。

「あいにく殿がご不在ゆえ、我らの一存では計りかねまする」

応対に出た初老の留守役が丁重に断わった。

「ならば後日お訪ねいたしまする。これは心ばかりの品でござるが、お納めいただきたい」

笑左衛門は百両を入れた折文匣《おりふばこ》の上に写本を重ねて差し出した。

留守役は二つとも書物だと思ったのか、あるいは進物を受け取るのが日常化しているのか、辞退するそぶりも見せずに受け取った。

三日後の巳《み》の刻（午前十時）、笑左衛門は再び水野家の下屋敷を訪ねたが、忠邦は留守だった。

「さようでござるか。ならば後日改めて」

前回と同じように折文匣に入れた百両と『琉客談記』の写本を差し出すと、留守役は再びためらいもせずに受け取った。

前の百両を突き返さないばかりか、金が入っていることを承知で受け取ったのだから、つけ入る隙があるということである。

笑左衛門は釣竿《つりざお》に当たりがあったような手応《てごた》えを感じながら下屋敷を後にした。

以来三日ごとに巳の刻参りをつづけ、和漢の珍書と百両を持参した。

そのたびに初老の留守役は平然と進物を受け取ったが、忠邦に対面することはおろか屋敷に上がって文庫を見ることさえ許さなかった。

忠邦はこちらの目論見《もくろみ》などとうに見抜いているし、唐物抜荷をつづけてきた薩摩藩に敵意を抱いている。だから進物だけ受け取って、知らんふりを決め込もうとしているのだ。

笑左衛門はそう察していたが、巳の刻参りをやめようとはしなかった。

金を贈りつづける側より、後ろ暗い思いをしながら受け取る側の方が辛《つら》い。根比べになったなら、相手が先に音を上げるという確信があった。

忠邦がそのことに気付いた時には、もはや手遅れだった。

一月以上もつづける間に、笑左衛門の巳の刻参りは市中の噂になるほど知れ渡っていたからだ。

たとえ笑左衛門が何も言わなくとも、すでに千数百両も受け取った身としては外聞が気にかかる。

かといって今さら金を返しても、汚名をすすぐことはできない。

忠邦は次第に精神的に追い詰められ、対面に応じざるを得なくなった。

対面は五月初旬、どんよりとした梅雨曇りの日だった。

「文庫を見たいということだが」

忠邦は細長いうらなり顔を屈辱に引き攣《つ》らせていた。

唐津藩主の次男として生まれながら、若い頃から幕閣に登用されたいという青雲の志を抱き、大坂城代、京都所司代をへて老中首座にまで栄進した切れ者である。

当年四十八歳。家斉の没後には幕閣の全権を掌握し、天保の改革に乗り出そうとしていた矢先の躓《つまず》きだけに、笑左衛門を見る目には憤懣《ふんまん》の炎が燃えさかっていた。

「かねがね引馬《ひくま》文庫の噂を聞いておりましたので、一度は眼福にあずかりたいと念じており申した」

笑左衛門は得意のえびす顔を作ったが、忠邦はにこりともしなかった。

「あれはわしの勉学のためのもので、人に見せるつもりはない」

忠邦は蔵書を引馬文庫と名付け、蹄鉄《ていてつ》型の蔵書印を用いて分野ごとに分類するほど大切にしている。他人にさわられるなど、想像するだに汚らわしいと言わんばかりだった。

「さようでござるか。そのような文庫に三位さまの本を加えていただき、有難いことでござる」

笑左衛門は皮肉の針をちくりと刺した。

初めから見せるつもりがないのなら、なぜ進物を受け取ったのかと言外に匂わせたのである。

「そ、その方の狙いは、わ、わしに会うことであろう。つ、つ、つまらぬ策を弄《ろう》さずに、用件を述べるがよい」

忠邦は緊張したり動揺したりすると吃《ども》る癖がある。

それほど神経質で、病的なほど失態を恐れていた。

「見せていただけぬとあらば、致し方ございませぬ。用件も二、三ございましたが、後日のことといたしましょう」

笑左衛門は落ち着き払って席を立とうとした。

「唐物取引きのことなら、何度訪ねても無駄じゃ。長崎会所の立て直しは幕府にとって急務ゆえ、免許を与えることはできぬ」

「これまで長年、当家と長崎会所は共存して参りました。会所の経営が窮地におちいったからといって、当家のせいになされるのは公平とはいえますまい」

「か、か、会所の経営が」

忠邦は反論しかけたが、笑左衛門はその間を与えずに畳みかけた。

「清国は昨年からイギリスと戦争し、国が亡びかねないほどの窮地におちいっておりまする」

アヘン戦争の情報は、琉球を通じて刻々と薩摩にもたらされていた。

イギリスはインド産のアヘンを清国に輸出して莫大《ばくだい》な利益を得ていたが、清国が輸入を厳禁する措置をとったために、両国間の戦争となったのである。

イギリスは圧倒的な海軍力を用いて廈門《アモイ》や寧波《ニンポー》などの港を占領し、内陸部へ進攻する構えをみせていた。

「イギリスはやがて琉球に矛先を向けるやも知れませぬ。あるいはフランスやアメリカがイギリスに遅れまいとして、琉球に攻めかかるおそれもございます。そのような時に唐物取引きを停止すれば、琉球を孤立させるばかりでござる。万一かの地が奪われたなら、西欧諸国は余勢をかって日本国に艦隊を差し向けて参りましょう。そうなったなら、ご老中さまが腹を召されたくらいでは事は治まりませぬぞ」

「も、もとはといえば、薩摩藩が唐物販売を隠れ蓑《みの》に抜荷を行なったゆえ、かような仕儀となったのじゃ。そのことを棚に上げて幕府のご政道に口をさしはさむとは、痴《おこ》の沙汰《さた》もはなはだしい。いざとなれば、抜荷の証拠を突きつけて島津家を取り潰《つぶ》すこともできるのだぞ」

忠邦は動揺から立ち直り、老中首座らしい恫喝《どうかつ》を口にした。

「やってみられるがよい」

笑左衛門は笑いながら受け流した。

「そのような強談判《こわだんぱん》に及ばれるのなら、我らもご老中さまが京都所司代のころに行なわれた旧悪を暴き、いずれに理があるか天下の世論に訴える所存にござる」

「ね、ね、根も葉もないことを」

忠邦が細長い顔を真っ赤にした。根は正直な小心者なのである。

「大坂東町与力《よりき》、大塩平八郎を覚えておられようか」

笑左衛門は容赦なくたたみかけた。

「四年前に不埒《ふらち》の乱を起こして自決したあの与力が、ご老中ばかりか大久保加賀守さまや松平和泉守さままで不正無尽に関わっておられた証拠をつかんでおり申した。お三方ともその金でご老中に立身なされたことが公けになったなら、いかなることになりましょうか」

「嘘じゃ。そのような証拠などあるはずがない」

忠邦は思わず口を滑らせた。これは不正を認めたも同然だった。

「大塩が記した調書の控えが、それがしの手元にありまする。これを公けにすれば、大塩が乱を引き起こした原因はご老中方にあると見なされましょう。それでも当家を敵に回されるおつもりでござるか」

笑左衛門は長年修羅の道を歩いてきただけに、脅しにも性根が入っている。

忠邦は一言の反論もできず、茫然《ぼうぜん》と黙り込むばかりだった。

三

梅雨が終り、夏も盛りを過ぎた七月の下旬、国許《くにもと》から再び急使がやって来た。

使者をつかわしたのは三島方の三原藤五郎で、またしても不幸な知らせだった。長女の厚子が水死したというのである。

「水死とは、どげんことじゃ」

厚子はすでに二十三歳になっている。幼児ならいざ知らず、過って川に落ちるはずがなかった。

「分りもうさん。七月十日に天保山《てんぽうざん》の近くに浮いておらるっとが発見されもした。体に傷はなく、目付《めつけ》の者たちは事故か身投げじゃなかかと申しておりもす」

「身投げじゃっと」

笑左衛門はカッとした。

厚子は身投げをするような弱い娘ではない。事故でないとすれば、何者かに殺されたとしか考えられなかった。

「船は、どげんした」

「早船で参りもした。三原さまから急ぎ帰国せよとおおせつかっておりますので、品川沖に待たせちょりもす」

三原藤五郎は笑左衛門の胸中を察し、すぐに帰国できるように江戸まで早船を差し向けたのだった。

「わしも帰っど。船出の仕度をして待っちょれ」

斉興に帰国の許可を得て、笑左衛門は取るものも取りあえず早船に乗り込んだ。

厚子は毛利子に似て近所でも評判の美人だが、結婚には恵まれなかった。

実は七年前に毛利子の親戚《しんせき》との縁談がまとまり、足入《あしい》れまで済ましていたが、笑左衛門が一向宗徒の大弾圧に着手したために破談になった。

先方が一向宗の信者だったからだ。しかも婚約相手の両親が講の世話役をしていることが発覚し、捕えられて詮議《せんぎ》にかけられた。

先方はそのことで調所家を恨み、笑左衛門も一向宗徒と知りながら娘を嫁にやることはできなくなった。

以来厚子は外出を控えるようになり、平之馬場のだだっ広い屋敷で毛利子と肩を寄せ合うようにして暮らしていた。

早船は八月の中頃に薩摩の山川港に着いた。

港には三原藤五郎を先頭に三島方の者たちが総出で出迎えた。

皆が笑左衛門の苦衷を思い、辛《つら》そうな顔をして押し黙っていた。

「早駕籠《かご》の用意をしちょりもんで。こちらへ」

藤五郎に案内されるまま駕籠に乗り込み、その日の夕方に平之馬場の屋敷に着いた。

島津家七十七万石の家老らしい大きな表門をくぐり、玄関先に立って声をかけたが、奥からは何の反応もなかった。

家の中は静まり返り、ふすまを開け放ったままの薄暗い部屋が巨大な空洞のようにつづいている。

残暑はまだ厳しかったが、笑左衛門はふいに背筋に寒気を覚えた。

「わしじゃ。今戻ったぞ」

もう一度声を上げると、安之進が急ぎ足に現われた。

厚子の二つ下の弟で、今や笑左衛門に残されたただ一人の子供だった。

「お帰いやったもんせ。厚子姉さんのこっでおじゃいやったとでございもすか」

笑太郎の時でさえ戻らなかったのだから、帰国するとは思ってもいなかったらしい。

「当たり前じゃ。毛利子はどげんした」

「ずっと仏間にこもられたままでございもす」

呼びに行こうとする安之進を制し、笑左衛門は仏間に向かった。

笑太郎が非業の死をとげた後に、お前たちもくれぐれも気を付けよと申し渡している。それなのにむざむざ厚子を死なせるとは、夫の留守を守る妻としては大失態ではないか。

そう怒鳴りつけたい憤懣《ふんまん》に駆られ、笑左衛門は長廊下を足早に歩いた。

毛利子に非がないことは分っている。だが墓場のように静まりかえった我が家に足を踏み入れると、二人の子を相次いで奪われた怒りと哀しみが一度に湧き上がって、誰かを責めずにはいられなくなっていた。

「毛利子、今戻った」

ふすまを荒々しく開け放つと、線香の匂いのする暑い空気がむっと押し寄せた。

ふすまを立てきっているので、昼間の暑気がそのままこもっていたのである。

毛利子は仏壇の前に座したまま、ちらりと顔を向けただけだった。

心労のせいでふくよかだった頬はそげ落ち、眼窩《がんか》は落ちくぼんでいる。

気力を失った目はとろんと濁り、豊かだった髪は地肌が透けて見えるほど薄くなっていた。

あまりの変わり様に、笑左衛門は息を呑《の》んで立ち尽くした。

毛利子への怒りなど跡形もなく消え失《う》せ、ただ切々とした哀れさばかりが胸に迫ってきた。

笑左衛門は黙ったまま毛利子の隣に並んで手を合わせた。

仏壇には阿弥陀如来像が安置され、笑太郎と厚子の位牌《いはい》が並んでいる。

一向宗の禁令に公然と叛《そむ》くやり方だが、毛利子を責める気にはなれなかった。

「留守ん間、苦労をかけた。しばらく湯治にでも行って体を休めんか」

笑左衛門は手を取って労《いたわ》ろうとしたが、毛利子はびくりと体を震わせて手を引いた。巨大な蛇でも近寄ってきたようなおぞましげな目をして、ひと言も口をきかずに立ち去った。

笑左衛門は気持の張りを一度に失い、ただ茫然と仏壇の前に座り込んでいた。


天保山の桜が、ようやく花をつけ始めていた。

まだ人の背丈ほどの苗木だが、南国の春の暖かさに誘われたのか、小さな花をぽつりぽつりとつけている。

桜が好きだった厚子の供養のために、笑左衛門が私財を投じて二百本の苗木を植えたのである。

あと十年もすれば頭上をおおうほどの高さに成長し、満開の花が川沿いを彩るはずだった。

厚子が急死してから七ヵ月が過ぎ、季節は春へと変わっている。

その間、笑左衛門は月の命日ごとに天保山に足を運び、厚子が発見された場所に花をたむけていた。

ちょうど甲突川の河口で、海から打ち寄せる波と川の流れがせめぎ合う場所である。髷《まげ》が解けてざんばら髪になった厚子は、あお向けになったまま水面にたゆたっていた。

顔からは血の気が失せていたが、眠るようなおだやかな表情だったという。

おそらくずっと上流で川に落ち、ここまで流されてきたのだろう。

事故か身投げか、あるいは何者かに殺されたのかはいまだに分からなかったが、巷《ちまた》では婚期が遅れたことをはかなんで身を投げたという噂が飛び交っていた。

人は何事にも自分なりに納得できる理由を求めたがる。そうした者たちにとって、嫁に行けないことを悔やんで身を投げたという話はおあつらえ向きだった。

しかも一向宗徒を容赦なく弾圧した笑左衛門に対する反感があるだけに、この噂はまことしやかに城下でささやかれていた。

（身投げなどすっもんか。なあ厚子）

笑左衛門は花をつけた桜の枝を川に手向けた。

怒りや悲しみは七ヵ月の間に胸の底に沈んでいたが、愛娘《まなむすめ》を失った無念は日に日に大きくなっていく。

死の原因をつき止めなければ、厚子がいつまでたっても成仏できない気がした。

天保山は大坂の天保山にならい、甲突川の浚渫《しゅんせつ》工事ですくい取った土砂を築かせた山だった。

シラス台地の上を流れる甲突川は、川底が高く川幅にもバラつきがあるので、毎年台風の時期には氾濫《はんらん》をくり返し、加治屋町や新屋敷町のあたりは床上まで浸水するほどの被害を受けていた。

そこで笑左衛門は天保十年から川の改修工事にかかり、大規模な川ざらえと川幅の拡張を行なった。

その工事で出た土砂で河口を埋め立て、天保山を築いたのである。

そうした工事によって流れが速やかになった川で娘が犠牲になるとは、何とも皮肉なことである。

それがただの偶然とは、笑左衛門にはどうしても思えなかった。

「近々武《たけ》の橋や西田橋も架け換えねばならぬな」

笑左衛門は川端にしゃがみ込んで上流を見やり、海老原宗之丞に声をかけた。

昨年から肥後の名人岩永三五郎を石工頭《せっくがしら》として雇い入れ、甲突川に五つの石橋をかける工事にかかっている。

すでに三つは完成していたが、残りの二つはまだ手つかずの状態だった。

「武の橋の測量にかかるように命じておりますが、他の橋より川幅が十間以上も広いので、四連の眼鏡橋では届きませぬ。五連にして、中央部をひときわ高くしなければならぬものと存じます」

海老原宗之丞が答えた。

笑左衛門は計数に長《た》けた彼の手腕を高く買い、甲突川工事の指揮をすべて任せていた。

「費用は？」

「五千両ばかりでございますが、大丈夫でございましょうか」

宗之丞が遠慮がちにたずねた。

すでに四万六千両を使っているので、これ以上支出することに引け目を感じていたのである。

「金の心配なら無用じゃ。百年も二百年も使える立派な橋を造ってくれ」

笑左衛門が手がけた工事は新田開発、道路改修、河川疎通、諸藩邸の改築、医学院や天文館の開設などあらゆる分野に及び、総工費はすでに百万両を超えている。

重豪が命じた万古不易の備えを成し遂げるためには、将来につながる領国の整備が不可欠だと考えていたので、こうした投資には金を惜しまなかった。

「そのかわり、ひとつ頼まれてもらいたい」

「何なりと」

「武の橋を造る時には、礎石に笑太郎と厚子の名を刻んでもらいたい」

石橋の重量を支えるために、川底に石畳のように礎石を敷きつめる。そのひとつに二人の名を刻むことで、ひそかな供養にしたかった。

数日後、笑左衛門はお忍び駕籠《かご》で吉野の東雲寺を訪ねた。

苔《こけ》むした石段を登り、本堂脇の客間でしばらく待つと、影目付の伊地知源三が小袖《こそで》に裁着袴《たつつけばかま》という出《い》で立ちでやって来た。

初めてこの寺で会ってから、すでに十年が過ぎている。

頬のそげ落ちた精悍《せいかん》な顔は昔のままだが、目尻《めじり》の皺《しわ》や霜が降りたような白髪に、源三の老いと疲れが感じられた。

「作業場ん様子はどげんじゃ」

「手鞠《てまり》の生産は順調に進んでおりもんが、水銀を飛ばした時に出る毒のせいでまわりの木が枯れってしもうちょります」

贋金《にせがね》は地金に金や銀の鍍金《めっき》をして作っているが、最後の工程で水銀を蒸発させる時に猛毒を発する。その毒のせいで、まわりの木々まで枯れたのである。

「そいを悟られんごつ、他所《よそ》から切ってきた木を立てて目隠しにしておりもんが、根のなか木は半月ももたんで枯れっしもうもんで、木の切り出しに往生しておりもうす」

源三が苦笑した。

肌が枯れたように赤みをおびているのは、水銀の毒のせいかもしれなかった。

「人足たちは」

「道之島から連れっきた者たちは皆死んでしもたので、今は一向宗徒を使《つこ》うちょります。こっちは牢《ろう》に入りきれんほど大勢おいもんで、不自由はしておりもうさん」

「こげんこともうじき終る。その間くれぐれも外に漏れんごと計らってくれ」

「そん時には、おいたっが口も封じらるっとでございましょうな」

源三が独り言のようにつぶやいた。

笑左衛門は無言のままだった。そうなるかもしれぬと思っているので、聞こえぬふりをして聞き流すしかなかった。

「その方らは、ご老公さまに召し抱えられた影目付だと申しておったな」

長い沈黙の後でそうたずねた。

「御意《ぎょい》」

「こんことは殿もご存知か」

殿とは斉興のことである。

「分りもうさん。それがしには何の連絡もありもうさんが、あるいはお耳にしておられるっかもしれませぬ」

「配下の者と連絡を取っておられる形跡はなかか」

「そいは、どげん意味でございもすか」

「殿は影目付のことを以前からご存知で、我らが知らぬ間に手下に組み込まれているのかもしれぬ」

笑左衛門は近頃そう思うようになっていた。

重豪は死の直前に、花倉のことは斉興らは知らぬと言った。だが斉興が詳細に知っていることが、言葉の端々からうかがえる。

とすれば影目付の誰かを配下に組み入れ、逐次報告を受けているとしか考えられない。

あるいは笑左衛門や源三が知らぬうちに、影目付の組織すべてが斉興の命令で動くようになっているのかもしれなかった。

「そげんことはなかと存じますが、信用でくっ者に調べさせることにしもんそ」

源三にも思い当たることがあるようで、床の一点に目を据えて考え込んでいた。

「わしは明日《あした》から出府せねばならぬ。八月中には戻るゆえ、笑太郎や厚子の死因についても調べておいてくれ」

虫の知らせなのだろう。近頃笑左衛門は二人の死に斉興が関わっている気がして仕方がない。それが事実か否か、白黒をはっきりさせてもらいたかった。

翌日、早船に乗って江戸へ向かった。

途中大坂で三泊し、出雲屋孫兵衛と砂糖相場の動向について話し合った後、家老用の駕籠を仕立てて東海道を東へ向かった。

江戸での役目は、琉球使節団の受け入れについて幕府と交渉することだった。

慶長十四年（一六〇九）、薩摩藩は三千余の兵を送って琉球王朝を支配下に組み入れた。

以来二百三十余年の間、琉球王は国王の即位の際には恩謝使を、徳川将軍の代替りには慶賀使を送るように強制されていた。

これを琉球使節と呼び、幕府から琉球支配を認められている薩摩藩がすべてを取り仕切っていた。

今度の使節団は徳川家斉から家慶《いえよし》への代替りを祝うためのものだが、笑左衛門らには特別の目論見《もくろみ》があった。

使節たちに直接琉球の窮状を訴えさせ、薩摩藩との唐物取引きの再開を嘆願させようとしたのである。

二年前から始まったアヘン戦争では、イギリスが清国の要港を次々に制圧し、首都南京に迫る勢いを示している。

このために清国と朝貢《ちょうこう》貿易を行なってきた琉球王朝は大きな打撃を受けたばかりか、アヘン戦争の余波を受けてイギリスに侵略されかねない危機に直面していた。

そこで琉球王朝の救済を大義名分として、唐物販売免許の停止を撤回させようとしたのである。

そのために斉興自ら国許《くにもと》に戻り、琉球使節をともなって出府する手はずまで整えている。

これに幕府がどう対応するかを見極め、唐物取引き再開への道をさぐるのが笑左衛門の役目だった。

だが、幕府の対応は厳しかった。

老中首座の水野忠邦が天保の改革を断行し、綱紀粛正、倹約励行、風俗是正に取り組んでいる真っ最中なので、唐物抜荷によって長崎会所を窮地に追い込んだ薩摩藩への風当たりはひときわ強かった。

笑左衛門は渋谷にある水野家の下屋敷を訪ね、不正無尽の件をちらつかせて面会を求めたが、忠邦は平然と無視した。

将軍家慶の全面的な支持を得て幕閣の要職を自派で固めているので、薩摩藩がどんな手を打とうと対応できる自信があったのである。

四

笑左衛門は何の収穫も得られないまま八月十日に鹿児島に戻り、その足で登城した。広間でしばらく待っていると、近習の若侍が呼びに来た。

「おお、そなたは……」

見覚えはあるが、名前がなかなか出てこない。年のせいか近頃そんなことが多くなった。

「三原新之介でございます。お陰で殿のお側に仕えさせていただくことになりました」

三原藤五郎の縁者で、藩校造士館始まって以来の秀才と評された若者である。

藤五郎が是非とも側用人《そばようにん》にしたいと言うので、笑左衛門が斉興の近習に推挙したのだった。

「近習の仕事はどうじゃ。少しは慣れたか」

「はい。殿のご威光に関わる大事な役目ですので、毎日気を張り詰めて務めております」

初々しい返事をして、斉興の御座所に案内した。

斉興は寝不足のせいで腫《は》れぼったい目をしていた。国許に戻ると、落ち着きを失って眠れなくなるのである。

「ただ今戻りました」

笑左衛門は江戸の状況を手短かに報告した。

「うむ、さようか」

斉興は脇息《きょうそく》を前に置き、ひじをついて身を乗り出した。

「水野はどうにもならぬか」

「今は飛ぶ鳥を落とす勢いにて、聞く耳を持たれませぬ」

笑左衛門は頭を下げたままだった。

笑太郎と厚子の死に斉興が関わっているのではないかという疑いは、当時の状況を思い返すたびに強くなっている。

目を合わせれば、その胸中を見抜かれそうな気がした。

「奴の改革は、どうなる」

「二、三年のうちに潰《つぶ》れるものと存じます」

忠邦は贅沢《ぜいたく》を厳禁したり株仲間を解散させて商業活動を制限し、物価の安定をはかろうとしている。

また赤字財政を立て直すために、貨幣を大量に改鋳しているが、物価高はいっこうに収まらず、幕府や諸藩の財政は悪化するばかりだった。

「そうか、二、三年ももたぬか」

斉興が喉《のど》を震わせて低く笑った。

「ならば、しばらく待てば良いのだな」

「御意《ぎょい》」

「次はどうなる」

「寺社奉行の阿部伊勢守どのに人望が集まっております。弱年ながら英邁《えいまい》の誉《ほまれ》高く、やがては老中に立身なされるものと存じます」

阿部正弘は備後国《びんごのくに》福山藩主で、まだ二十四歳の若者である。

だが江戸での評判は高く、忠邦のやり方に不満を持つ者は、正弘を老中に押し立てて対抗しようとしていた。

「伊勢守と斉彬は親しいと聞いたが」

「そのようにうかがっておりまする」

「伊勢守が老中になれば」

斉興は口ごもり、秀でた額に手を当てて考え込んだ。

斉興にとって正弘は双刃《もろは》の剣だった。彼を押し立てて忠邦を失脚させれば、唐物取引きを再開できる見込みは大きい。

だが幕閣における正弘の力が強くなれば、斉彬に家督を譲れと求めてくるにちがいない。

その二つを天秤《てんびん》にかけて打つべき手を考えていることが、笑左衛門には手に取るように分った。

「とりあえず十万両ほど用意せよ」

斉興は取るべき道を見出《みいだ》したらしい。小遣いでも無心するような軽い口ぶりで命じた。

「大坂で用立てるよう、出雲屋に申しつけておきまする」

「近々祝い事があるそうだな」

「祝い……、と申されますと」

笑左衛門は一瞬何のことか分らなかった。

「そちの家じゃ。倅《せがれ》が祝言をあげるそうではないか」

「まだ先のことでございます。正式に話が決ってから、お許しを得るつもりでおりました」

笑左衛門の脇に冷たい汗がにじんだ。

笑太郎の死後嫡男とした安之進と、毛利子の親戚《しんせき》のトヤという娘との縁談を三月ほど前から進めている。

だがトヤの実家の家格が低く一向宗との縁も深いので、家老仲間の碇山将曹《いかりやましょうそう》の養女にしてから娶《めと》るという話がまとまりかけたところである。

それが斉興に筒抜けになっているとは、思いも寄らぬことだった。

「将曹から聞いた。重臣同士の絆《きずな》が強まることはよいことじゃ」

斉興はそう言ったが、笑左衛門の胸の波紋はいつまでも消えなかった。

八月二十二日、斉興は琉球使節団をともなって江戸へ向かった。

正使は浦添《うらそえ》王子尚元魯《しょうげんろ》、副使は座喜味《ざきみ》親方《うえかた》毛恒達で、総勢九十七名である。

薩摩藩は他国を支配下に置く日本でただひとつの大名である。そのことを天下に誇示するために、使節団にはことさら琉球のお国ぶりを強調する出《い》で立ちをさせていた。

一行が無事に江戸に着いたのは、十一月八日のことである。

その知らせを待って、笑左衛門は平之馬場の屋敷で安之進とトヤの祝言を行なった。

調所家にとっては久々の慶事である。

笑左衛門は裃《かみしも》姿で玄関先に立ち、毛利子とともに客を出迎えた。

厚子の死から一年以上が過ぎ、毛利子もようやく立ち直りつつある。

安之進を家督としたことで気持の張りも出たようで、この一月ばかりは婚礼の仕度にかかり切りになっていた。

客は碇山将曹や大目付の二階堂志津馬、三島方の三原藤五郎など、気心が知れた者ばかりである。

誰もが式を盛り上げようと配下の者たちを引き連れて来たので、百畳近い大広間が客で一杯になった。

また一向宗徒の弾圧以来疎遠となっていた毛利子の親戚筋からも、三十人ちかくが顔を出していた。

大きな金屛風《びょうぶ》の前に、安之進とトヤが緊張した面持ちで座っている。

その横には七歳になる小膳が座ることになっていたが、じっと待っていられないのかいつの間にか姿を消していた。

小膳は笑太郎の子だが、昨年父親が不慮の死をとげたために安之進の養子とした。この機会にそれを披露したいと安之進が言うので、子連れの婚礼となったのである。

やんちゃ坊主の小膳が連れ戻され、婚礼の儀が始まった。

おごそかな雰囲気の中で、三々九度の盃《さかずき》やお謡《うた》い三番が型通りに進んでいく。

笑左衛門は末席からそれを見守っていた。

いろいろと辛《つら》いこともあったが、安之進に嫁を取り小膳を養子としたことで、何とか壊れかけた家を立て直すことができた。

たとえ自分が死んでも、これで調所家を絶やさずにすむことに、肩の荷を下ろしたような安堵《あんど》を覚えていた。

膝《ひざ》に置いた手が、ふいに温かいものに包まれた。

側に座っていた毛利子が、そっと手を重ねたのである。

「いろいろとご尽力くいやって、ありがとうござりもうした」

ちらりと見やって頭を下げた。

一向宗と縁が深い毛利子の親戚から嫁を取るには決断を要したが、笑左衛門は斉興の不興を承知で話を進めた。

しかも婚礼に顔を出してくれるよう、親戚の者たちに一人一人頭を下げて回ったのである。

そのことを毛利子には話していなかったが、どこからか耳に入ったようだった。

「当たり前のことをしたばっかいじゃ。改まって礼など言わんでもよか」

「お前《まん》さぁが苦しんでおらるっとを分っていながら、お力になることができんかった。わたくしが弱かったのでございもす」

「済んだことじゃっが、お前が元気になってくれればそいでよか」

式の邪魔にならないように、二人は体を寄せてささやき合った。

その間も毛利子は笑左衛門の手をしっかりと握っている。

いい年をして気恥ずかしいとは思うものの、笑左衛門は手を引っ込めようとはしなかった。

今日は倅の婚礼である。これくらいのことは大目に見てもらいたかった。


二年が過ぎ、天保十五年（一八四四）となった。

笑左衛門は春を待って大坂に上り、出雲屋孫兵衛の店を訪ねた。

七年前の大塩平八郎の乱によって、大坂の五分の一の市街地が消失した。

その痛手はいまだに残っていたが、八軒家の船着場から今橋にかけての界隈《かいわい》は、昔に変わらぬ活気を取り戻していた。

「この様子を、ご老中に見せてやりたいものだな」

笑左衛門は出雲屋の離れで旅の荷を解いた。

「今は金が世の中を動かしております。米や産物を年貢とする幕府のやり方では、国が治まるはずがございませぬ」

孫兵衛が色白の整った顔に皮肉な笑みを浮かべた。

水野忠邦は株仲間の解散や買い占めの禁止によって物価の高騰を抑制しようとしたが、大坂の商人たちは規制の網の目を巧妙にくぐって力を保持していたのである。

「ご老中はその流れをふさぎ止め、八代将軍吉宗公のやり方にならって幕府を立て直そうとなされておるのじゃ」

「愚かなことでございます。百年も前のやり方が、今の世の中で通用するはずがございますまい」

「ならば、どうすればよい」

「いつぞやも申し上げたように、売買を国の基本とし、誰もが隔《へだて》なく商いを行なえるようにするべきでございましょう。人を身分に縛りつけていては、国の活力が失われるばかりでございます」

孫兵衛は初めて薩摩を訪れた時、笑太郎らの前でその話をしたことがある。

それに対して笑太郎の同僚が「武士が商いを始めたなら、商人と変わらない」と反論したことを、笑左衛門は昨日のことのように思い出した。

「やがては金が天下の主《あるじ》となり、その方らが武士の上に立つ世の中になるかもしれぬな」

「フランスでは下層の者たちが結束して立ち上がり、王や王妃を処刑したそうでございます。そうして誰もが自由に働ける国を築いたゆえに、強い力を持つことができたのでございましょう」

フランス革命が起こったのは一七八九年。イギリスで名誉革命が起こり、立憲政治の基礎を確立したのは、それより百年も前のことである。

そうした情報は、長崎の出島を訪れたオランダ人たちから刻々ともたらされていた。

「ところで、頼んでいたものの用意はできたかな」

「この通りでございます」

孫兵衛が分厚い帳簿を差し出した。

黒砂糖の入荷量と売買結果を記したものである。

奄美《あまみ》大島・徳之島・喜界島《きかいがしま》の三島から大坂に送られた砂糖は千四百十二万斤（約八百四十七万キログラム）で、純益は十九万三千七百両にものぼっていた。

「ならば、十五万両を国許《くにもと》へ送ってくれ。おかげでご老公のお申し付けを果たすことができた」

国許には三十五万両の備蓄があるので、合わせて五十万両となる。

しかも江戸には十五万両の予備費も用意しているので、重豪から命じられた三ヵ条をすべて達成したのである。

これを機に、執政の座から身を引くつもりだった。

「たいしたものでございますなあ。ご老公さまから万古不易の備えを申し付けられた時には、そんな夢のようなことができるものかとあきれかえったものですが、調所さまは見事に成し遂げられた。これも薩摩の士道のなせる業でございましょう」

「わしの力ではない。そちや多くの者たちが力を貸してくれたお陰じゃ。それに……」

笑左衛門は口ごもって目頭を押さえた。

大きすぎた犠牲を思い、ふいに涙がこみ上げたのである。

「これでお役ご免でございますな。これからどうなされますか」

心情を察したのか、孫兵衛がわざとおどけた調子で話を変えた。

かった「さあ、どうしたものかな」

この十五年、重豪の命を果たすために馬車馬のように走ってきたので、急に解き放たれてもどうしていいか分らない。。

斉興への報告を終えたなら鹿児島に戻り、しばらく家でゆっくりと手足を伸ばしたかった。

三月三日、出雲屋に三原新之介が訪ねてきた。

斉興が大坂屋敷に着いたので、すぐに出仕してもらいたいという。

笑左衛門は裃《かみしも》に着替えて同行し、用意の帳簿を示して備蓄達成の報告をした。

斉興は帳簿にざっと目を通すと、

「あと五十万両だな」

脇息《きょうそく》にもたれたまま、にこりともせずにつぶやいた。

「恐れながら、それがしが三位さまに申し付けられたのは、五百万両の古借証文を取り返すことと、金五十万両の備蓄、それに非常の際の予備費を用意することでございました。それゆえこれにて、お役を御免こうむりとう存じます」

ここまで立て直した藩の運営を、他の者に任せるのは心残りも多い。だが笑太郎や厚子の死因について疑いを持ったまま、これ以上斉興に仕えたくはなかった。

「三年前に、余は百万両を用意せよと申し付けた。まだそれが済んでおらぬ」

「予備費は現在十五万両にのぼっております。琉球使節参府の折に十万両のかかりがございましたゆえ、合わせて二十五万両となりまする。これにてお許しいただきとう存じまする」

「笑左、そちも偉くなったの」

「……」

「余は百万両と申し付けた。黙ってそれに従うのが家臣の道であろう」

「ご覧の通り、それがしはもうじき古稀《こき》を迎えます。後のことは若い者に任せ、身を引かせていただきとう存じます」

　笑左衛門は強硬だった。

　斉興への不信と反感は日増しに強くなっているので、不興を買おうと後には引けない気持になっていた。

「ならぬ。あと三年の猶予を与えるゆえ、五十万両の予備費を備えよ」

「ならば申し上げまする。殿さまと斉彬さまご同席の場で、三位さまは余の命を聞くごとく笑左の言を聞けとおおせられました。今度《こたび》のご改革については、それがしの言に従っていただきとう存じます」

「なにぃ」

斉興がさっと青ざめ、殺気立った目をした。

「五十万両の備蓄の他に、これまで所々の屋敷の営繕や国許の工事に二百万両ちかくを費しております。これは三島島民や一向宗徒を始め、多くの家臣、領民の犠牲によって捻出《ねんしゅつ》した金でございます。また、やむなく幕府のご禁制に背いた事業も少なくありませぬ。これ以上無理をつづければ、当家の存続に関わる大事にいたるものと存じまする」

万古不易の備えが成ったからには、早急に花倉での贋金造《にせがね》りと一向宗徒への弾圧を止めさせねばならぬ。笑左衛門はそう決意していた。

「笑左、笑えぬのう」

斉興の目は怒りのあまり獰猛《どうもう》な色をおびていた。

「今のそちは笑左でもなければ、主君を守る衛門でもない。そちには後継ぎがいるそうじゃが、向後《こうご》は左門とでも名乗らせるがよい」

そう吐き捨てると、足早に広間から出て行った。

(所詮《しょせん》、あの程度の器なのだ)

笑左衛門は斉興の子供じみた立腹ぶりに哀れみさえ覚え、やり残した仕事を片付けるために御用部屋へ戻った。

一刻《いっとき》ほどたった頃、

「調所どの、一大事にござる」

猪飼央が血相を変えて駆け込んできた。

日頃は江戸家老をおおせつかっているが、今回は珍らしく斉興の供をして大坂屋敷に来ていた。

「騒々しい。何事でござる」

「み、三原が、自害しましたぞ」

「まさか……、何ゆえ」

「貴殿の不忠は取次ぎ役の怠慢ゆえと、ひどくご折檻《せっかん》なされたのじゃ。その責を負って腹を切ったのでござる」

笑左衛門は筆を置くのも忘れて近習詰所に駆けつけた。

白装束をまとった三原新之介が、血だまりの中に突っ伏していた。

畳を汚さぬように二畳分だけ取りはずし、作法通り三方《さんぼう》を尻《しり》に当てて自決している。

その側に急を知った近習仲間が三人、どうしたらいいか分らないまま沈痛な面持ちで座していた。

る。

笑左衛門は詰所の様子を一目見るなり、敷居際に茫然《ぼうぜん》と立ち尽くした。

斉興は笑左衛門を処罰するかわりに、懇意にしている新之介に腹を切らせたのである。

そしてこのまま命を拒みつづければ、ここにいる三人の若者も同じ運命をたどるに違いなかった。

「殿は……、何とおおせられたのじゃ」

答えは分っていたが、そう訊《たず》ねずにはいられなかった。

「ご家老がおおせに従われぬのは、取次ぎ役の我らの不始末であると」

一人がうなだれたまま訴えた。

笑左衛門はきびすを返し、奥の御座所を訪ねた。

斉興は侍女に酌をさせながら、苦虫をかみつぶしたような仏頂面で酒を飲んでいた。

朱色の盃《さかずき》には血が満たされ、斉興の薄い唇を赤く染めている。笑左衛門にはそう見えた。

「それがしの不始末は、取次ぎ役の手落ちではございませぬ。おわび申し上げますゆえ、お許しいただきとう存じます」

「命に従うのだな」

「御意《ぎょい》」

「初めからそう言えば、若い者を死なせずに済んだのじゃ」

斉興はそっぽを向いたまま手をひらひらと振った。

用が済んだら出て行けという意味だった。

五

三月末に江戸に着いた笑左衛門は、再び唐物販売停止の取り消しを求めて奔走することになった。

以前のように唐物十六種類の販売を認めてもらい、それを隠れ蓑《みの》として抜荷の品を売りさばく他に、あと三年で三十五万両を蓄える方法はなかった。

だが幕府は頑として取り消しに応じなかった。

水野忠邦は天保の改革への批判をかわすために職を辞していたが、いまだに隠然たる力をふるっている。

そのために新しく老中となった者たちも、笑左衛門に会おうともしなかった。

万策尽きて天をあおぐ日が多くなった頃、江戸城本丸が焼け落ちた。

五月十日の寅《とら》の下刻《げこく》（午前五時頃）、本丸御広敷《おひろしき》から出火した火はまたたく間に燃え広がり、本丸御殿が焼失した。

この日笑左衛門は半蔵門の近くの屋敷に泊っていて、一里と離れていない場所から火事を見物した。

幕府に恩義こそないものの、黒い煙と紅蓮《ぐれん》の炎を上げて燃え落ちる天守閣を見ると、体から力が失《う》せていくような物哀しい感慨にとらわれた。

この火事がひとつの時代の終りを告げている。そして自分も終った時代に属しているのだと、痛切に感じたからだった。

この火事は、笑左衛門の予定をも大きく狂わせることになった。

火事からわずか十日後に、幕府が本丸造営手伝金十五万両の上納を求めてきたからだ。

このために予備費を使い果たし、あと三年のうちに五十万両を蓄えなければならなくなった。

同じ頃、薩摩から町飛脚《まちびきやく》便で一通の書状が届いた。

差し出し人は見覚えのない商人の名前だが、文を読み進むうちに影目付の伊地知源三からだと分った。

人手に渡った時の用心に、壺《つぼ》の購入を頼まれたことへの返答のように装っているが、笑太郎や厚子の死因についての調査結果であることは明らかだった。

誰かが手を下したという証拠はない。だが笑左衛門が危惧《きぐ》した通り、影目付の組頭数人が斉興の命で動いていることが明らかとなった。

影目付の中には暗殺を得手《えて》とする者もいるので、二人が殺された可能性は充分にある。

面目ない仕儀だが、花倉の御仮屋の仕事にかかりきっていた間に、配下への目配りがおろそかになっていた。

今は誰が斉興派に与《くみ》しているか見極めがつかず、使者を立てることもできないので、このような形でお知らせ申し上げる。

源三はわざと筆跡を崩した文字でそう記していた。

笑左衛門は読み終えるなり厠《かわや》に入り、文を細かく引き裂いて便壺に投げ入れた。

それだけでは安心できず、小便をかけて文字を読めなくした。

尿意はほとんど感じないのに、小便を始めてみると驚くほど大量の尿が出て、激しい胴震いにおそわれた。

証拠はない。

だが笑太郎が死んだのは、倅を補佐役にしたいと進言して斉興の不興を買ってから十四日目のことである。

厚子が死んだのも、国許《くにもと》での工事への支出をめぐって斉興と争ってから十四日目のことだ。

これが偶然の一致とは、笑左衛門には思えなかった。

(新之介を切腹させたように、自分への怒りを笑太郎や厚子に向けられたのではないか……)

笑左衛門は怒りに総毛立つ思いをしながら、背中を丸めて厠に立ち尽くしていた。

斉興には子供の頃から陰湿で残忍な一面があった。

祖父重豪と父斉宣《なりのぶ》の確執の中で育ったことが、あたりの様子をじっとうかがい、自分の気持を決して表に出さない暗い性格を育《はぐく》んだのだろう。

しかも近思録崩れの後に藩主に擁立されてからは、重豪の言いなりにならざるを得なかった。

相手は「高輪下馬将軍」と呼ばれる天下の傑物であり、意に染まぬとあれば斉宣の近臣十三人に切腹を命じるほどの苛烈《かれつ》な祖父である。

たとえ反感を抱いたとしても一言の反論もできず、唯々諾々と従う他はない。

その鬱屈《うっくつ》した感情を、斉興はいつの間にか弱い者に向けることで発散するようになった。

それを悟られては重豪から叱責《しっせき》されるので、陰にこもった巧妙な方法で侍女や近習を苛《いじ》めるのである。

食事に髪の毛を入れて侍女の責任にしたり、近習が袴《はかま》の裾《すそ》を踏んだように見せかけてわざと転び、手なぐさみのように罰を加えたものだ。

ある時は重豪が飼っている鯉を植え込みの中にほうり投げ、庭番の手落ちとなるように仕向けたこともあった。

そうした事件が起こるのは決って重豪から叱責された後なので、まわりの者たちも斉興の仕業だと薄々は気付いていた。ところが証拠を残さない巧妙な方法を用いるので、表立って諫《いさ》めることができなかった。

そうした性向は長じてからは治まったように見えたが、実は内部に深く沈潜していたのだろう。

それが笑左衛門との対立を契機として、再び表に現われてきたにちがいなかった。

その後、笑左衛門は一睡もしなかった。

これが長年の働きに対する返礼かと思うと、怒りと無念と悔しさに腸《はらわた》がねじ切れそうだった。

翌朝、瑞聖寺の重豪の墓を訪ねた。

大きな墓標は相変わらず天を衝《つ》くようにそびえている。背後のしだれ桜は若葉におおわれ、重たげに枝を垂らしていた。

（ご老公さま、お久しゅうございまする）

笑左衛門は花を手向けて水を注いだ。

（本日はお聞き届けいただきたいことがあって、推参いたしました）

笑左衛門は昨夜《ゆうべ》一晩考え抜き、万古不易の備えの仕上げをするためには、斉興を藩主の座から引きずり下ろして斉彬を擁立するしかないと決意した。

個人的な恨みを晴らすためではない。斉興がこのまま藩主をつづけても、改善した財政にあぐらをかき、自分の楽しみにばかりふけろうとするだろう。

だが開明派の指導者とあおがれている斉彬なら、重豪の遺志をついで日本の窮状を救うために力を尽くしてくれる。

笑左衛門はそう考え、その是非を亡き重豪の御霊《みたま》に問いに来たのだった。

（僭越《せんえつ》とは存じますが、これなくしては万古不易の備えは果たせぬと存じますゆえ）

笑左衛門は墓前に額《ぬか》ずき、重豪の返答をじっと待った。

半刻《はんとき》がたち一刻が過ぎても答えはない。それでも笑左衛門はひたすら待った。

重豪は死の間際に、この身は朽ち果てても魂はそちとともにあると言ったのだ。命を賭《と》した問いかけに答えてくれぬはずがなかった。

（笑左、すまぬの）

夕暮れが近付いた頃、ぼつの悪そうな重豪の声が耳底に響いた。

無理難題を押し付ける時には、決ってこんな言い方をしたものである。

（わしが斉興をあのようにしたのじゃ。そちが藩主には向かぬと言うのなら、好きにするがよい）

（ははっ。有難き幸せに存じまする）

（だがな、笑左。あやつはそちより頭が切れる。用心せぬと返り討ちにあうぞ）

（その時にはそちらに参り、茶坊主に戻ってご老公にお仕えしとう存じます）

笑左衛門は胸のつかえが下り、とっておきのえびす顔を作った。

六月二十一日、水野忠邦が再び老中首座に就任した。

天保の改革への批判をかわすために一年前に身を引いたが、再び陣頭に立って改革を推し進めることにしたのである。

だが新たに老中となった阿部正弘や牧野忠雅は水野のやり方には批判的で、幕閣には改革の是非をめぐって激しい対立が生じていた。

こうした状勢を見て、笑左衛門は行動を起こした。ひそかに芝の藩邸を訪ね、島津斉彬と対面したのである。

斉彬もすでに三十六歳。

阿部正弘や松平春嶽ら天下の逸材との交流も深く、一日も早く藩主に就任してほしいという声は日増しに高くなっていた。

「笑左、しばらく会わぬ間にやせたようじゃの」

斉彬が気さくに声をかけた。

「寄る年波には勝てませぬ。これからは若い方々の時代でございます」

「何やら頼みごとでもしたそうな口ぶりじゃな」

「おそれ入りましてございます」

笑左衛門はほっとした。

そう察しているからには、斉彬も斉興のやり方に不満を持っているにちがいないと思った。

「実は琉球問題と唐物販売につき、ご老中阿部伊勢守さまに願い上げたき儀がございます。内々にお引き合わせいただけないでしょうか」

斉彬と正弘は開明派の同志で、個人的にも親しかった。

「それは構わぬが、いかなる子細じゃ」

「表立っては頼めぬことでございますが、決して若様のご迷惑になることではございませぬ。また伊勢守さまにとっても有益なことと存じまする」

「先ほど若い者の時代だと申したな」

「御意《ぎょい》」

「この問題を機に、藩政を刷新するつもりか」

さすがに斉彬は察しが早い。その言葉が本心かどうか確かめようと、笑左衛門の目を真っ直ぐに見つめた。

「ご老中さまのお力添えを得て、なし遂げる所存にございます」

「分った。夕方までには段取りをつけるゆえ、高輪に戻って知らせを待て」

斉彬はすぐに側用人を使いに走らせた。

三日後、笑左衛門は品川の茶屋で阿部正弘と余人を交じえずに対面した。

正弘は備後福山十万石の藩主で、わずか二十五歳で老中に抜擢《ばってき》された俊英である。

面長のふっくらとした顔や、おだやかで聡明《そうめい》そうな目鼻立ちは、斉彬とよく似ていた。

「調所笑左衛門広郷でございます。本日はご多忙にもかかわらず」

そう言いかけた笑左衛門を、正弘がやわらかく制した。

「おおせの通り、多忙でございます。用件だけをお聞かせいただきたい」

四半刻も同席できないほど、多くの問題を抱えていたのである。

「ならば手短かに申し上げまする。当家は前々より、琉球の窮状を救うために唐物十六種の販売免許を与えていただけるようお願いして参りました。されど水野越前守さまがお聞き届け下さりませぬゆえ、伊勢守さまにお願いする次第でございます」

「話は聞いていますが、老中首座は越前守どのです。私の力ではどうにもできませぬ」

「これがあれば、越前守さまに身を引いていただけるのではないでしょうか」

大塩平八郎が記した不正無尽に関する調書を差し出した。

以前水野忠邦が平然と無視したものだが、人望厚い正弘から追及されたなら無事にはすまないはずだった。

「使えぬこともないでしょうが」

正弘は二の足を踏んだ。

衰えたとはいえ、幕閣における忠邦の力はあなどりがたい。薩摩藩と組んでうかつな動きをすれば、どんな反撃を喰《く》らうか分らなかった。

「世間では、大塩を、世直し大明神とたたえております。あの乱の原因が水野さまにあったことが明らかになれば、今の権勢を保つことはできなくなりましょう。さすれば伊勢守さまがご老中首座となられる道も開けるものと存じます」

「そうなったなら、唐物販売を許可せよということですか」

「無条件にとは申しませぬ。以前に唐物抜荷の嫌疑を招いた責任を取り、斉興公と我ら重臣は身を引きまする。その後には斉彬公が藩主となられ、天下の安泰のために腕をふるっていただきとう存じます」

斉興を藩主の座から引きずりおろすことと引き替えに、唐物販売免許を得る。それが笑左衛門が考え抜いた一石二鳥の策だった。

「それは願ってもないことだが」

正弘が思わず本音をもらした。

島津家七十七万石は幕府にとって無視できない強大な勢力である。その当主に盟友の斉彬が立ってくれるのなら、これほど心強いことはないのである。

「しかし、そのようなことが本当にできますか」

「それがしに考えがございます。伊勢守さまには老中会議においてこの件を通し、当家に通達していただきたい」

「分りました。ただし軽々に決められることではござらぬゆえ、今しばらくお待ちいただきたい」

正弘は不正無尽の調書を押し返して席を立った。

笑左衛門は体の力が抜けたようで、しばらくその場に座り込んでいた。

斉興から斉彬への藩主交代が、すんなり実現できるとは思わない。

だが重豪の遺志を実現するためにも、笑太郎や厚子の無念を晴らすためにも、何としてでも成功させなければならなかった。

第五章　英仏艦隊迫る

一

長崎に出島が築かれたのは寛永十三年（一六三六）のことである。

鎖国政策を推し進めていた幕府は、中島川下流の中洲《なかす》を二十五人の町人に命じて扇形に整地させ、市中に雑居していたポルトガル人を強制的に移住させた。

その三年後にポルトガル人を追放し、平戸にあったオランダ東インド会社日本商館を出島に移した。

以来ヨーロッパ諸国の中ではオランダとだけ国交を結び、出島を唯一の窓口として通商関係を維持してきたのである。

こうした鎖国政策に踏み切ったのは、キリスト教の伝播《でんぱ》を防ぐためばかりではない。生糸や火薬の輸入を幕府の統制下に置くことや、有力な外様《とざま》大名が西欧列強と手を結んで謀叛《むほん》を起こすことを防ぐ目的もあった。

天文十八年（一五四九）にフランシスコ・ザビエルが来日して以来、日本は西欧諸国との交易を本格的に開始した。

当時ヨーロッパではイスパニアやポルトガル、新興国のオランダやイギリスが激しい植民地獲得競争を行なっており、日本も植民地化の危険にさらされていた。

彼らはキリスト教の布教を大義名分とし、貿易の利潤や兵器の供与によって徐々に味方の勢力を強化し、傀儡《かいらい》政権を作った後に植民地化するという方法を用いた。

こうした策謀から逃れるためには鎖国が最も効果的だったが、完全に国を閉ざしてしまえば世界から取り残されてしまう。

そこでオランダとだけは国交を維持し、出島に住居を与えることでヨーロッパ世界とのつながりを保ったのである。

以来二百年もの間この政策は堅持されたが、その間に産業革命を成し遂げたヨーロッパ諸国はいっそう強大化し、ひたひたと東アジアに迫っていた。

その象徴がアヘン戦争である。

アヘンの禁輸に踏み切った清国《しんこく》の処置を不当としたイギリスは、武力によって主要な港を占領し、天保十三年（一八四二）に南京条約を結んで香港の割譲や広州、福州、厦門《アモイ》、寧波《ニンポー》、上海の開港を認めさせた。

その二年後にはアメリカやフランスも、清国に迫って南京条約と同様の条約を結ばせ、次なる目標を日本への進出に定めていた。

こうした情勢を見たオランダ国王は、天保十五年（一八四四）七月に幕府に特使を送って開国を勧告した。

このまま鎖国をつづけていては、欧米諸国との対立が深まり、清国の二の舞になるというのである。

この勧告にどう対応するか、幕閣では侃々諤々《かんかんがくがく》の議論がなされている最中だった。

勧告から二ヵ月ほどたった頃、調所笑左衛門広郷《ずしょしょうざえもんひろさと》は出雲屋の船に乗り、平戸回りで長崎港に入港した。

港は細長い入江になっていて、波は静かで海は青く澄んでいる。両側につづく山は鮮やかな紅葉に彩られていた。

小春日和ののどかな光景だが、港には武装したままのオランダ船や清国船が停泊していて、緊迫した海外の情勢を伝えていた。

港には海老原宗之丞が数人の家臣とともに迎えに来ていた。

「長の船旅、お疲れさまでございました」

「幸い天気にも恵まれてな。それほど疲れてはおらぬ」

腹心の部下の元気な姿を見た嬉《うれ》しさに、笑左衛門は足取りも軽く艀《はしけ》から下りた。

「ちょうど昼刻《ひるどき》でございます。あちらの茶屋に食事の仕度を命じておりますが」

「そうか。ならば軽く食べていこう」

薩摩藩の執政とあって茶屋では豪華な昼食を用意していたが、笑左衛門は豆腐や蕎《そ》麦《ば》にしか手をつけなかった。

「食が進みませぬか」

宗之丞が気遣った。

「歯が抜け落ちてな。木の入歯を作ったのだが、食べにくくて往生しておる」

来年はもう古稀《こき》である。

歯ばかりか腰痛にも痛風にも悩まされているが、休む暇もないのだった。

「ところで例の一件はどうした。その後何か動きがあったか」

「せっかくご足労いただいたのですが、先月ご報告申し上げた時とほとんど変わっておりませぬ」

例の一件とは、高島四郎太夫（秋帆）の讒訴《ざんそ》事件のことだ。

一昨年十月、長崎会所の調役で高島流砲術の創始者である四郎太夫が、謀叛を企てたという理由で捕えられた。

オランダ貿易取締だった本庄茂平次と長崎会所通詞河間八平次が、四郎太夫は屋敷に大量の銃器と弾薬を隠し持っている上に、軍用金を得るために密貿易を行なっていると訴え出たからである。

高島家は出島が築かれた時から世話役を務めたほどの名家だし、四郎太夫は天保十二年（一八四二）に幕命により出府して徳丸ヶ原で射撃演習を行なったほどだから、謀叛を企てるはずがないというのが大方の見方だった。

ところが老中首座の水野忠邦はこの訴えを取り上げ、江戸町奉行鳥居《とりい》耀蔵《ようぞう》が牛耳る評定所に処置を諮問した上で、腹心の伊沢政義を長崎奉行に任じて四郎太夫らを検挙させた。

四郎太夫は江戸に護送されて、上伝馬町の獄屋で取調べを受けることになったが、これは鳥居耀蔵が仕組んだことだという噂が長崎では公然とささやかれていた。

この噂を聞いた笑左衛門は、宗之丞を長崎に派遣して真相を突き止めるように命じた。耀蔵が河間八平次を買収して四郎太夫を讒訴させた証拠をつかめば、水野忠邦を失脚させる切り札になるからである。

宗之丞は長崎役所の大迫藤兵衛らと協力して調査に当たり、本庄茂平次と八平次が密会していた店まで突き止めた。

報告を受けた笑左衛門は、陣頭に立って指揮を取るために長崎まで出張してきたのである。

役所では大迫藤兵衛らが待ちかねていた。

長崎会所と唐物販売についての折衝に当たってきた古参の役人だが、販売免許が取り消されてからは不遇をかこっている。

それだけに八平次の追及にかける意気込みには並々ならぬものがあった。

「二人が会っている所を見たち証言するものは何人もおりもす。八平次さえ捕えれば、首を絞め上げてでも自白さすっとですが」

「その男は、どうしておるのだ」

「奉行所に寝泊りしちょります。オランダ通詞として出島に出仕することもあっどん、奉行所の者が警固に就いちょいもんで近付くことができもはん」

藤兵衛は悔しげだった。

八平次は四郎太夫とともに鳥居耀蔵らの取調べを受けたものの、二ヵ月ほど前に長崎に戻って仕事に復帰していた。

だが長崎で自由にさせておいては何を言うか分らないし、四郎太夫の門弟たちから襲撃されるおそれもあるので、長崎奉行所で身柄を保護していた。

出島の入口には橋と表門があり、担当の役人と鑑札を持った商人や遊女などしか入れないので、八平次が中に入れば藤兵衛らには手も足も出せないのだった。

「じゃっどん、町年寄の高島家を裏切っては、こん長崎では生きてはいけん。こんところ八平次の縁者たちは長崎会所から締め出され、商いもできんようでございもす」

「付け入るとすれば、そこだな」

「拙者もそげん考え、会所や当家出入りの商人に付き合いを断つように働きかけておりもす」

オランダ通詞は長崎に百三十六人いて、その地位は世襲によって相伝されている。長崎会所とオランダ人との商いにも深く関わっているので、身内の中には会所の役人や輸入品を扱う商人として優遇されている者も多い。

河間家の縁者にもそうした者たちが多数いたが、八平次の讒訴のせいで長崎市中では村八分のような状況に追い込まれていた。

「出島役人や通詞の中に、懇意の者はおらぬか」

「以前から好《よしみ》を通じている者はおりもんが……」

唐物取引きを禁じられて五年になるので、近頃では疎遠になっているという。

「金がかかっても構わぬ。その者に八平次と連絡を取らせ、讒訴のいきさつを記した上申書を記せば、長崎会所では今回のことを水に流すと伝えさせよ」

「会所がそげんことを認むっでしょうか」

「要は八平次をその気にさせることだ。後のことは、上申書を書かせた後で考えればよい」

八平次は会所や出島でも孤立し、親戚《しんせき》の者たちの怨嗟《えんさ》の的になっている。会所が罪を問わないと保証するなら、長崎奉行や鳥居耀蔵を裏切ってでも取引きに応じる見込みはあった。

笑左衛門は長崎に滞在して吉報を待ったが、八平次が落ちたという知らせは来なかった。

莫大《ばくだい》な報酬を受け取って讒訴している上に、罪を認めればどんな処罰を受けるか分らないので、決心をつけかねていたのである。

「上申書を記せば水野も鳥居も失脚するゆえ、厳罰には処されぬ。八平次にそう伝えよ」

宗之丞に命じ、蔵屋敷にこもって辛抱強く知らせを待った。

十一月も半ばになった頃、笑左衛門は背筋にぞくりと寒気を覚えて目をさました。

いつものように綿入れを着て、夜具もしっかりとかけている。それでも手足を縮めて体を丸くするほど朝の冷え込みは厳しかった。

雨戸も閉めきっているので、部屋の中は暗い。もう少し横になっていたかったが、厠《かわや》に立たずにはいられないほど尿意は切迫していた。

綿入れの前をかき合わせて、雨戸を細めに開けてみた。

途端に身を切るほどの冷たい風が吹き込み、目の奥に刺されるような痛みが走った。

庭は一面の雪におおわれている。あまりの白さに目がくらみ、その場にしゃがみ込みそうになった。

夜はようやく明け始めたばかりで、蔵屋敷は静まりかえっている。笑左衛門は忍び足で厠に向かい、腰の痛みと寒さをこらえて用を足した。

来年は七十。古来稀《まれ》なりといわれた歳である。

このような有様であと何年働けるだろうと思うと、刻々と追い詰められていくような焦りを覚えた。

朝粥《あさがゆ》を食べ終えた頃、海老原宗之丞が訪ねて来た。

「国許《くにもと》からの使いが、これを持参いたしました」

琉球警備の責任者である二階堂志津馬からの書状で、警備の費用が大幅に不足しているので来年早々にも三万両の追加支出をお願いしたいと記されていた。

「されどその費用を用いて鉄砲、大砲、軍船を備え候とも、英仏両国の軍艦に抗することは叶《かな》わぬことと存じ候。万一戦争となり申し候わば、蟷螂《とうろう》が斧《おの》をふるう結果になるは必定と存じ候」

角張った無骨な文字で、切々と訴えていた。

「八方塞《ふさ》がりとは、このことじゃな」

溜息《ためいき》をついて宗之丞に書状を渡した。

「唐物取引きができなければ、兵糧米を断たれたも同じじゃ」

「使いの者が、急ぎご返答をいただきたいと申しておりますが」

宗之丞が書状を差し戻した。

「金の都合はつかぬ。そのまま駐留して沙汰《さた》を待てと伝えよ」

「もし、英仏から攻撃を受けたらいかがなされますか」

「向こうの挑発に乗らなければ、一方的に攻めてくることはあるまい。その旨くれぐれも申し聞かせ、隠忍自重するように伝えよ」

口答で命じただけでは安心できず、急いで書状をしたためた。

翌日、宗之丞が大迫藤兵衛をともなってきた。

「お待たせしました。よいなこっ八平次めが音を上げましたぞ」

長崎会所が縁者に対する村八分を解いてくれるなら、四郎太夫を讒訴《ざんそ》したいきさつを上申書にしたためると約束したという。

「ただし、そん前に会所の頭取からそん旨を記した念書をいただきたかと申しておりもす」

「分った。四郎兵衛どのに計ってくるゆえ、しばし待て」

笑左衛門は宗之丞だけを従え、お忍び駕籠《かご》で高島屋敷を訪ねた。

九年前に唐物抜荷《からものぬけに》についての釈明に来て以来の訪問である。あの時には笑太郎を連れていたことを思い出し、笑左衛門の胸は懐かしさと哀しみに痛いほど締めつけられた。

四郎兵衛はすべての役職から身を引いて隠居していたが、背筋が真っ直ぐに伸びた矍鑠《かくしゃく》たる姿をしていた。

長い眉《まゆ》には白毛が混じっているが、目は世の理不尽を憤るような強い光を放っていた。

「長らくご無沙汰《ぶさた》をいたしました。本日は無理な願いをお聞き届けいただき、かたじけのうございます」

手みやげの国分産の煙草を差し出した。

「調所どの、私は薩摩藩の唐物抜荷を今でも許してはおりませぬ」

四郎兵衛が手厳しく言ってみやげの受け取りを拒んだ。

「お目にかかったのは、ご子息の笑太郎どのが亡くなられたと聞いたからでござる。同じ父親として、お悔やみ申し上げる」

「貴家の門をくぐる時、それがしも二人で訪ねた日のことを思い出しました。倅《せがれ》のお陰で対面を許していただけたのなら、これに勝る喜びはございませぬ」

「二人してゲベール銃の話を夢中でしておったが、あれからもう……」

四郎兵衛が宙に目をやって考え込んだ。

「九年でござる」

「そうですか。まるで昨日のような気がするが、もう九年もたちましたか」

「四郎太夫どののご危難についても伺っております。本日はそのことで相談があって参りました」

笑左衛門は河間八平次のことを話し、長崎会所頭取に念書を書いてもらいたいと頼み込んだ。

「あれが鳥居甲斐守らが仕組んだことだとは、この長崎では知らぬ者はおりませぬ。そんな策略に乗せられるとは、河間という通詞もよほど弱みを握られていたのでござろう」

四郎兵衛が汚らわしげに吐き捨てた。

通詞の中には出島に出入りする遊女に溺《おぼ》れて借金を重ねたり、通訳の際に知った商売上の秘密を商人に漏らして賄賂《わいろ》を受け取っている者もいたのである。

「そのことについては存じませぬが、河間の上申書さえあれば四郎太夫どのの冤罪《えんざい》を晴らすことができまする。何とぞご尽力いただきたい」

「何ゆえ貴殿がそこまでして下さるのじゃ」

「四郎太夫どのは亡き倅《せがれ》の友人でござる。またこれからの時代になくてはならぬお方ゆえ、鳥居ごときの策略の犠牲にするわけには参りませぬ」

「鳥居の後ろには、老中首座の水野越前がおる。これは四郎太夫だけの問題ではないのでござる」

巷《ちまた》では、耀蔵が四郎太夫を罪に落とし入れたのは洋式砲術に反感を抱いていたからだと噂されていたが、この一件は長崎会所の力を弱めて幕府の支配下に組み込むために忠邦がみずから仕組んだことだった。

「それゆえ倅の濡衣《ぬれぎぬ》を晴らそうとすれば、水野越前を敵に回すことになりまする。それでもやり遂げる覚悟がおありでござろうか」

「ご承知の通り、当家は唐物取引きをめぐって水野どのと対立しております。そのような策謀があるのなら、その不正を暴いて一気に辞職に追い込む所存にござる」

この件では両者の利害は一致する。

四郎兵衛も笑左衛門の狙いが唐物取引きの再開にあることは察していたが、息子の冤罪を晴らすために力を貸す決断をしたのだった。

二

河間八平次の上申書は、四郎兵衛の言葉を裏付けるものだった。

忠邦が八平次らの訴えを取り上げて評定所に諮問したのも、伊沢政義を長崎奉行に任じて関係者を検挙させたのも、すべて筋書通りだった。

この上申書を得た笑左衛門は、十一月末に高輪《たかなわ》藩邸に戻って島津斉興に対面した。

「長崎蔵屋敷の者たちの尽力により、高島事件の真相が明白となりました」

事件のあらましを語り、上申書を差し出した。

斉興は素早く目を通し、皮肉な薄笑いを浮かべた。

「このような下劣な策を用いるとは、水野越前もよほど追い詰められておるようだな」

「江戸町奉行鳥居甲斐守の献策かと存じます。この件、いかが計らいましょうか」

「余が預かる。将軍と対面した折、直々に突き付けてくれよう」

「水野どのが失脚なされば、唐物販売免許を得る道も開けましょう。よろしくお願い申し上げます」

「だが、これだけでは足りぬ」

斉興が側に控えていた近習に上申書を仕舞わせた。

「以前、大塩とやらの調書があると申しておったな」

忠邦らの不正無尽に関する大塩平八郎の調書のことである。以前に報告した時には関心も示さなかったが、しっかりと頭に入れていたのだった。

「あの調書を広大院さまに届け、将軍の耳に入るように仕向けよ。大手と搦手《からめて》から攻めねば、城は落とせぬものじゃ」

広大院茂姫は斉興の叔母《おば》に当たる。彼女を通じて大奥に忠邦不正の噂を広め、将軍の耳に入るように仕向けよというのである。

こうした策略においては、斉興の知恵は恐ろしいほど冴《さ》えていた。

忠邦追い落とし工作に奔走している間に師走は過ぎ、弘化二年（一八四五）の年が明けた。

この年は幕府のみならず、日本全体が大きな決断を迫られることになった。昨年七月にオランダ国王から受けた開国勧告への返答期限が迫っていたからだ。

欧米列強の外圧と脅威は強まる一方である。

それに対処するには開国して友好関係を保った方がいいのか、二百年来の鎖国政策を堅持すべきなのか、幕閣や諸藩では白熱した議論が交わされていた。

正月十一日、武家では具足開きが行なわれる。

甲冑《かっちゅう》にそなえた鏡餅《かがみもち》を下げ、手や槌《つち》で割って雑煮や汁粉にして食べる行事である。

昔は刃柄《はつか》を祝うと称して正月二十日に行なわれたが、徳川三代将軍家光の命日が慶安四年（一六五一）四月二十日なので、翌年からは忌日と祝日が重なるのをさけて十一日に行なわれるようになった。

将軍家でも大名家でも、この日には家重代の具足を床の間に飾り、三方《さんぼう》にのせた鏡餅や捨土器《すてかわらけ》、熨斗《のし》、搗栗《かちぐり》、昆布を供えて盛大に祝う。

島津家は武勇をもって鳴る家柄だけに、高輪藩邸に一門や在府の重臣を集めて酒宴を開くのが恒例だった。

「余は数日後に帰国の途につき、琉球問題の解決に当たる」

斉興が酒宴の初めに訓示をたれた。

声は低くて小さいが、人の耳目を引きつけずにはおかない力があった。

「昨年、オランダ国王から開国すべしとの勧告を受けた。幕府はこれを拒否して鎖国をつづける意向のようじゃ。それに添って、当家にも琉球の警固を厳重にせよとの通達があった。万一琉球が英仏の手に落ちれば、異人どもは余勢をかって薩摩に攻め寄せて来る。それを防ぐためにも、藩の総力を上げて琉球を守り抜かねばならぬ。余の帰国はそのための出陣じゃ。皆にもその覚悟を定めてもらいたい」

斉興は心にもないことをよどみなく語っていく。笑左衛門はその演技のうまさに改めて舌を巻いていた。

酒宴の後には連歌始めを行なう。

戦国時代の武将が出陣前に戦勝を祈願して連歌を行なったことにちなんだもので、具足開きと表裏をなす行事だった。

始まる前の休息の間に、笑左衛門は島津斉彬の部屋を訪ねた。

昨日のうちに相談があると申し入れていたので、斉彬は手回しよく一人で待っていた。

「ご多用の折に申し訳ございませぬ。国許《くにもと》に戻る前に、今後のことを打ち合わせておきたかったものですから」

笑左衛門も斉興の帰国の件をすることになっている。次に出府するのは一年先なので、互いの意志を確認しておきたかった。

「昨年阿部伊勢守さまにお引き合わせいただいた折、唐物十六種類の販売を許可していただくのなら、斉興公と我ら重臣は唐物抜荷の嫌疑を招いた責任を取って身を引くと申し入れました。伊勢守さまも若様のように人望厚いお方に藩主になっていただきたいと願っておられますが、水野越前守さまが老中首座をつとめておられる間は意のままにならぬゆえ、しばらく時期を待つようにとおおせられたのでございます」

その時期を早めるために、笑左衛門は長崎まで出向いて河間八平次の上申書を入手してきた。

すでに斉興が将軍に奏上し幕閣でも問題となっているので、忠邦は遠からず失脚に追い込まれるだろう。

その後で薩摩藩から唐物販売再開の許可を申し入れれば、伊勢守が老中会議を開いて対応を協議し、藩主交代を条件として許可するという通達を下す手筈《てはず》である。

笑左衛門は入歯が合わないもどかしさに耐えながら訥々《とつとつ》と語った。

「幕府から隠居の勧告が下るのは殿も不本意と存じますが、唐物販売免許を得るためとあらばご承知下さるはずでございます」

「ひとつ訊《たず》ねてよいか」

斉彬が笑左衛門を真っ直ぐに見つめた。

「何なりと」

「そちは長年父上の側役をつとめてきた身であろう。何ゆえこのような策を弄《ろう》するのじゃ」

「ご老公さまのご遺志を果たすためでございます」

笑左衛門も腹を据えて斉彬を見返した。

「ご遺志とは」

「藩の財政を立て直し、幕政の改革の先頭に立つことでございます。そうして開国を実現し、欧米諸国と対等に渡り合っていける国を築きたいと願っておられました」

重豪はその志を実現するために、将軍家や五摂家筆頭の近衛家と縁組みして発言力を強め、幕府を開国に導こうとした。

ところがシーボルト事件が起こったためにすべてが水泡に帰したのである。

「今やこの国はご老公さまが案じられていた通りの窮地に立たされております。今こそ藩を上げてご遺志を果たすべき時と存じますが、殿にはそのようなお考えはございませぬ」

斉興は心の奥底に重豪に対する反発を隠し持っている。笑左衛門に財政改革をつづけさせてはいるものの、重豪の遺志を引き継ぐ気は毛頭なかった。

琉球問題についても口先では強硬策を取ると言いながら、本心では薩摩藩だけで対応できる問題ではないと匙《さじ》を投げている。

警備費用の追加を進言しても、耳を貸そうともしなかった。

「これではこの十五年、何のために非常の策を用いて改革を行なってきたのか分りませぬ。それゆえ一日も早く若様に家督をついでいただき、ご老公さまのご遺志を実現していただきたいのでございます」

「さようか。それを聞いて胸のつかえが取れた」

斉彬が文机《ふづくえ》から皮張りの分厚い本を取り出した。

表紙には金文字でオランダ語が記されているが、笑左衛門には読めなかった。

「現代のヨーロッパ、と記されている。オランダ商館長が送ってくれたものだ」

「拝見いたします」

かしこまって本を開き、笑左衛門は目を奪われた。

ダゲールの銀板写真をふんだんに使ってヨーロッパの様子が紹介されている。その中には鉄道や汽船、製鉄所などもあって、未来の世界をのぞき見るようだった。

「それが西洋というものだ。わが国も鎖国をやめて彼らに学ばなければ、清国と同じ運命をたどることになる。幕府の方針を急に変えることは難しかろうが、わが藩だけでも率先して範を示さねばならぬ」

「ご老公さまは以前から若様に大きな期待を寄せておられました。必ず天下の名君となる器だと、常々口にしておられたのでございます」

「それは有難いが、そのことが父上にはお気に召さなかったのじゃ」

斉彬は淋《さび》しげな顔をして本を手元に引き寄せた。

「父上はいつもご老公を怖れておられた。それゆえ私ばかりが可愛がられることに反感を持っておられたのじゃ。父親らしい言葉など、一度もかけては下さらなかった」

「ご心中、お察し申し上げます」

「父上は近頃、私にではなく久光《ひさみつ》に家督を譲りたいと望んでおられるようだ。国許に帰ったなら、そのことにも留意しておいてくれ」

久光は斉彬の異母弟である。斉興がなかなか斉彬に家督をゆずらないのは、愛妾由羅《あいしょうゆら》との間に生まれた久光を藩主にしたいからだという噂もあって、斉彬もひそかに心を痛めていたのだった。

島津斉興が笑左衛門ら一千余人を従えてお国入りしたのは、二月二十八日のことだった。

翌日、後を追うように水野忠邦が失脚したという知らせが届いた。

高島四郎太夫一件の不手際を責められた忠邦は、二月二十一日に病気を理由に辞職を願い出たのである。

ところが翌日には罷免という厳しい処分が下され、三月十日には将軍家慶から次のような上意が伝えられた。

〈其方先々御役中、長崎表四郎太夫ほか掛り合の者吟味の儀、鳥居甲斐守に掛り仰せ付けおかれ候ところ、其方万端差図に及び、不正の吟味詰をもって口上書取拵《とりこしらえ》候儀と御不審に候。重き御役あい勤め候身分をもかえりみず不届の至りに付き、御不興に思召し候。これに依り事実委細申し上ぐ可《べ》しとの上意に候〉

不正の吟味をして口上書を偽造したと将軍直々に叱責《しっせき》し、事実を申し述べよと迫るとは異例のことである。

これは河間八平次の上申書を直接将軍に突き付けたばかりでなく、広大院を通じて大奥からまで手を回した斉興の策が功を奏したからだった。

ともあれ宿敵忠邦の失脚によって、唐物販売免許を得る可能性は大いに高まったのである。

一方、琉球問題に対する国許《くにもと》の危機感は、笑左衛門らが想像していた以上に切実だった。

薩摩藩は慶長十四年（一六〇九）の琉球出兵以来、二百三十六年もの間琉球王朝を支配してきただけに、これを侵害されては藩の体面に関わるという意見が大勢を占めていたのである。

中でも生活苦にあえぐ下層の武士や血気にはやる若者たちは、英仏両国と戦争をしてでも琉球を守るべきだと主張し、警備兵に志願する者が後をたたなかった。

笑左衛門は早急にこの問題に対処するために、関係者を集めて事情を聞くことにした。

集まったのは趣法方《しゆほうほう》や琉球産物方の者たち十数人だった。

「昨年末、警備強化のために三万両の追加支出が必要じゃちゅう訴えがあったが、そん後の情勢はどげんじゃ。そんくらいの支出で何とかなるもんじゃろかい」

「とても無理でごあんそ」

この問題を担当している二階堂志津馬が即座に答えた。

「昨年七月に琉球におもむいた後、家臣数名を福州の琉球館に派遣し、イギリス、フ

ランスの軍備をつぶさに視察させ申した。そんな精強さは、想像を絶するものでござ
いもす」
福州とは福建省の省都で、琉球王朝はここに琉球館を設置して清国との交易に当た
っている。
アヘン戦争後の南京条約によってこの港を開港させた英仏両国は、領事館を開設し
て清国進出の拠点としているので、港には多くの軍艦が停泊していた。
「こいが軍艦の様子でございもす」
志津馬は家臣が描いた数枚の絵図を床に広げた。
福州の外港の馬尾に、英仏の国旗をかかげた十数隻の船が錨《いかり》を下ろしていた。
どの船にも十門以上もの大砲が積んである。
両側に巨大な外輪をつけ、帆柱の間に立てた煙突から黒い煙を吐き、今しも港を出
て行こうとする蒸気船もある。
船体はすべて鉄で作られ、カラスのように黒く塗られていた。
「船ん長さは三十間以上もあって、十数門の大砲を積んでおりもす。そん大砲がどれ
ほど飛ぶと思われもんか」
「さあ。半里ばかりじゃっどか」

笑左衛門はなるべく多めに答えてみた。

「一里でごわんど。しかも火薬を詰めた爆裂弾じゃっで、沖合から弾を打っかけただけで町も城も焼け野原にされっしもう」

「そんなら三万両をつぎ込んでも、何の足しにもならんちゅうことじゃな」

「ならんとは存じますが、警備を命じられたからには逃げ出すわけには参りもうさん。じゃっでそん費用をもって、できるだけの備えをしておこうと思ったのでござりもうす」

「ならば兵を引き上げた方が良かかもしれんな」

幸い三万両はまだ支出していない。勝ち目のない戦に備えるよりは、兵を引き上げて和平の道をさぐる方が得策かもしれなかった。

「ご無礼じゃっどん、執政どのは琉球を見殺しにされるおつもりごあんどかい」

末席に座っていた色白の青年が鋭い声を発した。

「わいは？」

「大久保次右衛門の嫡男正助と申しまする。本日は父が急病のため、名代として出席いたしもうした」

この十六歳の青年こそ、後に明治維新の立役者の一人となる大久保《おおくぼ》利通《としみち》だった。

彼の父は琉球館付役として琉球王朝の役人たちと折衝に当たっていたので、利通も早くから外交についての知識を得ていたのである。

「見殺しにすっわけじゃなか。戦に勝てんのなら別ん方法で活路を開くしかなかと思ったまでだ」

「初手から勝てんと決ったわけではごわはん」

「ほう、何か策でもあっとか」

「船の砲弾が一里飛ぶんじゃったら、海岸線から一里離れた所まで下がって陣地を築けばよかと存じもす。そげんして敵が上陸してくっとを待ち、夜陰《やいん》に乗じて斬り込みをかけもうす」

「何《ない》を言うか」

志津馬がたまりかねて一喝した。

「あん広大な清国でさえ、内陸部まで攻め込まれて降伏したじゃなかか。琉球のごと小さか島で防ぎきれるはずがなかじゃろう」

「私は琉球のことを申し上げているのではありもうさん。こん薩摩でいかに戦うかを考えちょっとです」

この一言には、趣法方や琉球産物方の猛者《もさ》たちが虚をつかれたように黙り込んだ。

薩摩藩には琉球を守る力も気概もないことが分ったなら、英仏の艦隊は鹿児島まで来航して開港と貿易を迫るだろう。

その要求にずるずると譲歩をつづけるわけにはいかないのだから、戦争を覚悟して事に当たらざるを得ない。

利通はそこまで見透し、海岸線から一里下がるという作戦を立てていたのだった。

評定は一刻《いっとき》ほどに及びさまざまな意見が飛び交ったが、結論は出ないままだった。

笑左衛門は御用部屋に宗之丞と志津馬を呼び、琉球に派遣している守備兵をひそかに呼び戻すように申し付けた。

「ぜ、全員でございもすか」

「じゃ。薩摩の気概を示そうと斬り込みをかけるような輩《やから》がおっては、イギリスやフランスの思う壺《つぼ》になりかねん」

「じゃっどん、そいじゃ幕府の命に背くことになりもうそう」

志津馬は派遣軍の奉行だけにさすがに難色を示した。

万一事が公けになったなら、腹を切ったくらいでは事は済まないのである。

「じゃっで我らだけで行なうのじゃ。薩摩に戻れば幕府の隠密《おんみつ》にかぎつけられるおそれがあっで、事が治まるまで道之島三島に留《とど》まり、砂糖黍《さとうきび》の増産にでも励んじょってくれ。万一の場合には、わしが責任を取る」

重豪の遺命を果たすためなら、どんな策を弄《ろう》しても構わぬと笑左衛門は肚《はら》を据えている。

むしろこの機会に英仏両国と講和を結び、琉球を通じて貿易を行なえないかと考え始めていた。

気がかりな問題は他にもあった。

花倉《けくら》の御仮屋の支配を任せていた伊地知源三が、笑太郎や厚子の死に影目付が関与していたという書状を送って以来消息を絶っているのである。

笑左衛門は海老原宗之丞に、東雲寺と御仮屋の様子を確かめてくるように命じた。

「手毬《てまり》造りはすでにやめておる。御仮屋には誰もおるまいが、東雲寺には住職がおるはずじゃ。源三から何か知らせがないか訊《たず》ねてきてくれ」

もともと贋金《にせがね》は清国との密貿易の支払いに当てるために造り始めたものなので、天保十年（一八三九）に唐物販売免許が停止されてからは生産を縮小していた。

ただ御仮屋で働いている者たちの処遇に困るので細々とつづけていたが、影目付の中に斉興の命令で動いている者がいると分ってからは作業場を完全に閉鎖した。

その時、使い残した贋金が十万両ほどあった。

笑左衛門はその保管を源三に任せていたが、どこに隠しているかも聞いていないので、その在所《ありか》を確かめておきたかった。

翌日の夕方、宗之丞が戻ってきた。

「東雲寺にはどなたも住んでおられません。一月ほど前に住職の姿を見たという者はおりましたが、それ以後のことは分からないようです」

配下の者たちと二日がかりで訊ね歩いたが、分ったのはそれだけだという。

東雲寺は人目につかない場所にあるので、注意を払う者もいなかったのである。

三

琉球危機のせいで、笑左衛門の財政改革は方向転換を余儀なくされた。

英仏との戦争になった場合にそなえて、富国強兵策を急がざるを得なくなったからだ。

富国のためには、唐物販売免許を得て貿易の拡大を計ることが不可欠である。

だがこれは幕府の許可がなくては適《かな》わぬことなので、国許《くにもと》において農村の復興と新田の開発に邁進《まいしん》する他はなかった。

強兵のためには、軍制改革が急務だった。

薩摩藩の軍備は、関ヶ原合戦当時の水準に留まったままである。二百年以上もの泰平が、藩士から武人としての自覚も戦闘能力も奪っている。

これを立て直すには軍備を整え、動員態勢を確立し、軍事調練を行なう必要があった。

中でも難しいのが、動員態勢の確立だった。

武士は扶持《ふち》に応じて軍役の義務を負っている。百石取りの武士は槍持《やり》一人、中間一人を連れて出陣し、二百石取りは侍一人、槍持一人、甲冑《かっちゅう》持ち一人、馬の口取一人、小荷駄《にだ》一人の合計五人を従えて行かなければならない。

ところが長年の泰平のせいで、この軍役が有名無実と化していた。

豊かな者は他の家から給地を買い取り、扶持高の何倍もの土地を所有している。

貧しい者は扶持を担保に借金し、それが返せずに家屋敷を差し押さえられている有様だった。

これではいざという時に軍役を果たせないので、給地高を再編して出陣態勢を整えなければならなかった。

庭のツツジも散り終えた頃、安之進とトヤが改まって話があると言った。

二人は三年前に婚礼を挙げ、笑太郎の遺児小膳を養子として調所家を守っている。

笑左衛門が心置きなく仕事に打ち込めるのも、安之進が毛利子や小膳の面倒を陰《かげ》日向《ひなた》なく見てくれるからだった。

「あの、ひとつお伺いしたかことがあっとですが」

安之進が固くなって、他人行儀な物言いをした。

笑左衛門が四十六歳の時の子だから、今年で二十五歳になる。

その間仕事に追いまくられてほとんど家にいなかったのだから、父と子の間が疎遠になるのもやむを得ないことだった。

「どげんした。家では上役じゃなか。遠慮すんな」

「父上は明日と明後日《あさって》は非番だと聞きもしたが、まことでごあんそかい」

「ああ、殿より休みをいただいた」

「何かご予定はごあんそかい」

「うんにゃ。久々に家でのんびりしようと考えちょったところじゃ」

息子のくせに打ち解けぬ奴だと、笑左衛門は可笑《おか》しくなった。

まるで調所家に養子に入り、何事にも遠慮していた頃の自分を見るような気がした。

「そんなら、なあトヤ」

安之進が側に座った妻に助けを求めた。

「父上さまと母上さまにゆっくり湯治に出かけてもらおうと、指宿《いぶすき》の大和屋さんに宿を頼んであっとです。お出かけいただけんでしょうか」

笑左衛門と話すことなどめったにないので、トヤも恐縮しきっていた。

「そいは願ってもなかことじゃっが、毛利子が何ちいうか」

「母上が承知なら、構わんとですね」

安之進はすでに毛利子の同意を得ているらしい。それならもっと気軽に言えばいいものをと、笑左衛門はまた可笑しくなった。

翌朝城下の港から客船に乗り、昼過ぎに指宿に着いた。

指宿港とその南にある山川港は、道之島三島や琉球との交易の拠点で、配下の役人や顔馴染《かおなじみ》の商人たちがたくさんいる。

だが笑左衛門は誰にも知らせず、顔を隠すようにして港に下り立った。

毛利子と二人で温泉に行くのは十数年ぶりのことなので、誰にも邪魔されたくなかった。

幸い小雨が降っている。

笑左衛門は傘を目深《まぶか》にさし、毛利子の肩を抱きかかえるようにして道を急いだ。

「まるでお初、徳兵衛の道行のようでござりもすね」

毛利子は恥ずかしそうにしながらも、まんざらでもなさそうだった。

安之進やトヤと同居するようになって、昔の明るさを取り戻している。

笑左衛門はそれが何より嬉《うれ》しくて、肩に回した手にも自然と力がこもるのだった。

大和屋は指宿でもっとも格式の高い宿屋だった。

重豪や斉興も何度か泊ったことがあり、笑左衛門の顔も知られていたが、宿の者たちは大仰に騒ぎ立てたりはしなかった。

二人だけの骨休めなので離れの目立たぬ部屋を用意するようにと、安之進が申し入れていたからである。

部屋からは海を見下ろすことができる。北側には魚見岳《うおみ》が大地の腫物《はれもの》のようにぽこりと盛り上がっていた。

鹿児島湾には黒潮に乗った魚の群が、海面が盛り上がるほどの勢いでやって来る。

魚見岳とは、それを発見するための見張り小屋があったことから付けられた名前だった。

「銭もなかろに、よくこげんよか部屋を頼んだもんじゃ」

宿に着くなり雨が上がり、雲の切れ間から青空がのぞいていた。

それを映して海の色も明るくなっている。

「お前《まん》さぁが腰を痛めておらるっとを知って、何とかしてあげたかと思ったのでごあんそ」

「前から知っちょったのか」

「私に話してくれち頼みに来やったとですが、自分で伝えなさいち申し付けたとです」

毛利子は持参した包みを開けて、着替えのための衣服を取り出した。

「親子じゃなかか。そげん遠慮すっこともなかろうに」

「あん子はお前さぁを心底から尊敬しておっとです。じゃっで向かい合ぅとつい緊張してしもうとでしょう。そいに何をするにも相手ん気持を一番に考える、心根の優しか子じゃっとです」

「そげんか。そんなら好意に甘えるか」

ふいにこみ上げてきた嬉し涙を見られるのが照れ臭くて、笑左衛門は手ぬぐいをつかんで風呂場《ふろば》へ向かった。

指宿の名物は砂風呂である。

地熱で温まった砂に穴を掘り、その中に体をうずめる。

すると熱がじっくりと伝わり、砂に含まれた塩分が発汗作用をうながすので、しばらくすると体中から汗がふき出してくる。

砂に入っている間は熱いと感じるが、出た後の爽快感《そうかい》は並の温泉より格段に優れていた。

砂風呂から上がって褌《ふんどし》ひとつで涼みながら、笑左衛門は太陽の光をあびて青く輝き始めた海をながめた。

琉球状勢は風雲急を告げている。

英仏両国との戦争になれば、琉球はひとたまりもなく占領され、やがて薩摩も戦渦に巻き込まれることは避けられない。

それをどう切り抜けるか、早急に対応策を練り上げなければならなかった。

夕食の膳には鰹《かつお》の刺身が上った。

まだ初鰹の時期だが、黒潮にもまれたせいか充分に脂がのっている。

色鮮やかな切身に生姜《しょうが》をそえて食べると、歯応《はごた》えも味わいも申し分ないのだが、あいにく笑左衛門は木の入歯である。

昔のように微妙な食感を楽しむことができないので、いきおい食は細くなり、酒に手を伸ばすことが多くなっていた。

湯に入ると疲れが一度に出るものである。

ましてを砂風呂は効果が大きいだけに、二合ばかりの焼酎《しょうちゅう》を飲むと急に酔いが回ってきた。

「どうもいかん。すまんが先に」

笑左衛門ははうようにして夜具にもぐり込み、そのまま深い眠りに落ちた。

どれほど時間がたったのか――。

枕元までさざ波が打ち寄せるような音で目がさめた。

一瞬船に乗っていると錯覚したが、部屋は床の間のついた上等の和室で、隣には毛利子が高枕を当てて眠っていた。

髷《まげ》がくずれないように髪を手ぬぐいで包んでいる。

鼻筋の細く通った横顔が、明かり障子からさし込む月の光に照らされてぼんやりと浮き上がっていた。

肌は磁器のようになめらかで、小さな唇がほんのりと赤い。

呼吸をするたびに、胸の夜具がかすかに上下した。

そのおだやかな寝姿を見ているうちに、笑左衛門は毛利子が愛《いと》おしくてたまらなくなった。

いつ果てるか分らぬ命である。このようにおだやかな夜を過ごす機会は、もう二度と巡って来ないかもしれないと思うと、何かに急《せ》き立てられるような焦りを覚えた。

「おい、毛利子」

笑左衛門は側に寄って肩をゆすった。

「どげんなさりもうしたか」

毛利子はすぐに上体を起こした。

具合が悪くて苦しんでいると思ったのである。

「久々に、してみんか」

「えっ」

毛利子が驚きに戸惑った顔をした。

「でくっかどうかは分らんが、わしらは夫婦《めおと》じゃなかか。誰にも遠慮するこつはなか」

笑左衛門は声をひそめてかきくどいた。

毛利子も気持を察したのか、上体を起こして腰紐《こしひも》を解き、着物の合わせを押さえて恥ずかしげに身を横たえた。

笑左衛門は寝巻も褌も脱ぎ捨てて体を合わせた。

温泉の効能のせいで、毛利子の肌はいつもより滑らかで温かい。

その肌に触れているだけで、笑左衛門の心は満たされていた。

「夫婦とは有難かもんじゃ、なあ毛利子」

「はい。お陰さんで」

「こげん良か女房がおっとに、家にも居てやれん。苦労ばっかいかけたなあ」

昔はこうして肌を合わせただけで元気づいたものだが、近頃では意識を集中しなければできなくなっている。

笑左衛門は目を閉じたまま毛利子の体をなで回し、なじみ深い所に指を沈めた。

幸いそこは熱く潤っている。勇気百倍する思いでしかかったが、肝心のものに力がなかった。

若い頃には仲間に見せびらかしたほどの一物が、中途半端に膨らんだままなのである。

「私のためなら、無理をなさらなくてよかとですよ」

毛利子がやさしく背中をなでた。

「うんにゃ、これはわしのためじゃ」

意地でもやり遂げようとしているうちに、笑左衛門は以前吉原の泉州屋で同じような状態におちいったことを思い出した。

あの時は敵娼《あいかた》が一物を口にふくんで元気付けてくれたので、何とか首尾を果たすことができた。

あれならもしやと思ったが、毛利子に頼むのは気が引ける。それでも今夜だけは諦《あきら》めきれないものがあった。

「すまんが、わしを助けっくれ」

「ご気分でもすぐれんとでしょうか」

「そうじゃなか。わしのあれを、口にくわえて立たせてくれ」

清水《きよみず》の舞台から飛び降りる気持で頼んでみた。

毛利子はしばらくためらったが、あお向けになった笑左衛門の腹におおいかぶさって顔を伏せた。

柔らかく温かい口にふくまれた途端に、萎《な》えた一物が元気になった。

「そうじゃ。そんままわしにまたがって、お前ん中に入れっくれ」

毛利子は素直に従った。

壮年のような力強さを取り戻したものが、するりと女の芯《しん》を貫いた。

毛利子が小さく歓《よろこ》びの声を上げた。

「どげんか、毛利子。わしもまだまだ男じゃろが」

笑左衛門は嬉《うれ》しさに有頂天になり、腰痛のことも忘れて腰を揺り動かした。

四

三月二十一日から斉興が領内視察に出ることになった。

鹿児島から宮之城に向かい、川内川《せんだいがわ》ぞいにさかのぼって日向《ひゅうが》地方にまで足を伸ばす、半月にも及ぶ巡見である。農政改革や新田開発の状況を見るためで、笑左衛門も海老原宗之丞らをともなって同行した。

一日目は郡山に泊り、翌日入来《いりき》峠を越えて山崎、宮之城、鶴田を視察しながら、三日目に下《しも》の木場《こば》に着いた。

この地は川内川の両岸に険しい山が迫り、曾木《そうき》の滝をはじめいくつもの難所があるので、川舟を通じることができなかった。

そのために上流にある菱刈《ひしかり》七ヶ郷の領民たちは、険しい山路を通って宮之城まで年貢米を運ばなければならず、その苦労は並大抵のものではなかった。

そこで笑左衛門は宗之丞に命じて川内川（曾木川）の開削工事をさせ、曾木の滝のすぐ下まで川舟が通れるようにした。

そうして滝の近くの下の木場に米蔵を建て、集めた年貢米を川舟で港まで運ぶようにしたのである。

斉興は曾木の滝から下の木場まで川舟が通る様子を見物し、その夜は大口城に泊った。

ここは薩摩の軍神と讃《たた》えられた新納忠元《にいろただもと》が居城とした所である。

関ヶ原の合戦の後、徳川方となった九州の諸大名は、肥後の八代に結集して薩摩に攻め込もうとした。

この時忠元は大口城にあって守備を固め、ついに敵の侵入を許さなかったのである。

翌日は菱刈をへて栗野の近くの温泉を宿とした。

藩主のお成りとあって、近郷一円の主立った者たちが衣服を改め、道の両側に平伏して出迎えた。

斉興が宿所に入るのを見届ければ、笑左衛門らの仕事は終りである。

湯に入って旅の疲れをいやし、夕食には酒でも飲もうかと宗之丞と話していると、斉興から急な呼び出しがあった。

「何か手落ちでもあったか」

笑左衛門は不吉な予感を覚えた。

斉興は旅先でも一人を好む。余程のことがなければ、こんな時間に呼びつけたりはしないからである。

「分りません。伺候《しこう》するように伝えよと、おおせられたばかりでございます」

使いの近習は何も知らなかった。

うかつなことをたずねて斉興の逆鱗《げきりん》に触れてはならぬと、唯々諾々と従っているばかりである。

三原新之介が突然切腹を命じられて以来、その傾向はいっそう顕著になっていた。

案内されたのは御座所の次の間だった。

中庭に面した六畳ばかりの部屋に、食膳《しょくぜん》が四つ並べてある。

他の二人は誰だろうといぶかりながら待っていると、斉興が側室の由羅《ゆら》と三男の久《ひさ》光《みつ》を従えて入ってきた。

由羅は江戸の町人の娘だが、芝藩邸に出入りしていた頃に斉興に見初められて側室となった。

久光は二人の間に生まれた子で、斉彬より八歳下の異母弟である。

六年前に重富《しげとみ》島津家の養子となり、家督を相続していた。

「この機会にそちと引き合わせておくのも後々のためになると思ってな。重富から呼び寄せたのじゃ」

斉興は湯上がりらしい上気した顔をしていた。

久光は瓜実形《うりざね》のおっとりとした顔立ちをしていて、二十九歳になるのにどこか大人になりきれない頼りなさをただよわせていた。

由羅は彫りが深く瞳《ひとみ》の大きな華やかな顔立ちをしている。

その容色は五十に手が届く歳になっても衰えず、斉興の寵愛《ちょうあい》を一身に集めていた。

「お懐かしゅう存じます。お二方もご健勝のご様子で何よりでございます」

笑左衛門は満面の笑みを作った。

二人とは何度か同席したことがあるが、親しく言葉を交わすのは初めてだった。

「その方の忠節ぶりは、かねがね父上からうかがっておる。今宵《こよい》は酒でも汲《く》みながら、三位さまの話でも聞かせてくれ」

久光が盃《さかずき》を渡し、由羅がそつなく酌をした。

「又次郎は藩の財政改革について学びたいそうじゃ。ならばそちほどの師はおるまい」

斉興は今でも久光を幼名で呼ぶ。その溺愛《できあい》ぶりは、日頃の冷酷さからは想像もつかないほどだった。

笑左衛門は求められるまま、財政改革主任に任じられてからのことを語った。

あれはシーボルト事件が起こった文政十一年（一八二八）のことだから、もう十七年も前になる。

重豪から万古不易の備えを命じられ、ありとあらゆる手を尽くして実現に努めた。

道之島三島の黒砂糖の専売制度を導入し、増産と品質管理の徹底化に努め、大坂の砂糖相場を操って収益が上がるようにした。

大坂の商人たちから借用証文を預かり、強談判《こわだんぱん》の末に五百万両の借金を二百五十年の分割払いにすることを認めさせた。

財政の支出を切り詰め、人事の制度を見直して適材適所を計り、年貢徴収の際の旧弊を改め……。

笑左衛門は話しているうちに次第に空しくなってきた。

万古不易の備えの他に、笑左衛門は藩の屋敷の改築や船の建造、道路の整備や河川の改修などに二百五十万両ちかくの費用を投じている。

その金は贋金《にせがね》造りや密貿易、黒糖地獄と呼ばれた道之島からの収奪、一向宗徒への大弾圧によって捻出《ねんしゅつ》したものである。

そのことに一言も触れぬまま綺麗《きれい》事だけを並べている自分に、空しさと苛立《いらだ》ちを覚えた。

「笑左よ」

黙って耳を傾けていた斉興が、ことりと音を立てて盃を置いた。

「又次郎にはやがて藩を担ってもらわねばならぬ。もう少し手厳しい現実も教えてやれ」

「手厳しいと申されまするると」

「他言をはばかるようなことじゃ。花倉の御仮屋には化物が出ると城下の噂になっておるが、何やら怪しげなことが行なわれていたそうではないか」

「まあ、どんな化物が出るのでございますか」

由羅が目を見開いて怖々とたずねた。

「ただの噂でございます。殿のような英邁《えいまい》など主君のお膝元《ひざもと》に、魑魅魍魎《ちみもうりょう》など出るはずがございませぬ」

笑左衛門は笑みを浮かべてそつなくかわし、話題を琉球問題へと移した。

栗野から川内川をさかのぼり、般若寺《はんにゃ》、飯野を通って、日向へ入った。

旅の間、笑左衛門は心中おだやかではいられなかった。

やはり斉興は、久光に家督をゆずるつもりなのである。二人を呼び寄せて引き合わせたのは、そのための根回しにちがいなかった。

（それにしても、なぜ殿は花倉の話などを持ち出されたのか）

使い残しの十万両のことを知っているとほのめかすためなのか、久光にも藩の秘事に関与させよと求めているのか。

笑左衛門は駕籠《かご》にゆられながら、あわただしく考えを巡らした。

斉興は考えもなく物を言ったり行動したりする質《たち》ではない。すべてを周到に見通し、それとなくほのめかすことも多いので、常に先回りして胸中を察しなければ対応を誤るおそれがあった。

領内視察は順調に進み、四月六日には都城《みやこのじょう》に泊り、翌日の夕方には鹿児島湾に面した福山の館《やかた》にたどり着いた。

明日は帰城だと皆がほっと気を抜いた時、思いもかけぬ事件が起こった。

館に入ろうとした斉興の前に、六尺豊かな青年が飛び出し、

「それがしは郡方書役助《こおりかたかきやくたすけ》、西郷吉之助《さいごうきちのすけ》でござりもうす。若輩者ではござりもうすが、農政改革につき奏上したきことあって推参いたしもした。何とぞこん上書をご覧下さりませ」

平伏したまま立て文を差し出した。

この三十貫（約百十キログラム）ちかい巨漢こそ、後の西郷隆盛だった。

まだ十九歳の端役に過ぎないが、堂々たる押出しといい、館の庭に身をひそめて直訴に及ぶ剛胆さといい、大器の片鱗《へんりん》を充分に備えていた。

だが、身分の差別が厳しい薩摩では、軽輩の身で主君に直訴することなど許されることではない。

警固の者は血相を変え、四方から飛びかかって吉之助を押さえ込んだ。

「こんたびのご巡視は、農村の窮状を救うためとうかがいもうした。何とぞ上書を」

吉之助は地べたに顔を押さえつけられながら訴えた。

「こん無礼者が。きつく縛り上げ、馬屋にでもほうり込んじょけ」

笑左衛門は吉之助の前に立ちはだかって一喝した。

斉興はこうした狼藉《ろうぜき》を病的なほど嫌っている。対応に手間取れば、無礼討ちにされかねなかった。

部屋に落ち着いてから、笑左衛門は吉之助の上書に目を通した。

大きな体の割には繊細で美しい字を書く。文章も若者にしてはよく練り上げたものだった。

訴えているのはただ一点、一向宗への弾圧を即刻中止せよということだった。

理由のその一、農民の大半は一向宗徒なので、弾圧をつづける限り逃散《ちょうさん》した者たちが安心して帰郷できないこと。

その二、農村での一体感や連帯意識は、一向宗への信仰や祭りによって培われたところが大きいので、弾圧をつづければ村の分裂や勤労意欲の低下を招くこと。

その三、一向宗を禁止する理由がないこと。

禁教にしたのは、豊臣秀吉の九州出兵の際に一向宗徒が秀吉軍に協力したためだというが、二百五十年も前の禁令をいまだにつづけるのは理不尽としか思えない。

その四、領民の半数近くが信仰する一向宗を弾圧しては、挙国一致の態勢が築けないこと。

その五、一向宗への弾圧が、藩士と領民の道徳的な退廃を招いていること。

今般、殿様は農村の復興をはかるために巡見に出られたと聞くが、政道の基礎は道理にある。

一向宗の弾圧は道理に背くものなので、今すぐ中止して三州の人心を一新し、清廉の風《ふう》を行なわれるようお願いする次第である。

およそそうした内容の簡潔にして要を得た訴状だった。

笑左衛門は感心した。

現状を直視して正確に把握している眼力もさることながら、相手が誰であろうと正しいと信じたことを直言する勇気に心を打たれたのである。

（薩摩にはこげん若者がおったのか）

清らかな拳《こぶし》で横面をガツンと殴られた気がして、笑左衛門は供も連れずに馬屋を訪ねた。

吉之助は戸張りをした薄暗い小屋の中に押し込められていた。

高手小手《たかてこて》に縛り上げられたまま、あぐらをかいて壁に寄りかかっている。

その姿には、どこか磨崖仏《まがいぶつ》を思わせる風格とおだやかさがあった。

「わしは調所広郷《ずしよひろさと》じゃ」

戸張り越しに声をかけた。

「あげん無茶をすっと、命がいくらあっても足らんぞ」

「言うべきことは言わんばなりもうさん。殿様は立派なお方とうかごうとったので、必ず分っていただけると信じておりもうした」

低いがよく通る芯《しん》の太い声だった。

「どこん生まれじゃ」

「加治屋町でござりもす」

「わしは堂の前じゃ。家はお小姓組じゃった」

島津家の菩提寺《ぼだいじ》の福昌寺の門外に、堂の前と呼ばれる通路がある。

笑左衛門はここに面した川崎家で生まれ、十三歳で調所家の養子となったのである。

「存じちょりもす。お小姓組の生まれでん執政になれるち、皆に勇気を与えて下されもうした」

吉之助もお小姓組の出身だが、いつかは笑左衛門のようになりたいと願っているという。

「上書は読んだ。なかなかの炯眼《けいがん》じゃっどん、誰かに教えを受けたか」

「郡奉行の迫田《さこた》さまに教えを受けておりもすが、上書はそれがしの一存で書いたもんでございもす」

「郡方になったのはいつじゃ」

「昨年からでございもうすが、農民たちの暮らしぶりは子供ん頃から知っておりもす」

「わいも宗徒か」

「違いもす。じゃっどん道理に反することは、黙って見過ごすわけにはいきもうさん」

吉之助が笑左衛門をひたと見据えた。

大きな瞳《ひとみ》は薄闇の中でも炯々《けいけい》たる輝きを放っていた。

五

冬も間近に迫った十月中頃、笑左衛門は吉野の東雲寺を訪ねた。

数日後には斉興に同行して江戸に向かうことになっている。その前に寺を訪ね、様子を確かめておきたかった。

東雲寺の参道は垂直に切り立っていた。

厚く苔《こけ》むした石段が徐々に幅を狭めながら、山頂へ向かって真っ直ぐに伸びている。

それが自分の方に倒れかかってくるように見えるのは、笑左衛門の老いが見せる錯覚にちがいなかった。

「危のうございます。おつかまり下さい」

宗之丞が腕を差し出したが、笑左衛門はつかまろうとはしなかった。

「この先、何かと忙《せわ》しくなる。足腰を鍛えておかぬとな」

足元を見つめ、石段を数えながら登り始めた。

境内まで二百十六段だということは、十三年前に初めてこの寺を訪ねた時に確かめていた。

百八といわれる煩悩の二倍の数なので、はっきりと覚えていたのである。

その頃は一度も休まずに登りきったものだが、今では三度休んでも息が切れそうだった。

境内は落葉に埋もれていた。

周囲の雑木林から葉が舞い落ち、境内の周囲にめぐらした石垣の根方に厚く吹きだまっている。

よく見ると、落葉の間に細くてひょろ長い椎《しい》の実がいくつも落ちていた。

寺は荒れ果てていた。

茅《かや》でふいた本堂の屋根は風に吹きはがされ、庫裡《くり》の戸板は倒れたままだった。

「しばらく誰も訪ねていないようでございます」

宗之丞は境内に足跡がないかどうか入念に調べた。

伊地知源三との連絡は取れないままである。

何度か寺に使いを出したが、三ヵ月ほど前に寺に住んでいた老僧も姿を消したので、今では連絡の方法もなくなっていた。

「源三という者は、一味とともに姿をくらましたのではないでしょうか」

贋金《にせがね》とはいえ十万両である。しかも表立って罪に問われることはないのだから、仲間と語らって持ち逃げしたのではないかと疑っていた。

「いや、そのような男ではない」

源三は重豪に命じられた任務を果たすことに懸命で、私腹を肥やすことなど眼中になかったはずだ。

笑左衛門自身がそういう生き方をしてきただけに、その気持がよく分った。

本堂の中は惨憺《さんたん》たる状態だった。

仏像は床に引き落とされて真っ二つに割られ、須弥壇《しゅみだん》の引き出しも投げ捨てられている。

客間の畳はめくり上げられ、天井板が何ヵ所も突き破られていた。

「賊が踏み込んで、何かを捜し回ったようだな」

十万両の隠し場所を知る手がかりを見つけようとしたにちがいなかった。

「おそらく、殿の配下となった影目付たちの仕業だろう」

「すると源三は、その者たちに追われているのでしょうか」

「分らぬ。だが十万両の隠し場所を悟られていないことだけは確かなようだ」

境内を出ようとした時、笑左衛門はふと背中に人の視線を感じた。

誰かがじっとこちらをうかがっている気がしてふり返ったが、風に吹かれて雑木林がざわめいているばかりだった。

寺から花倉の御仮屋に回った。

普請は中止されたままで、整然と積み上げられた石垣や広々とした石段、漆喰《しっくい》で塗った築地塀《ついじべい》だけが残っている。

冬枯れの木々の中に取り残された御仮屋は、墓場のような不気味な静けさに包まれていた。

かつてここは製錬所で働く者たちの寝小屋があった。

過酷な仕事に耐えかねて脱走しようとした人足を処刑したのも、この場所である。

二人を打首にした時の記憶が生々しくよみがえり、笑左衛門は胸を鷲《わし》づかみにされたような痛みを覚えた。

御仮屋から五町ばかり東に、製錬所の跡があった。

山の斜面にそって三段に築かれた敷地に、砕石所や焼場、作業場、細工小屋、役人の詰所が並んでいたが、今では建物の基礎や石作りの竈《かまど》が残っているばかりだった。

この竈で金や銀を溶かし、地金に鍍金《めっき》をして二朱金や一朱銀の贋金を造った。

多量の水銀を用いる劣悪な環境の中で、道之島から連れて来た者や一向宗の検挙によって捕えられた者たちを働かせ、少なからぬ犠牲者を出したのである。

笑左衛門は作業場の跡に額《ぬか》ずき、犠牲者の冥福《めいふく》を長々と祈った。

藩のために修羅となって突き進んできたことに悔いはない。だが死なせた者たちのことを思うと罪の重さがずしりと肩にのしかかってきた。

「ご覧下されませ。ご城下がひときわ美しく見えまするる」

宗之丞が崖《がけ》の上に立ちつくしていた。

眼下には真っ青な錦江湾《きんこうわん》が広がり、桜島が白い噴煙を上げている。目を南に転じると、海ぞいに城下の町並みが整然とつづき、城山のふもとには城の築地塀がひときわ白く輝やいていた。

甲突川《こうつきがわ》にはいくつもの石橋がかかり、整備を終えた天保山には船の安全を計るための燈台《とうだい》が設置されていた。

「あれが調所さまが成し遂げられたことでございます。そのことを知らぬ者は、この薩摩には一人たりともおりませぬ」

宗之丞が力を込めて励ました。

「そうじゃ。たとえ今は分らずとも、必ず分る日がやってくる」

その日のためにこの身を捨てるのだと、笑左衛門は木枯しの中で胸を張って立ち尽くした。

十月二十日、斉興の供をして鹿児島を出発し、十一月の初めに大坂に着いた。

船着場から大坂蔵屋敷に入り、ここでしばらく足を止めることにした。

斉興が祖父重豪の例にならって従三位《じゅさんみ》に叙されることを望んでいるので、朝廷に根回しをしておく必要があったからだ。

幸いなことに島津家と五摂家筆頭の近衛《このえ》家とは、鎌倉幕府創建の頃から密接な関係があった。

薩摩、大隅《おおすみ》、日向《ひゅうが》の三ヵ国にまたがる島津荘は、平安時代以来近衛家の荘園だった。この地に下司《げし》職として下向したのが、源頼朝の庶子と伝えられる島津《しまづ》忠久《ただひさ》なのである。

以後島津家は近衛家を領家とあおぎ、密接な関係を保ってきた。

重豪が曾孫《ひまご》の郁姫《いくひめ》を近衛忠煕《ただひろ》に嫁がせたのはこうした縁によるもので、島津家では洛中《らくちゅう》の近衛邸の裏に役所を設けて折衝に当たらせていた。

忠煕は従一位内大臣に任じられている。

斉興の娘婿に当たるので、従三位叙任の件についても尽力してくれるはずだった。

斉興の動きは速かった。

「笑左、至急一万両を用意せよ」

大坂屋敷に着くなりそう命じた。

「近衛内府さまを訪ねるのに、手ぶらで行くわけにはいかぬのでな」

「いつまでにご入用でしょうか」

笑左衛門は困惑した。

参勤交代や領内巡見のために、予備の蓄えは使い果たしているし、砂糖の出荷も新年にならなければ始まらない。

急に言われても、即座に応じることはできなかった。

「そちは近頃、耳まで遠くなったようじゃの」

斉興の表情が一変した。

「余は至急と申し付けた。いつまでにとは何事じゃ」

いきなり甲高い声で怒鳴りつけた。

日頃は聞き取れないほど小さくしか話さないのに、カッとなると癇癪《かんしゃく》を起こしたように声を荒らげるのである。

「これは叙位のためではない。朝廷との結びつきを強めておくことが、やがて当家のためになるゆえ申しておるのじゃ」

「ははっ。まことにさようでございまする」

「ならば明日までに工面いたせ。金などある所にはあるものじゃ」

こんな時に頼れる相手はただ一人しかいない。

笑左衛門は冬の夕暮れに追われるように、今橋の近くの出雲屋を訪ねた。

孫兵衛は上機嫌で迎え、店の一角に作った数寄屋《すきや》風の離れに案内した。

苔《こけ》むした石を配した坪庭があり、鹿威《ししおど》しをしつらえてあった。

「ほう。茶の湯でも始めたか」

「今さらそのような技は身につきませぬが、心落ち着ける場所を持ちたいと思いまして」

孫兵衛は急に老いたようだった。

しわや白毛がほとんどないので六十五歳とは思えないほどだが、目付きがおだやかになり、相場師らしい精気が感じられなくなっていた。

「身を引くつもりか」

「調所さまが奮闘しておられるのに、手前だけが楽になるわけには参りますまい」

「そうじゃ。そんなことをされては困る」

「後添いを迎えました」

孫兵衛がはにかんで渋く笑った。

「これまで目を吊《つ》り上げて商いに生きて参りましたが、この歳になって何か大きな忘れ物をしてきた気がするようになりました。そんな時に、あれと出会ったのでございます」

その言葉が終るのを待っていたように、四十がらみの女が酒を運んできた。

その姿を見て、笑左衛門はあやうく声を上げそうになった。

細面《ほそおもて》の顔立ちといい切れ長の目といい、毛利子にそっくりなのである。

「なんと。これはどうした趣向じゃ」

驚かそうと、似た女を探してきたのではないかと思った。

「申し訳ございませぬ。実は初めて奥方さまにお目にかかった時から、何と気丈で奥ゆかしいお方かと、陰ながらお慕い申しておりました」

孫兵衛が初《うぶ》な青年のように赤面した。

「むろん一度たりとも口にしたことはなく、邪《よこしま》な思いを抱いたこともございませんが、半年ほど前に新地の茶屋でこれを見つけ、どうにも忘れられなくなったのでございます」

「福と申します。調所さまや奥方さまのことは、かねがね伺っておりました」

軽く会釈して酒を勧めた。

毛利子よりひと回りほど大柄な体を、丁子染《ちょうじぞ》めの着物に包んでいる。指の先まで神経が行き届いた所作は、舞いや茶道で鍛えたものだった。

「なるほど。そちが骨身を惜しまず働いてくれたのは、毛利子のお陰だったと見えるな」

「とんでもない。それとこれとは話が別でございます」

「よいよい。そこまで見込んでもらえば、亭主冥利《みょうり》に尽きるというものだ」

「若い頃は新地でも一番の売れっ子だったそうでございます。世話をしてくれる人がいて身受けしたのですが、損のない買物をいたしました」

お福を下がらせてから、孫兵衛が相好を崩して打ち明けた。

「閨事《ねやごと》の方はどうだ」

笑左衛門は酒をぐっと呑《の》み干して盃《さかずき》を差し出した。

「お陰さまで、何とかなっております」

「それは目出たい。実はな、わしもこの間したばかりじゃ」

二人は顔を見合わせ、妖《あや》しげな含み笑いをした。

長年共に戦っている間に、こうした話ができるほど打ち解けた間柄になっていた。

庭の鹿威《ししおど》しが乾いた音をたてた。

夕闇が迫ってくるにつれて、部屋の冷え込みが厳しくなっていた。

「琉球の方は、大変なことになっているようでございますね」

孫兵衛が火鉢を出して灰をかき分け、埋《うず》み火の上に炭を足した。

「イギリスやフランスの者たちは、琉球は清国の属国だと見なしておる。それゆえたやすく開港に応じると見込んでおるのだ」

「強談判《こわだんぱん》になったなら、どうなされるおつもりですか」

「戦って勝てる相手ではない。なだめたりすかしたりしながら、角の立たぬようにあしらうしかあるまい」

笑左衛門は火鉢に手をかざした。

しわが多くしみが浮き出た甲が、長い歳月を重ねてきたことを証《あか》していた。

「しかしな。わしはこういう時が来て良かったと思っておる」

「どうしてでしょうか」

「ご老公さまがおおせられていたことが、正しいと分ったからじゃ。そのお言葉が正しければ、わしがしてきたことも間違っていたわけではあるまい」

「万古不易の備えとは、まことに言い得て妙でございますな」

孫兵衛が火鉢でぬくめた酒を勧めた。

「砂糖の方はいかがじゃ」

「良くありませぬ。収穫も昨年を下回りそうですし、相場もかなり下がっております」

ここ数年は、黒砂糖の生産と販売は孫兵衛が取り仕切っている。

笑左衛門は他の仕事に追われ、とてもそこまで手が回らなかった。

「そのような時にすまぬが、一万両用立ててくれまいか」

「少々お待ち下されませ」

孫兵衛は何に使うかとも聞かずに、帳場に手形を取りに行こうとした。

すでにこの時代には、支払いの大半は手形で行なわれるようになっている。出雲屋の手形さえあれば、日本中の主要な都市で換金することができた。

「今回は千両箱でほしいのだ」

「火急のご用でございますか」

「殿が従三位に叙されることをお望みでな。各方面への根回しをしなければならぬ」

「このような時に、一万両の無駄遣いですか」

「朝廷との関係を強めておくことは悪いことではない。それに殿はご老公さまに負けたくないと思っておられるのだ」

従三位への叙位を花道とすれば、斉興も斉彬に家督をゆずる気になるかもしれぬ。

笑左衛門はそう期待していた。

「いつまでにご入用でございましょうか」

「明日までに頼む」

「分りました。どうやら調所さまには、心落ち着ける日は訪れぬようでございますな」

孫兵衛は気の毒そうにため息をつき、手代を呼んで換金に走らせた。

六

英仏両国の琉球への圧力は日増しに増大していった。

弘化三年（一八四六）四月五日、イギリス船が那覇に来航し、宣教師ら五人を上陸させたまま出港していった。

翌々日にはフランス船が那覇港に入り、地形を測量しながら運天港まで回航した。

この知らせは那覇に駐留している者から国許《くにもと》に急報され、四月十五日に江戸の高輪藩邸に達した。

笑左衛門はさっそく斉興、斉彬父子《おやこ》に報告した。

「両国の軍艦が時を同じくして来航するとは、いかなる訳じゃ」

斉彬の動揺は激しかった。

清国を屈服させた英仏が、共同で琉球に迫ってきたと思ったのである。

「両国は清国での利権を争っていると申します。互いに後れを取るまいと、競って船を差し向けたのでございましょう」

「宣教師を上陸させたのは囮《おと》りじゃ。その者共に危害を加えたなら、それを口実にして戦争を仕掛けるつもりなのだ」

斉彬はオランダ商館長などからアヘン戦争について詳しく聞いているので、英仏のやり方についても熟知していた。

「どのような挑発を受けようとも、決して武力に訴えてはならぬと、現地の者共に厳しく申し渡してあります」

「那覇に駐留している兵はいかほどじゃ」

「一昨年から追々《おいおい》増強して参りまして、今は七百人ばかりになります」

笑左衛門は平然と嘘をついた。

実は一昨年七月に送った兵たちも秘密裡《ひみつり》に引き上げさせているので、残っているのは二十人足らずである。

だがこのことを知っているのは、笑左衛門と国許の関係者ばかりだった。

「いろいろと難儀なことよな」

黙って聞いていた斉興が生あくびをした。

事態は切迫しているのに驚いた様子もない。こうなることを見通していたような落ち着きぶりだった。

「ところで笑左」

「ははっ」

「当家の勝手向きはどうじゃ。何かと物入りで、予備費も残り少なくなったことであろうな」

「昨年は砂糖黍《さとうきび》が不作で、相場も下がりましたゆえ、十万両ほどの収入しかございませんでした。それに海防用の台場の建設や、大砲や鉄砲を鋳造するために鋳製方《ちゅうせいほう》も設置いたしましたゆえ、おおせの通りでございます」

「有体《ありてい》に申せ。いくら残っておる」

「四十二万両でございます」

「五十二万ではないのか」

斉興が目を吊《つ》り上げてじろりと睨《にら》んだ。

やはり十万両の贋金《にせがね》の件を知っていたのである。

「いえ。四十二万に相違ございませぬ」

笑左衛門はそしらぬふりをして言い抜けた。

「国許の改革も、なかなか進まぬようじゃの」

「目下の急務は、給地高を改めて軍役が果たせる態勢を作り上げることでございます。しかし、重職の中には異を唱える方が多く、なかなか思うように参りませぬ」

扶持《ふち》高の多い重職ほど内証は豊かで、他家の給地を買い上げて肥え太っている。

本来は三千石の扶持の者が、七千石もの所領を持っている例もあるほどだが、これを改めれば四千石を没収されることになりかねないので、もっともらしい理由をつけて実施に反対していたのだった。

「それでは軍制を整えることなどできぬではないか」

「目下趣法方《しゅほうほう》の者たちが一丸となって方策を練っておりますゆえ、数年のうちには成し遂げられるものと存じます」

「夷狄《いてき》はもはや戸口まで迫っておる。そのように悠長に構えてはおられぬ。のう斉彬」

「まことに焦眉《しょうび》の急と存じます」

斉彬が勇んで同意した。

「それゆえ笑左、改革期限を来年より三ヵ年延長することにいたす」

「それがしはもはや古稀《こき》を過ぎた身でございますゆえ、その儀ばかりは」

笑左衛門は辞を低くして断わった。

改革を三年間延長すれば、斉興に藩主の座に居座る口実を与えることになる。それだけは何としてでも阻止しなければならなかった。

「藩の財政を立て直した手腕は、誰もが認めるところじゃ。この難局を乗り切ることができるのは、そちをおいて他にはない」

「お待ち下されませ。他の方々のご意向も」

「重職にも一門にも遠慮はいらぬ。余の名代を申し付け、全権をゆだねるゆえ、決死の覚悟でやり遂げてくれ」

笑左衛門は返答に窮して斉彬を見やったが、この英邁《えいまい》な若殿にもとっさには知恵が浮かばないようだった。

「全権を与えたとはいえ、臣下の身では一門の者どもに物が言いにくかろう。久光を家老座に加え、国許での補佐役といたすゆえ、縦横に腕をふるうがよい」

斉興は矢継ぎ早に申し付け、早々に席を立った。

二人は啞然《あぜん》とした顔を見合わせ、別室に下がって対応を協議した。

「してやられたな。父上はどうあっても、私に藩主の座をゆずりたくないようじゃ」

斉彬は努めて平静を保とうとしていたが、動揺と怒りに顔が引き攣《つ》っていた。

「これでは阿部伊勢守どのとの約束が果たせぬ。唐物販売免許の話も御破算になるではないか」

「殿は我らの動きに気付いておられたのでございましょうか」

「そんなはずはない。これは伊勢守どのと我ら二人しか知らぬことじゃ」

「それにしては、鮮やか過ぎる切り返しと思われますが」

どこからか情報が漏れたか、二人の言動から計略があることを察したにちがいない。そうとでも考えなければ、英仏艦隊来航の報告を聞いただけであれだけ機敏な措置を取れるはずがなかった。

「父上は常に藩主の座にしがみつく策を巡らしておられる。今回の危難を渡りに船と利用なされたのであろう」

「ご無礼とは存じまするが、疑念を抱かれるようなお心当たりはございませぬか」

「この私が、それほど迂闊《うかつ》だと思うか」

斉彬は心外そうに吐き捨てた。

幼い頃から神童ともてはやされて人と成り、周囲からも開明派の旗頭とあおがれてきただけに、己れの力量に揺るぎない自信を持っていた。

「それより、気になるのは久光のことじゃ。家老座に加えるのは、家督をゆずるための布石に相違あるまい」

「あるいは、そうしたいとお考えかもしれませぬ」

「お国入りの間はどうじゃ。何かそれに関した動きはなかったか」

この問題に斉彬はひときわ神経を尖《とが》らせていた。

「領内視察の折に、久光公とお由羅さまにお目にかかりました。それがしに引き合わせるために、殿がわざわざ呼び寄せられたようでございます」

「どんな話が出た。その席で」

「久光公が藩の財政改革について学びたいとおおせられるゆえ、十数年来の改革についてご説明申し上げました」

「父上はそちを久光側に引き込もうとなされておるのじゃ。急に名代を申し付けられたのも、久光と協力して藩政に当たらせようと考えてのことであろう」

「それがしに考えがございます。しかるべき時期にご老中にお目にかかり、万事うまく運ぶように計らう所存にございます」

笑左衛門はいち早く頭を切り替え、この事態をどう挽回《ばんかい》するかを考えていた。

機会は意外に早く訪れた。

琉球問題について相談したいと阿部正弘から申し入れがあり、閏《うるう》五月二十五日に会うことになったのである。

その朝、笑左衛門は瑞聖寺の重豪の墓に詣《もう》でた。

天を衝《つ》くようにそびえる墓標は、今もなお軒昂《けんこう》な重豪の意気を示しているようだった。

(ご老公さま……)

死せる重豪が自分を走らせているのだと、笑左衛門はここに来るたびに強く感じていた。

人の評価は死して後に定まるというが、重豪ほどこの言葉に値する者はおるまい。

皆が鎖国の泰平に慣れきっていた頃にいち早く警鐘を鳴らし、幕府を動かして開国に導こうとした。

その慧眼《けいがん》がどれほど鋭いものであったかは、英仏両国の脅威を目前にして初めて多くの者にも分ったのである。

(今日はいよいよ最後の大一番でございます)

斉興から斉彬への藩主交代と引き替えに唐物販売免許を得れば、自分の役目は終る。後のことは斉彬がすべてうまく運んでくれるはずだった。

（この笑左に、何とぞ力をお貸し下されませ）

笑左衛門は無心に祈ったが、重豪の返答はなかった。

墓の後ろのしだれ桜の枝も、いつになく力なげに垂れている。

何やら不吉な予感を覚えたが、笑左衛門は己れを励まして墓地を後にした。

対面は阿部正弘の役宅で人払いをして行なわれた。

「本日はご足労いただきかたじけない。琉球問題につき、忌憚《きたん》のないご意見を聞かせていただきたい」

正弘は萌黄《もえぎ》色の小袖《こそで》の着流しというくつろいだ姿をしている。

対する笑左衛門は裃《かみしも》を折目正しく着用していた。

「英仏両国からの貿易、通信の開始を求める要求については、すでにご報告申し上げた通りでございます」

フランス船は四月七日につづいて五月十一日にも運天港に入港し、琉球王朝に貿易の開始を迫っていた。

「琉球側はこれを拒否しておりますが、それで引き下がる相手ではございませぬ。拒み通せば戦争になるものと思われますゆえ、当家としても対応に苦慮しているところでございます」

「琉球警備の人数はいかほどですか」

「昨年までに七百名を送っておりましたが、このたび変事に備えて新たに八百名を送りました。合わせて千五百名となりまする」

笑左衛門は入歯の合わぬもどかしさに耐えながら、よどみなく嘘をついた。

「装備は万全ですか」

「大砲二十門、鉄砲五百挺《ちょう》を備えておりますゆえ、英仏船を追い払うことは雑作もなきことでござる。されど両国が清国に駐留している兵力を琉球に差し向けたなら、当家のみでは太刀打ちできかねます。国と国との戦争となれば、清国の二の舞を演ずることになりかねぬと存じますが、ご老中さまはどのようにお考えでございましょうか」

「幕閣においては、開国には応じられぬと決しております。理不尽の要求に屈することもできませぬので、戦争も辞さずという意見が大勢を占めております」

「これをご覧下されませ」

二階堂志津馬から預かった福州の絵図を広げた。

大砲十数門を装備した軍艦が、馬尾の港に群をなして停泊する様子が詳細に描かれていた。

「この大砲は一里以上も飛ぶそうでございます。しかも弾の中に火薬を詰めた爆裂弾ゆえ、海上遠くからご城下を火の海にすることもたやすいとのことでございます」

「一里ですか」

正弘が食い入るように絵図を見つめた。

日本の城下町の大半は海に面している。海上一里から砲撃されたなら、手も足も出ないのである。

「たとえそうなっても、山を楯《たて》として上陸した敵を叩《たた》くことはできましょう。されどそこまでの犠牲を払って、交易を拒みつづけるべきでしょうか」

「鎖国は幕府の祖法《そほう》です。曲げることはできませぬ」

「琉球は幕府の支配の外にあります。交易を行なったとて、祖法を曲げたことにはなりますまい」

「しかし琉球での交易を許せば、わが国に迫ってくることは避けられないでしょう」

「交易を許す代わりに、わが国へは来航しないという約束を取りつければ良いのでござる」

笑左衛門はここが勝負所と見て強気に出た。

「そのようなことが可能でしょうか」

「できまする。ただし、両国がそれで満足する方策をほどこさねばなりませぬ」

「その方策とは」

「日本に来航せずとも、交易の利が上がるようにしてやることでござる。彼らが欲する日本の産物を、当家が琉球まで運んで交易に当たることといたしましょう」

つまり薩摩藩だけが琉球を通じて英仏と貿易をするということである。それが実現すれば、利益は唐物の比ではないはずだった。

「これで両国の要求はかわせると存じますが、イギリスやフランスに交易を独占されては、琉球がたちまち困窮いたしましょう。それを救うためには、十六種の唐物販売を許可していただく他はないものと存じまする」

「薩摩藩だけが、貿易の利を独占するということですか」

正弘はさすがに不快そうだった。

「従前通り、交易の総額は幕府の定めに従いまする。その利を琉球警備の費用に当てるのですから、どこからも文句は出ますまい」

しかもこれを機に、これまで数々の疑惑を招いてきた斉興と重臣一同は身を引き、斉彬を藩主として幕府と密接な協力関係を築いていきたい。

笑左衛門は正弘が飛びつきたがるようなことを口にし、ここを先途《せんど》と決断を迫った。

「斉興公は藩主の座に固執《こしつ》しておられるとうけたまわりましたが」

「それゆえ幕府から、隠居なされるように厳しい通達をしていただきたい。ご自身が身を引くことと引き替えに唐物取引きが許可されるのなら、殿も我意を捨てて応じられることでございましょう」

正弘はしばらく考え込んでいたが、笑左衛門の進言通りに計らうと明言した。

それ以外に琉球問題を解決する方法はなかったし、盟友と頼む斉彬が藩主になるのなら後でどのようにも対処できると思ったのである。

「かたじけのうござる。これにてそれがしも肩の荷を下ろすことができまする」

笑左衛門は胸の鳥が飛び立つ思いをしながら深々と頭を下げた。

これで斉興を隠居させることができると思うと、相手のふいをついて玉《ぎょく》を詰んだような爽快《そうかい》な気分だった。

第六章　薩摩に死す

一

老中阿部伊勢守正弘《あべいせのかみまさひろ》と会談した翌朝、調所笑左衛門広郷《ずしょしょうざえもんひろさと》はいつものように夜が明ける前に目を覚ました。

さすがに疲れが残っていたが、気分はいつになく高揚していた。

これで斉興《なりおき》から斉彬《なりあきら》への藩主交代を実現できるばかりか、唐物取引きを再開し、フランス貿易にまで着手できるのである。

中でもフランス貿易は、島津重豪《しげひで》が薩摩藩の命運を賭《か》けて挑んだ日本の開国に道を開くものだけに、笑左衛門の感慨もひとしおだった。

それに藩主交代という大それた企てに踏み切ったことが、笑左衛門の意識を大きく変えていた。

今まで主君に忠義を尽くすことが武士の生き方だと固く信じていたが、重豪の遺志を果たすためにならば主君の意に反しても構わないと思えてきたのである。

　この大義は、現世の忠義の上にある。それゆえ斉興の命に従う必要はない。

　悟りでも開けたようにそう感じ、まだまだ多くのことを成し遂げられそうな気がしてきた。

（こいはしもた。上手に立ち回って、殿にだけ身を退いてもらえば良かったもんを）

　ひょうげた気分でそんなことを思いながら身を起こした。

　あお向けのまま起きることはできなかったが、気持が高揚しているせいか腰の痛みは感じなかった。

　厠《かわや》に立って天然自然の用を足し、文机《ふづくえ》に向かって日記を記した。

「昨日、ご老中阿部伊勢守殿の役宅にて面談。琉球問題につき、当藩の対応と今後の方針についてお訊《たず》ねあり。藩政の一新と交易の再開が急務であると言上す。伊勢守殿、ご納得あり。しかるべく計らうとの約束を得る」

　万一これが斉興の手に渡った時のことを考えると、これ以上詳しくは記せなかったが、それでも笑左衛門は満足だった。

　障子の外がふいに明るくなった。光が揺れながら明滅し、やがてふっと暗くなった。

　何だろうと外の気配に耳をすますと、遠くで低く雷の音がした。

獣のうなり声のような不気味な音を発しながら、少しずつ近付いて来る。

やがて障子を真っ白に輝やかせて稲妻が走り、天を引き裂いて雷鳴がとどろいた。

地面までが揺れる凄《すさ》まじい音で、天から地に向けて大砲を撃ちかけているようだった。

その音が息もつかさず三度もつづき、大粒の雨がどっと降り出した。

屋根を叩く雨の音が凄まじい。障子を開けてみると、すでに濡《ぬ》れ縁《えん》が水びたしになっていた。

稲に実りを与えるから稲妻と言う。田に雨を与えるから雷と書く。義父からそう教えられたことがある。

この時ならぬ雷雨は、何かの瑞兆《ずいちょう》のように思えてならなかった。

その日の午後、笑左衛門は昨日の首尾を報告するために斉興を訪ねた。

斉興は心の奥底まで見抜く眼力の持ち主である。不審の気配など露ほども見せてはならぬと、丹田《たんでん》に気を集中させた。

斉興は書院にいた。

重豪からゆずられた椅子に腰を下ろし、大きな地球儀をながめていた。

直径三尺はあろうかという大きさで、陸地は鮮やかな色に塗り分けられ、海には潮の流れと船の航路が描かれていた。

笑左衛門もこれまで何度か地球儀を見たことがあるが、これほど大きくて精巧なものは初めてだった。

「長崎から買い付けたものじゃ」

斉興が指先で地球儀を回した。

それは色々な国の姿を見せながら、走馬燈《そうまとう》のように軽やかに回った。

「オランダで作られた最新式のものだ。世界の情勢がひと目で分る」

陸地は国ごとに色分けされているのではなかった。イギリス、フランス、スペイン、オランダなどの本国と、彼らの植民地を描き分けたものだ。

中でもイギリスの植民地は広大だった。

アフリカ、アラビア、インド、オーストラリアに支配地を持ち、アヘン戦争の勝利によって清国《しんこく》にまで進出する足がかりをつかんでいた。

朱色に塗られたその支配地に比べれば、日本はまるで小指の先のように小さかった。

「幕府が二百五十年も国を閉ざし、太平の夢をむさぼっていた間に、世界中がイギリスやフランスに喰《く》い荒された。その矛先が今やこの薩摩に向けられておる」

「まことに由々しき大事でございます」

笑左衛門はさし障りのない相槌《あいづち》を打った。

斉興は薄い唇を引き結んで、じっと地球儀をにらんでいる。能面のような横顔からは、何を考えているかまったく読み取れなかった。

「阿部伊勢守さまは、琉球の防備については我が藩に一任するとおおせでございます」

斉興は無言のままだった。

「交易の要求を拒み通せぬ場合には、フランスに限ってこれを許可するともおおせられました。なお、唐物取引きは以前のごとく扱いを認められることとなりましょう」

「何ゆえフランスだけなのじゃ」

斉興が皮肉な笑みを浮かべた。

「理由はうかがっておりませぬ。やがて幕府から使者がつかわされますゆえ、その折に説明があるものと存じます」

「従三位《じゅさんみ》の件はどうだ。都から知らせはあったか」

「特にございません。ただ今朝廷において審議がなされているようでございます」

「そちにも苦労をかける」

斉興が珍しくねぎらいの言葉を口にした。

笑左衛門は追従《ついしょう》で応じようかと思ったが、かすかに愛想笑いを浮かべただけだった。

藩主交代を画策したことが知れた時のことを思えば、この場限りの追従を口にするのはさすがにためらわれた。

その日のうちに斉彬にも首尾を報告し、幕府からの使者が来るのを待った。

将軍から長年の労をねぎらう品が贈られるだけだろうが、その意味は大名なら誰もが知っている。

そうした勧告を受けながら藩主の座に固執《こしつ》しては、体面に関わるばかりか将軍の威光を汚すことにもなるので、いかに斉興とはいえ従わざるを得ないはずだった。

待望の使者は、六月一日にやって来た。

それも老中ではなく、将軍直々の上使だった。

笑左衛門は裃《かみしも》に着替えて大広間に行った。

少し遅れて斉興と斉彬が入ってきた。

斉興はいつものように飄々《ひょうひょう》としていたが、斉彬は傍目《はため》にも分るほど緊張していた。

自分では平静を装っているつもりだが、緊張すると眉《まゆ》を寄せる癖がある。端整な顔立ちなので、それがいっそう目立つのだった。

笑左衛門は平伏して二人を迎えた。

仕事はこれだけでは終らない。上使が将軍の意を伝えた後に、斉興と斉彬の仲を取り持つという大事な役目が残っていた。

隠居に追い込まれたと知ったなら、斉興は烈火のごとく怒るだろう。斉彬との関係にも亀裂《きれつ》が生じるにちがいない。

それを防ぐためには、笑左衛門が罪を一身に負って怒りの矢面に立つしかなかった。

やがて上使が入ってきた。

上段の間の入口で一礼し、将軍家の威光を背負って斉興らの前に立った。

「上意を申し伝えまする。こたびの琉球問題にかんがみ、薩摩藩においては解決のためになおいっそうの尽力をしてもらいたいとの思し召しにござる」

上使はそう言って「上」と大書した立て文を開いた。

笑左衛門は息を呑《の》んで次の言葉を待ったが、伝えられたのは思いもかけない命令だった。

「琉球問題に対処するために、島津大隅守《おおすみ》の名代として修理大夫斉彬に帰国を命じる。琉球については従来薩摩藩に対応をゆだねてきたゆえ、この問題についても存意一杯に取り計らい、国体を失せぬように寛猛《かんもう》の所置を講じ、後患《こうかん》のなきよう熟慮の上、取り計らい向きなど機変に応じて対処すべし」

斉彬を名代として帰国させるということは、斉興が藩主の座に留《とど》まるのを認めたも同じである。

笑左衛門はなぜこんな仕儀になったのか分からないまま、美辞麗句ばかりを連ねる上使の口上を聞いていた。


六月五日、笑左衛門は事の次第を確かめるために阿部伊勢守正弘の役宅を訪ねた。

表門を入ると玄関まで細い石畳がつづき、両側に紫陽花《あじさい》が大きな花をつけていた。

すでに梅雨が終って久しいのに、花は瑞々《みずみず》しい薄青色を保っている。

この間来た時には気付かなかったが、紫陽花の根元に竹の樋《とい》を通し、少しずつ水が垂れるように工夫をこらしていた。

「あれは伊勢守さまのご工夫でございましょうか」

正弘と対面すると、笑左衛門はさしさわりのない所から話の糸口を見つけようとした。

「御城の庭師がそうしていたゆえ、真似てみただけです」

正弘は素っ気なく受け流した。

「多忙をきわめておられながら、花を慈しむ心を忘れられぬとは、感服いたしました。目を洗われた心地でございます」

「こたびの仕儀には、我らも驚いております。上様が斉彬公に名代帰国を命じられるとは、想像さえしていませんでした」

正弘は笑左衛門の追従を無視して本題に入った。

「それは我らも同じでござる。何故《なにゆえ》このような仕儀になったのか、ご存知であればお教え下され」

「まことに、さようでござるか」

正弘が怒りを含んだ鋭い目を向けた。

その肺腑《はいふ》を抉《えぐ》るような眼差《まなざし》を見た瞬間、笑左衛門は正弘の胸中がまざまざと分った。

笑左衛門と斉興が仕組んだ罠《わな》に、まんまとはめられたのではないかと疑っているのである。

結果としてはフランス貿易と唐物取引きを認めさせ、藩主の交代は行なわないことになったのだから、あざむかれたと思うのも無理はなかった。

「まことでござる。それがしは将軍家から隠居の勧めがなされるものとばかり思っておりました」

「我らも老中の連署をもって、そのように奏上申し上げました。ところが前日になって、御側用人《おそばようにん》を通じて名代帰国を命じるとの知らせがあったのでございます」

「広大院《こうだいいん》さまのお計らいでしょうか」

笑左衛門らの動きを察した斉興が、広大院茂姫を通じて将軍家慶に働きかけたのかもしれなかった。

「確かなことは分りませぬ。されど伝え聞くところでは、朝廷より従三位の叙位がなされるまでは、斉興公を藩主の座に留めておいてほしいと願われたそうでございます」

「従三位……、でござるか」

笑左衛門は完全に虚を衝《つ》かれていた。

斉興が従三位の叙位にこだわるのは、重豪に対する競争心からだとばかり思っていたが、藩主交代を阻止する目的もあったのである。

在任中でなければ叙位にさし障りがあると言い立てれば、隠居を拒む口実になる。しかもいったんこの理由が認められたなら、朝廷に手を回して叙位を引き延ばし、いつまでも藩主の座に留まることができる。

何しろ内大臣近衛《このえ》忠熈《ただひろ》は斉興の娘婿なのだから、それくらいの工作はいつでも可能なはずだった。

（恐ろしいお方だ）

笑左衛門は改めてそう思った。

いつか重豪が「あやつはそちより頭が切れる。用心せぬと返り討ちにあうぞ」と告げた言葉が、まざまざと脳裡《のうり》によみがえった。

「しかし解せぬのは、殿に此度《こたび》の計略を悟られたことでござる。幕閣の評定において、藩主交代の儀は明かされたのでございましょうか」

気を取り直し、率直にたずねた。

「その儀を明かさねば、薩摩藩に唐物取引きやフランスとの交易を許す名分が立ちませぬ。固くご内聞にとお願いはしたのですが」

正弘が苦渋の表情を浮かべた。

いかに英邁《えいまい》の誉《ほまれ》高い男とはいえ、二十八歳という若さでは他の老中たちを押さえ込むだけの力はなかったのである。

「伊勢守さまを責めているわけではございませぬ。どこから雨が漏れたか突き止めねば、屋根の修理もできませぬゆえ」

「まだ修理をなされる所存か」

「薩摩の武士に二言はござらぬ。通達通り唐物取引きとフランスとの交易が許されるのであれば、修理をせねば約束をたがえることになりましょう」

「その件なら、ご上意の通りでござる。フランスとの交渉については薩摩藩に一任したことゆえ、交易を始められても幕府に異存はございませぬ」

正弘がきっぱりと言い切った。

笑左衛門はその足で芝藩邸を訪ねた。

斉彬は数日後に迫った帰国に備えて、各方面とあわただしく連絡を取り合っていた。

玄関脇の控えの間には、対面を待つ者たちが列をなしている。その中には幕閣の要人や高名な学者の姿もあった。

笑左衛門は身をひそめて勝手口に回り、客が席を立つのを待って書院に入った。

「首尾はどうじゃ」

斉彬が文机《ふづくえ》に広げた書物を手早く片付けた。

「名代帰国は将軍さま直々のお計らいによるものだそうでございます。伊勢守さまのお考えは変わっておりませぬ」

「出立は九日と決った。琉球問題の片がつくまで江戸には戻れまい」

「よい機会でございます。国許《くにもと》の家臣たちと親しく交わり、天下の風を吹き込んで下されませ」

「交わるに足る者どもがおればよいが」

斉彬は懐疑的だった。

島津家の世子《せいし》とはいっても、これまでお国入りしたのは一度だけなので、藩士や領民との交わりは無きに等しい。

また薩摩を片田舎と見下している所もあって、天下国家を論じ合える人材がいるとは思っていなかった。

「薩摩は天下にさきがけて新しい国に生まれ変わろうとしております。そのための地ならしをそれがしがやり遂げますゆえ、若様は新しい種をまいて下されませ」

「何の種をまくのだ」

「若様の広いご見識と天下を変えんとする志でございます。中でも小姓組や郷士の中に見所のある者がおりますので、その者たちを教え導いていただきとう存じます」

「確かに下からの力を用いなければ、藩を変えることはできぬ。誰か見所のある者はおるか」

斉彬が藩士の名簿を取り出した。

「郡方書役に西郷吉之助《さいごうきちのすけ》という若者がおります。この男などは、やがて若様の股肱《ここう》の臣となるやも知れませぬ」

笑左衛門は身命を賭《と》して斉興に直訴した吉之助の姿を思い出し、一度目通りを許してほしいと進言した。

この推挙が、後に西郷隆盛《たかもり》が世に出るきっかけとなったのである。

六月九日、斉彬は琉球問題に対処する使命をおびて帰国の途についた。

それを見送った後、笑左衛門は覚悟を定めて下知《げち》を待った。

もし今度の謀《はかりごと》に自分が関わっていたことが知れているのなら何らかの処罰があるはずだが、斉興は笑左衛門を責めようとはしなかった。

「明後日《あさって》までに、二万両を用意せよ」

六月の中頃になってぼそりと命じただけである。

名代帰国を実現してもらったお礼に、大奥や将軍側近などに献じるのだろう。

笑左衛門はそう察し、理由も聞かないまま金を用意したのだった。

二

年が改まった弘化四年（一八四七）――。

斉興は一月中旬に江戸を発《た》ち、三月八日に鹿児島に着いた。

斉彬と交代し琉球問題に取り組むためである。

笑左衛門も同行し、およそ一年半ぶりに故郷の地を踏んだ。

折しも城の桜は満開で、南国の青い空を背にしてひときわ鮮やかである。

あと何回この花を見られるかと思うと、行く春が惜しまれてならなかった。

斉興はさっそく本丸御殿で斉彬と対面し、琉球状勢についてたずねた。

「今のところ琉球王朝とフランスの交渉の成り行きを見守っております。初めから表に立たない方が、対応しやすいと存じますので」

斉彬は臆《おく》することなく意見をのべた。

在国している間に、ひと回りたくましくなったようだった。

「琉球は開港に応じるつもりか」

「できれば福州の琉球館を通じて交易をしたいと望んでいますが、フランスは那覇か運天の港を開くように求めております」

「幕府の許可を得てあるのだ。開港して交易に応じればよいではないか」

フランスと交易すれば莫大《ばくだい》な利を上げられると知って、斉興は急に積極的になっていた。

「フランスに交易を許せば、イギリスやアメリカの要求を断われなくなります。交易が拡大すれば日常の物資も買い占められて、島民の暮らしがいっそう困窮するのではないかと案じているのでございます」

「フランスがそれで引き下がればよいが、武力に任せて開港を迫ってきたならどうする」

「父上のご指示に従います」

斉彬がするりと身をかわした。

どう答えても角が立つので、斉興の判断に従うのが無難なのである。

「それでは名代は務まるまい」

斉興が本気とも冗談ともつかぬ言い方をして苦々しげに笑った。

「ところで笑左」

ふいに斉彬に声をかけられ、笑左衛門はいつになくどきりとした。

声の調子が、重豪にそっくりだったからである。

「琉球の摂政からの書状によれば、当家の使者が浦添《うらそえ》王子や国吉親方らに開港と交易を急ぐように求めたというが、そのような指示をしておるか」

「いいえ。いたしておりませぬ」

「運天港に商館を開けば、当藩より三万両ばかりの交易資金を出資するゆえ、フランス製品を買い付けるように持ちかけたという。事実とすれば薩琉《さつりゅう》間の信義に背くゆえ、即刻撤回してもらいたいとの申し入れがあった」

「そのようなことは断じてございません。もしあったとすれば、琉球在番の者がどこかの豪商と手を結び、私腹を肥やそうとしたのでございましょう。さっそく調掛《しらべかかり》をつかわして真偽を質《ただ》すことといたしまする」

笑左衛門はよどみなく嘘をついた。

実は昨年の六月に国許に急使を送り、フランス貿易の許可が下りたことを伝え、琉球において秘密裡《ひみつり》に仕度にかかるように命じた。

軍備強化の費用を捻出《ねんしゅつ》するためだが、幕府に知られたなら由々しき大事になりかねないので、斉興や斉彬には知らせないまま事を運んだのだった。

その日の夕方、笑左衛門は平之馬場《ひらのばば》の屋敷に戻った。

まず仏壇に手を合わせ、笑太郎と厚子の冥福《めいふく》を祈った。

二人の位牌《いはい》の横には、阿弥陀如来《あみだにょらい》像が安置されている。一向宗は禁じられているが、妻の毛利子の意を汲《く》んで黙認していた。

今年は二人の七回忌である。

生きていれば笑太郎は四十六歳、厚子は二十九歳になっているはずだった。

夕食には毛利子と安之進、トヤ、小膳が顔をそろえた。

毛利子は品良くおだやかに年を重ねている。

髪には白いものが目立っていたが、肌にはまだ張りがあって五十歳になったとは思えないほどだった。

「いやですよ。わたくしの顔に何かついちょりもすか」

笑左衛門の視線に気付いて毛利子が頰のあたりに手をやった。

「お前はいつまでも若っかと思うてな。見惚《みと》れちょった」

笑左衛門は久々に酒を口にした。

故郷の焼酎《しょうちゅう》は五臓六腑《ろっぷ》にしみ渡るほどうまい。毛利子が煮た竹の子も、相変わらずの上出来だった。

「こっちも召し上がったもんせ」

毛利子が山菜の煮物を盛った小鉢を差し出した。

つまんでみると、心地よい苦みと春の野山の香りが口の中に広がった。

「こいは、何かな」

「ふきのとうです。お前さまがお戻りになっと聞きもして、トヤさんがわざわざ山に取りに行っくれたとですよ」

「おいも一緒に行きもした」

小膳が不服そうに口をとがらせた。

もう十二歳になり、肩口や胸には少年らしい筋肉がつき始めている。学問ばかりか武芸の鍛練も怠っていないようだった。

「ご城下でん若殿様の人気は大したものでございもす」

安之進が遠慮がちに酒を勧めた。

斉彬は帰国して以来、家臣たちと膝《ひざ》を交えて語り合っている。

それも上士ばかりでなく小姓組や郷士にまで目通りを許すので、若い藩士の中には心酔している者が多いという。

「何しろ知識は広く見識は深く、天下を呑《の》んほどの気宇《きう》をお持ちの方でござりもす。しかも誰《だい》に対しても思いやり深いお言葉をかけられるものじゃっで、若衆組の中には感激のあまり泣き出す者がおっほどでござりもす」

「わいも拝謁したか」

「はい。そん折、父上のお陰で今の薩摩があっとのお言葉をたまわり、大いに面目をほどこしもした」

安之進はその時の感激を思い出したのか、目にうっすらと涙を浮かべていた。

翌日、海老原宗之丞らと天保山《てんぽうざん》を訪ねた。

厚子を供養するために植えた二百本の桜が丈夫に根付き、甲突川《こうつきがわ》の河口ぞいに色鮮やかな花を咲かせていた。

昨年から始まった台場の工事も順調に進み、後は大砲を設置するばかりとなっている。

笑左衛門は桜並木の下にたたずみ、川の水と海の波がせめぎ合うあたりをながめていた。

上流から流されてきた厚子の遺体は、髷《まげ》が解《ほど》けてざんばら髪になったまま水面にたゆたっていたという。

この場所に立つたびに、そう聞かされた時の哀しみがよみがえってきた。

川ぞいの道には、大勢の人が出て桜を楽しんでいた。

老夫婦や子供連れの母親、五、六人連れの若い娘などが、おだやかな春の陽をあびながらくつろいでいる。

そののどかな景色が、笑左衛門にはひどく縁遠いものに思えた。

登城にそなえて帰りかけた時、薄汚れた手ぬぐいで頬かむりをした男が背中を丸めて近付いてきた。

「後生でございもうす。何かお恵みを」

腰をかがめて両手を差し出し、ちらりと顔を上げた。

笑左衛門はどきりとし、全身の血が勢いよくめぐり出すのを感じた。

何と伊地知源三である。

しかも差し出した指の間には、小さく折りたたんだ紙を目立たぬようにはさんでいた。

二朱金を握らせてその紙を取ると、源三は何度も頭を下げて立ち去った。

「半刻《はんとき》の後、紀州屋にて」

紙にはそう記されている。

笑左衛門は登城を遅らせ、武《たけ》の橋にほど近い紀州屋という旅籠《はたご》を訪ねた。

部屋に入ってしばらく待つと、源三が黒小袖《こそで》の着流し姿で現われた。

「長々とご無沙汰《ぶさた》いたしもした」

平伏して臣下の礼を取った。

「元気で何よりじゃ。さっきは本当に物乞《ものご》いになったかち思うた」

笑左衛門は古い同志に会ったような懐かしさを覚えた。

「お目にかからんばと思うちょりもしたが、調所さまの身辺には影目付が張り付いておりもしたので、近付くことができもうさんでした」

「十万両は無事か」

「はい。いつでんお渡しでくっようにしておりもす」

源三も亡き重豪への忠義に生きる者である。十万両の贋金《にせがね》には一両たりとも手をつけていなかった。

「これまで、どうしておった」

「かつての手下に追われて、他国を転々としておりもした。大坂や江戸に行ったこともございもす」

「その者たちは、殿のご下知《げち》に従っているのだな」

「今も調所さまを見張っている者がおりもす。ご注意しゃったもんせ」

「笑太郎と厚子のことは、何か分ったか」

「確かなことは分りもうさん。ただ厚子さまが亡くならるっ前に、影目付の数人が跡を尾《つ》けていたことは突き止めもした」

「そうか。やはり殿が……」

笑左衛門は力なく溜息《ためいき》をついた。斉興との最後の糸が断ち切られた気がした。

「ご苦労であった。この先もわしのために働いてくれるか」

「ご老公さまにそげんせぇと命じられておりもす。こげん老いさらばえて手下も持たぬ身でござりもすが、何なりとお申し付けくやったもんせ」

ここにも重豪の遺命に殉じようとする者がいる。その意味において、源三は間違いなく同志だった。

笑左衛門は登城すると、琉球の在番奉行に使者を送るように命じた。

「福州の琉球館を通じて、唐物薬種やフランス製品を十万両分買い付けよ。代価は交渉がまとまり次第送り届けると伝えるのだ」

福州の琉球館には、琉球王朝から清国への貢物《みつぎもの》を届けるために池城親方らが出向いている。

彼らに命じて、贋金十万両分の品々を買い付けようとしたのだった。


三月十五日、斉彬が斉興と交代で江戸に向かうことになった。

出発の直前、笑左衛門は今後のことを打ち合わせるために斉彬を訪ねた。

「国許《くにもと》の軍制改革や海防の整備については、それがしが大鉈《おおなた》をふるう所存にございます。若様には阿部伊勢守さまとの連絡を密にし、唐物取引きやフランスとの貿易について幕府の方針が変わらぬようにしていただきとう存じます」

「言われるまでもなく、そうするつもりじゃ」

斉彬は眉《まゆ》を寄せて素っ気なく答えた。

緊張したり不快を抑えきれない時の癖である。斉興と口論でもしたのではないかと思ったが、笑左衛門にはそこまで立ち入ることはできなかった。

「ご隠居の件については、やがておのずと許らわれることとなりましょう。今しばらくのご辛抱をお願い申し上げまする」

「父上はまだご壮健じゃ。藩政を担う意欲も失ってはおられぬ」

「されど若様に家督を譲ると明言して、名代帰国を実現なされたのでございます。幕府の手前もあり、いつまでも引き延ばすわけには参りませぬ」

「笑左、そちは……」

斉彬はそう言いかけて口をつぐんだ。

何か問い質《ただ》したいことがあるようだが、眉間《みけん》のしわを険しくして黙り込んだ。

「何か、気がかりなことでも」

「いや、もうよい」

「久光公のことであれば、ご懸念は無用と存じます」

笑左衛門は斉彬がそのことを案じながら、口にするのをはばかったのだと思った。

「殿が久光公に家督をゆずりたいと望んでおられるのは事実でございますが、そのために何かの策を弄《ろう》されたなら、それがしが幕府に訴えて非を質しまする。さすれば殿もその責任を問われ、隠居せざるを得なくなりましょう」

「そのようにうまく事が運べばよいが」

斉彬は懐疑的だった。

「若様、お聞き届けいただきたいことがございます」

笑左衛門は居ずまいを正して申し出た。

「うむ、申せ」

「それがしは国許において、若様への家督相続がすみやかに運ぶように策をめぐらす所存にございます。しかもそれは、殿に気付かれぬように密々《みつみつ》に進めなければなりませぬ」

「何か、よき知恵でもあるか」

「ございます。されどお話し申し上げれば、万一の時に若様に災いが及びましょう。それがし一人の才覚でやり遂げますゆえ、たとえ何があろうと、この笑左衛門を信じていただきとうございます」

笑左衛門は強く念を押した。

斉彬は才能にも恵まれ人徳もそなえている。だが祖父の重豪ほどの豪胆さはないので、斉興が笑左衛門との仲を裂こうと策略を用いたなら、たやすく乗せられるおそれがある。

それだけは何としてでも防がなければならなかった。

城の大手門の前には、斉彬の出発を見送るために家臣や領民が集まっていた。人垣は門前からはるか先までつづき、地蔵町のあたりまで伸びている。

しかも小姓組や郷士の若者と、商家の娘が目立って多かった。

安之進が言ったように、斉彬は若衆組に絶大な影響を与え、その心をしっかりとつかんでいたのである。

若い娘が多いのは、眉目《びもく》秀麗な斉彬の人気の高さを物語るものだった。

無事の出発を見届けて城内に引き上げようとしていると、

「ご執政さま、ご無礼でござりもんが……」

十人ばかりの若者たちが後を追ってきた。

先頭に立っている大柄の男は、福山の館《やかた》で斉興に直訴した西郷吉之助である。

その横に寄り添っている末成《うらなり》のような青年にも見覚えがあった。

「いつぞやお助けいただきもした西郷吉之助でござりもす。こちらは琉球館付役見習い大久保正助と言いもんが」

英仏の艦隊をこの鹿児島でどう迎え撃つかと進言して、皆の度肝を抜いた若者である。

他の者たちも、精悍《せいかん》な面魂《つらだましい》をして瞳《ひとみ》の美しく澄んだ好青年《よかにせ》ばかりだった。

「若殿様にご推挙いただいたと聞きもした。お陰さまで我ら一同ご拝謁の栄にあずかり、目が覚めた思いでございます」

全員そろって深々と頭を下げた。

「ほう。どげん風に目が覚めたのじゃ」

「薩摩がこの日本を変えもうす。我らはその先陣を務める所存じゃっで、何なりとお申し付けやったもんせ」

吉之助がきっぱりと言い切った。

笑左衛門が地ならしをし、斉彬がまいた新しい種は、着々と芽を吹きつつあった。

三

四月五日、笑左衛門は斉興に呼ばれた。

本丸御殿の中庭には、躑躅《つつじ》が色鮮やかな花をつけている。植物学にも詳しかった老公重豪が、霧島山から採取してきたものだった。

植え込みの向こうには桜島がそびえ、今日も盛んに噴煙を上げていた。

「そちには聞こえるか」

いきなりたずねられ、笑左衛門は返答に窮した。

「山の地鳴りじゃ。地の底で火が燃える音が耳障りで、夜中に何度も目が覚める」

「それがしには聞こえませぬが」

「耳が遠くなったのであろう。あの音を聞かずにすむのなら、余も早く年を取りたいものだ」

斉興は眠たげな目をしてぼやいたが、噴火の時でもない限り地鳴りなどは聞こえないものである。噴火におびえた幼い頃の記憶が、幻聴を起こしているにちがいなかった。

「琉球問題はどうなっておる。何か動きはあったか」

「相変わらず英仏船が来航し、港の測量をつづけているようでございます」

「ならば対策を急がねばならぬ。又次郎の件を急いでくれ」

斉興は久光を家老座に加え、琉球並びに海外防御の名代に任ずるように命じている。だが重臣たちとの対面や斉彬の出府などがつづき、そこまで手が回らなかったのである。

「恐れながら、琉球問題は殿が直々に指揮を取られるべきと存じます」

　笑左衛門は不興を承知で進言した。

「何ゆえじゃ」

　斉興が眠そうにしていた目をぎろりとむいた。

「こたびのご帰国は、その問題に対処するために特別に許されたものでございます。さっそくご名代を立てられては、幕府に対して差し障りがございましょう」

「どう対処するかは、余に一任されておる。名代を立てても文句を言われる筋合いはない」

　斉興は明日にも家老座で協議せよと急《せ》き立てた。

　前々から久光に家督をゆずりたいと願い、斉彬への藩主交代を引き延ばしてきたのだが、幕府への遠慮もあってこれまでは表立った動きを避けてきた。

　ところが斉彬がお国入りして家臣や領民の心をつかみ、藩主交代への期待が日増しに高まっているので、久光を擁立するための手立てを講じずにはいられなくなったのである。

　家老座に加えるばかりか琉球問題の名代にせよと命じたことが、斉興の焦りをはっきりと現わしていた。

「承知いたしました。さっそく評定を開いて協議いたします」

笑左衛門は内心、好機到来とほくそ笑んでいた。

剣術に後の先という言葉がある。これまでの手の内を見せなかった斉興が動き出したからには、それを逆手に取って付け込む隙を見出《みいだ》せるはずだった。

笑左衛門は島津将曹、島津久宝、島津石見ら五人の家老に根回しをし、家老座の評定においてこの件をすんなりと了承させた。

結果を報告に行くと、斉興は別室に酒肴《しゅこう》の仕度を整えていた。

「骨折り大儀じゃ。今日は酒でも汲《く》みながら、又次郎に名代としての心得を説いてやってくれ」

上機嫌で久光を見やった。

その横にはお由羅《ゆら》が控えている。白地にあやめの花をあしらった打掛けが、色白で彫りの深い顔を鮮やかに引き立てていた。

「三ヵ年の改革延長のことは、父上からうけたまわっておる。今後とも当家のために力を尽くしてくれ」

三十歳を過ぎてようやく藩政の表舞台に立った久光は、酔ったように顔を上気させていた。

それ以上に興奮しているのはお由羅だった。

江戸の町人の生まれだけに、かえって久光の出世を願う気持が強いのだろう。笑左衛門の働きを誉めそやし、下にも置かぬもてなしぶりだった。

「笑左、今日は男ぶりまで上がったごたっの」

斉興が珍しくお国言葉で冗談を言った。溺愛《できあい》する二人の喜びようが、それほど嬉《うれ》しかったのである。

「ならばお願いがございます」

笑左衛門はこの機を逃すまいと、姿勢を改めて切り出した。

「今後は国許《くにもと》において、軍制の改革と軍役の整備を行なわなければなりませぬ。いずれも旧来の制度を根本から改め、上には厳しく下には手厚いものになりましょう。それゆえ改革が進むにつれて上士の不満は高まり、それがしに対する風当たりは強くなるものと思われます」

そこで言葉を切り、にじみ出てきた唾《つば》を呑《の》み込んだ。

入歯のせいで、立て板に水とはどうしてもいかないのである。

「それを又次郎に抑えてもらいたいと言うのであろう」

斉興が先回りして口を添えた。

「さようでございます。それがしはどのような批判にさらされても構いませぬが、上士の協力なくしては改革の実現はおぼつきませぬ。久光さまにお力を貸していただきとうございます」

「分った。そのように計らうゆえ、二人で存分に腕をふるうがよい」

斉興はお由羅がなみなみと注いだ酒を相好を崩して飲み干した。

笑左衛門が久光の協力をあおいだのは、いくつもの思惑があってのことだった。

ひとつは久光を支持していると見せかけることである。そうすれば密事の相談にも与《あずか》れるし、その証拠を握ることもできる。

もうひとつは久光を上士たちとの交渉役にして、家中に久光支持派を作ることだった。

軍制と軍役の改革を強行すれば上士たちの不満と反発が強まり、結束して改革反対をとなえることは目に見えている。

そこで久光を彼らのまとめ役として、藩主擁立の気運を盛り上げ、斉興を誘い出そうとしたのだった。

一歩間違えば御家騒動につながりかねない計略だが、斉興の周到な延命策を打ち破って斉彬を襲封《しゅうほう》させるためには、これ以外に手段がなかったのである。

軍制改革の第一歩として、城からほど近い大竜寺の側に砲術館を造った。

正式には御流儀砲術稽古場と呼ぶ。

薩摩藩では数年前から、高島秋帆《たかしましゅうはん》の高弟である鳥居平七を師範として高島流の軍学を学ばせていた。

ところが天保十三年（一八四二）に秋帆が幕府の嫌疑を受けて捕えられたので、鳥居を成田正右衛門と改名させ、高島流を御流儀と改めて指導をつづけさせたのだった。

八月二十日、砲術館の完成を祝って稽古場《けいこば》開きが行なわれた。

縦二十九間（約五十三メートル）、横十九間（約三十五メートル）の稽古場には、成田の門下生ら四百名ほどが集まった。

いずれも洋服に似せた筒袖半天《つつそでばんてん》に裁着袴《たつつけばかま》という出《い》で立ちで、秋帆が考案した「ペレトン」という魚頭形の陣笠《じんがさ》をかぶっていた。

笑左衛門は二階堂志津馬や海老原宗之丞ら軍制改革の担当者とともに、稽古の様子を見学した。

師範の成田正右衛門が洋式砲術の長所について訓示した後、十人一組となって土壇《どだん》に立てた木の的を撃った。

オランダ製のゲベール銃だが、発火は燧石《ひうちいし》式ではなく雷管式に改良されている。

しかも銃は城下の鋳製方で、火薬は銃薬製造所で作ったものだった。

乾いた銃声を聞き、硫黄《いおう》に似た火薬の匂いを嗅《か》ぎながら、笑左衛門は笑太郎を連れて長崎の高島家を訪ねた日のことを思い出していた。

唐物抜荷の件で長崎会所と厳しい折衝をするための訪問だったが、秋帆と笑太郎は意気投合して銃談議に花を咲かせていたものだ。

あの時の二人の潑剌《はつらつ》とした姿がよみがえり、笑太郎を失った哀しみと淋《さび》しさが胸に迫ってきた。

正午になって昼食の休みを取っていると、思いがけない来客があった。

稽古場開きを祝うために、高島秋帆の門弟が駆け付けたのである。

秋帆は先の事件の嫌疑を受けて中追放となっているので、薩摩を訪ねることはできない。

そこで門弟を使者として遣《つか》わしたのだった。

「調所さまのご尽力のお陰で、鳥居甲斐守《とりいかいのかみ》らの罠《わな》から逃れることができました。くれぐれもお礼を申し上げるようにと、おおせつかって参りました」

「ご無事で何よりじゃが、謹慎の身ではさぞ不自由なことであろう」

「やがて西洋砲術が必要とされる日が必ず来る。その日のために研鑽《けんさん》を積んでおくと、日々勉学に励んでおられます」

「殊勝なことじゃ。今日はゆっくりと稽古を見学し、秋帆どのに様子を伝えて下され」

笑左衛門は成田正右衛門を呼び、秋帆が必要としている書物があればすぐに取りそろえるように申し付けた。

砲術館の稽古場開きは、城下で大変な評判となった。

一日中ゲベール銃を撃たせ、最後には二列縦隊となって近くの浜まで行軍演習に出たのだから、新奇を好む薩摩人が耳目をそばだてるのも無理はなかった。

ところが、旧来の軍学を支持する者たちはいっせいに批判の声を上げた。

それも軍学に即したものではない。西洋かぶれだの費用の浪費だのといった批判ばかりで、まともに取り合うことさえ馬鹿馬鹿しい。

それでも甲州流軍学はこれまで藩の流儀とされ、門閥や重臣の間に門弟が多いので、その声を無視することはできなかった。

数日後、笑左衛門は島津久光に呼ばれた。

「砲術館についての批判は、そちの耳にも届いていよう。当家の旧来の流儀は甲州流であるにもかかわらず、高島流ばかりに肩入れするのはおかしいとの非難が寄せられておる」

「久光さまは、どのようにお考えでございますか」

笑左衛門はかえって久光の見識を問い質《ただ》した。

「海防のためには、洋式砲術は欠かすことはできぬ。だがその普及を急ぐあまり、大砲や小銃の鋳造、火薬の製造のために莫大《ばくだい》な金をつぎ込んできたことは事実じゃ。そのことを他流の者が快く思っていないことにも配慮しなければならぬ」

久光は斉彬のように自分の見識に従って藩を引っ張っていくタイプではない。周囲の意見に耳を傾け、調整役を果たそうとする傾向が強かった。

だからこそ重臣たちは、久光に遠慮なく苦情を持ち込んでいたのである。

「ならば御流儀と甲州流とどちらが優れているか、判定会を催してはいかがでございましょうか」

「どうやって判定するのじゃ」

「双方から人を出して優劣を議論させ、どちらを取るべきか決めるのでござる。久光さまに立ち会っていただき、殿に奏上して裁決をあおげば、双方とも異論はございますまい」

久光が立ち会うとなれば、重臣や甲州流の者たちも出席を拒むことはできなくなる。手心を加えて穏便に計らってくれると期待もするだろう。

笑左衛門はそこまで読んで話を持ちかけたのだった。

十月一日、城内の奥の書院で判定会が開かれた。

主席には軍局をつかさどる家老の島津石見がつき、甲州流軍師の園田与藤次、後見役の大野清右衛門らが側に控えた。

客席には笑左衛門、二階堂志津馬、海老原宗之丞らが並んだ。

立ち会い役の久光は床の間を背にして座り、二人の書記を従えていた。

「今日の国難に対処するには、早急に軍備を強化せねばならぬ。それについては、どなたも異論はないものと存ずる」

笑左衛門は主席の者たちにおだやかに語りかけた。

「ついては旧来の流儀と新式の流儀のいずれが適しているか、その利害得失を論じて取るべき道を見出《みいだ》していただきたい」

「それではお訊《たず》ねいたしまする」

客席から宗之丞が質問に立った。

「まず甲州流の五段備えとはいかようなるものか、ご教授いただきたい」

「一組二十五人、ひと備え五十人とし、鉄砲、弓、騎馬、長槍《ながやり》、大将旗本の五段に配することでござる」

後見役の大野清右衛門が答えた。

この五段二百五十人をひとつの部隊とし、敵に向かって次々にくり出していくのが戦国時代以来の戦法なのである。

「フランスやイギリスとの戦争になった場合、弓や騎馬、長槍で大砲や小銃に太刀打ちできましょうか」

宗之丞はいきなり相手の弱点をついた。

若い頃から兵法書に親しみ、近頃では高島流の軍学を学んでいるので、甲州流の欠点についても知り尽くしていた。

「戦ってみなければ分り申さん」

「軍艦の大砲の射程はおよそ一里、ゲベール銃でも四半里も飛ぶそうでございます。そんな相手と、どうやって戦われるつもりですか」

「地形を利用して敵を待ち伏せたり、夜陰に乗じて斬り込みをかけたり、戦う方法はいくらもござる」

「敵が軍艦から砲撃を加えてきたならどうしますか」

これには清右衛門も顔を赤らめて黙り込むしかなかった。

甲州流軍学とは、武田信玄の兵法を武田家遺臣の小幡景憲《おばたかげのり》が江戸時代になって体系化したものだ。

英仏との戦争に応用しようとするのは、土台無理な話なのである。

「それに地形を利用し夜陰に乗じてとおおせられたが、もし敵が一千名ばかりの銃隊でご城下に攻め込んできたなら、そのような策を巡らす余裕もありますまい。弓や長槍しかなくとも、敵に立ち向かわざるを得ないのではありませんか」

宗之丞の舌鋒《ぜっぽう》は、容赦なく甲州流の弱点をえぐっていく。

追い詰められてカッとなった園田与藤次が、

「当家は古来の兵法を守ってきたばかりでござる。それが今の世に適するかどうかは、我らの関知するところではござらぬ」

開き直って強弁した。

これではいかに久光でも、甲州流を庇《かば》うことはできない。

斉興にありのままを報告し、今後は洋式砲術を藩の流儀とするという裁決を得た。

「ならばこの際、軍局を廃して新しく軍役方を設置してはいかがでございましょうか」

笑左衛門は間髪入れずに軍役方の編成案を示した。

久光を斉興の名代とし、副名代に島津久宝を据え、惣奉行に笑左衛門、惣頭取に宗之丞が当たる。

この組織に軍事、海防のすべての権限を集中し、軍備の増強と軍役の再編を推し進めていこうとしたのである。

「改革はそちに任せておる。よきに計らうがよい」

久光を名代にしているせいか、斉興にも異存はなかった。

笑左衛門はさっそく他の五家老と連署の上、軍役方の設置と御流儀の正式採用を布告した。

この改革によって、久光は軍役に関わる給地改正問題にも取り組まざるを得なくなった。

久光に重責を荷《にな》わせて家中の対立をあおろうという笑左衛門の目論見《もくろみ》は、着々と進んでいたのである。

四

軍役方の設置によって薩摩藩の改革は一段と加速していった。

後に海老原宗之丞は、『海老原清熙《きよひろ》履歴概略』の中で鳥羽・伏見の戦いなどで薩摩藩が易々と幕府軍を討ち破ったのは、こうした改革の賜物だと述懐している。

〈幸《さいわい》ニ良工モ有テ大砲モ五十ポンド迄ハ度々試ミ、実用ニ心遣ヒナキ様ニ備ヘタル故ニ、戊《ぼ》辰《しん》ノ役鳥羽・伏見、淀ヨリ東京ノ上野其他ノ争戦ニモ兼テ銃隊ニ心有テ大《おおい》ニ効験アリタルナラン〉

良工とは鋳製方で働く鍛冶《かじ》のことで、この頃すでに五十ポンドの大砲を鋳造して実用化する体制を整えていた。

また小銃も数千挺《ちょう》を鋳造し、弾薬も銃薬製造所で作ったというから、その改革ぶりは目を見張るばかりである。

こうした成果を上げることができたのは、笑左衛門の二十数年にわたる努力が実を結んだからだと宗之丞は力説する。

〈天保十年以来ハ藩内ノ弊ヲ矯《た》メ、害ヲ除キ、農政ヲ修メ、軍備ヲ革《あらた》メ、二十余年ノ間勉メタルハ、慶長・元和以前ハ措《お》テ論セス、治世トナル後、二三良臣ノ功アリタルハ聞ト雖《いえ》トモ、広郷カ功績ノ如キ著シキ効ヲ顕《あら》ハシタルハ其比《ひ》ヲ知ラス〉

幕藩体制ができて以後は、薩摩藩において笑左衛門ほどの功績を上げた良臣は一人もいないというのである。

だが、笑左衛門の仕事はこれで終ったわけではなかった。給地高改正という困難きわまりない問題が待ち受けていた。

家臣たちは給地の禄高《ろくだか》に従って軍役の義務を負っていたが、二百年以上も泰平の世がつづく間に、名義上の禄高と実際の所有高がかけ離れたものになっていた。

三千石の扶持《ふち》を得ながら大半を借金の形《かた》に取られて困窮している者もいたし、百石取りの身でありながら貸し付けた金の担保に扶持米を差し押さえ、上士以上の収入がある者もいた。

これではいざ戦争となった場合に、まともな軍隊を編制できるはずがない。そこで軍役の新しい規準を作り、それに従って給地を分配しなおさなければならなかった。

笑左衛門は軍制判定会の直後からこの問題に取り組み、高奉行に任じた安田助左衛門らに改革案を検討させていた。

その案を持って家老座の評定にのぞんだのは、十一月十五日のことである。

「軍役の整備に必要な給地高の見直しについて、次のような方針で対処したいと存ずる」

五人の家老に改革案を示した。

手渡された書状に目を通すと、五人とも当惑顔で黙り込んだ。

「それでは高奉行の安田から主旨を説明させていただく。ご意見やご質問があれば、後ほどうけたまわりたい」

「それでは僭越《せんえつ》ではございますが」

下の座についた助左衛門が、小机の上に資料を広げて説明を始めた。

「当藩では享保十三年（一七二八）に高直し規定を定め、藩士の内情に応じた給地高の変動や売買を認めることといたしました。慶長、元和の頃に定めた給地高が、藩内の実情に合わなくなったために取られた措置ですが、それから百年が過ぎるうちに、給地高の偏在という弊害が目立つようになりました。これを改めなければ藩士に軍役を課すことも、いざという時に軍勢を組織することもできませぬ」

享保の規定では、藩士の家格によって高上り（買い取りなどによって持高が増加すること）の上限が定められていた。

一所持《いっしょもち》（私領を有する者）は七千石、一所持格は五千石、寄合は三千石、寄合並は二千石で、ここまでが大身分《たいしんぶん》と称する上士だった。

その下の小番《こばん》（馬廻衆）は五百石、新番は三百石、小姓組（大番）は二百石で、以上が城下に住むことを許された藩の直臣である。

その他に城下外に居住する郷士がいたが、彼らは身分によって五十石から百石までとされていた。

　この規定が有名無実と化した現状をどう改めるか、助左衛門らは知恵を絞って打開策を練り上げていた。

「それゆえ当面は享保の規定に復することを目標に、お手元の書状にある措置を講じたいと存じます」

　まず書状の冒頭に、享保の規定以上に高を買い入れた者には制裁を加え、超過した分は即刻没収するべきであると明記していた。

　しかし、今回は特別の計らいをもってこれを免除するので、該当する者は来年の二月か三月までに現状の持高について包み隠さず申告するように命じた。

　そうしなければ、やがて超過分については有無を言わさず没収するという警告を含んだ通達だった。

　助左衛門の説明が終っても、五人の家老は黙り込んだままだった。

　軍役を整備するためには、こうした荒療治が必要なことは分っている。

　だが五人が五人とも制限以上の高を持っているために、自分の首を絞めるような改革案に賛成したくなかったのである。

「それでは一同、ご異存はござらぬのじゃな」

笑左衛門は強引に案を通し、即刻内外に布告した。

その日の夕方、島津将曹が御用部屋に訪ねてきた。

笑左衛門の引き立てで家老にまで昇進し、島津の姓をたまわった男である。トヤを養女として安之進にめあわせてくれた恩人でもあった。

「執政どの、高直しは急がぬ方がよろしいかと存じます」

家老たちは評定の席では何も言わなかったが、内心誰も賛成していないというのである。

「このまま強行なされては、執政どののお立場に関わるやも知れません」

「老い先短い身でござる。それがしの立場などどうなっても構いませぬ」

笑左衛門は笑って取り合わなかった。

「しかし、あの方々の協力がなければ……」

「大身分の方々には、久光さまが対応なされることになっております。ご不満があるのなら、そちらに奏上するように伝えて下され」

「家老座を敵に回されるおつもりか」

「たとえ敵視されようと、藩のために必要なことはやり遂げねばならぬ。ついては貴殿に頼みがござる」

しばらくは他の四人と行動を共にし、時期が来たなら自分の指示に従ってもらいたい。笑左衛門は理由も明かさずにそう命じた。

給地高改正を断行するという布告が行き渡った頃、笑左衛門は二の矢を放った。十二月七日に高上りの上限をそろって引き下げたのである。

中でも上士に対しては手厳しく、一所持は三千石、一所持格も三千石、寄合は二千石、寄合並は一千石と、享保の規定より大幅に持高の上限を低くした。

これには家中が蜂の巣をつついたような騒ぎになったが、笑左衛門は年が明けた弘化五年（二月に嘉永と改元）一月十日に容赦なく三の矢を放った。

一所持二千石、一所持格一千石、寄合一千石、寄合並一千石と、さらなる削減を断行したのである。

しかも四人の小姓組番頭《ばんがしら》を軍役方改正掛に、九人の横目を聞合《ききあわせ》掛に任命し、違反者を容赦なく摘発した。

重臣や上士たちが目を吊《つ》り上げて軍役方への非難を口にするようになった頃、久光から会いたいという申し入れがあった。

「改革を急ぐ気持は分るが、ちと性急過ぎるのではないか」

久光は苦渋に満ちた表情をしていた。上士たちから苦情が殺到しているので、さすがに黙視できなくなったのである。

「七千石の所領が二千石まで削られては、家の格式を保つことはできぬ。少しは大身の者の苦衷も察してくれ」

「お言葉ではございますが、当家は四千世帯の家臣を抱えております。これから総銃隊の軍勢を編制するためには、下士にも給地を分け与えて出陣に応じられる暮らしを保証しなければなりません。一所持から削り取った五千石があれば、百世帯の下士に五十石ずつ分配することができます」

軍隊の編制が戦国時代風のものから西洋流のものに変われば、軍役のあり方も給地の与え方も変わってくる。

笑左衛門はそう説いたが、久光は了解しなかった。

「今のような混乱がつづいては、かえって改革を遅らせることになりかねぬ。削減の幅をもう少しゆるやかにして、上士との妥協を計ってくれ」

久光はおっとりとした瓜実顔《うりざね》をいつになく険しくして申し付けた。

対面を終えて退出すると、御殿女中が待ち構えていた。

「御台《みだい》さまが茶を振舞いたいとおおせでございます。どうぞ、こちらへ」

案内されたのは奥の一角にある数寄屋《すきや》だった。

三畳ばかりの茶室でお由羅が待ち受けていた。

華やかに化粧をした姿は、わびの茶室には似合わない。だが質素な茶室の造りが、美しさをいっそう引き立てているのも事実だった。

笑左衛門は鼻をかすめる白粉《おしろい》の匂いに内心閉口しながら席に着いた。

「日頃のお働きをねぎらいたいと思ったのですが、未熟な点前《てまえ》で恥ずかしい限りです」

そう言いながら臆《おく》するそぶりもなく茶を点《た》てた。

形にこだわらぬ自然の点前である。それは闊達《かったつ》で我が強い性格をそのまま現わしていた。

「近頃は何かと大変なことが多いようでございますね」

「いろいろと骨の折れることばかりでございます」

出された茶をゆったりと飲み干し、笑左衛門はお由羅の出方をうかがった。

久光が窮地に立てば何か言ってくると予想していたが、本心を見極めなければうかつなことは言えなかった。

「日頃から久光さまを引き立てていただき、お礼を申し上げます。されど重責を荷《にな》われて間がないことゆえ、気苦労も多いようでございます。そのことにもご配慮いただければ有難いのですが」

「そのことについては、先程久光さまからもうかがいました」

「わたくしなどが口をさしはさむ筋合いではないことは承知しておりますが、此度《こたび》の仕事は是非とも無事にやりおおせていただきたいのでございます。わたくしが町人の生まれゆえ、これまで出世の機会も与えられないまま過ごして参られたのですから」

お由羅が袂《たもと》をそっと目頭に当てた。

「そのようなことはござるまい。殿は久光さまを若殿さまと同様に考えておられます。むしろ近頃では、久光さまに家督を譲りたいとお望みなのではないでしょうか」

「まあ、そのような大それたことを」

お由羅は大仰に驚いてみせたが、内心それを望んでいることは急に晴れやかになった表情が物語っていた。

「御台さま、ここだけの話でござるが」

笑左衛門は意を決して誘いをかけた。

お由羅は我知らず身を乗り出し、はっと気が付いて天目茶碗《てんもくぢやわん》を引いた。

「お替りは、いかがでございますか」

しなを作って場をつくろったが、笑左衛門はここを先途《せんど》と話を進めた。

「それがしがこのような荒療治をしているのは、久光さまに家督を継いでいただきたいからでございます」

「それは……、どういう訳でございましょうか」

「高直しを強硬に進めれば、上士たちの不満や不安が強くなるのは必定でございます。そんな時に久光さまに上士の側に立って尽力していただけば、下士ばかりを重んじる斉彬さまよりお世継ぎにふさわしいと考える者たちも多くなりましょう」

「しかし久光さまは、それ故に困ったお立場に追い込まれておられるではありませんか」

「先程、高直しについてはもう少しゆるやかにせよとの申し入れをいただきました。まことに情理を尽くしたお話しぶりで、それがしもこれに従う所存にございます」

「まあ、それでは」

「高上りの上限については先日の令を廃し、十二月七日の令を実施することにいたします。これを聞けば、上士たちは久光さまのご尽力のお陰だと感じ入ることでございましょう」

笑左衛門はとっておきの笑みを浮かべ、よどみなく嘘をついた。

実はここが落とし所だと初めから見込んでいる。さらに厳しい第三案を発令したのは、こんな風に譲歩して久光に花を持たせるためだった。

「しかし、それだけでは道は開けますまい」

お由羅が牛のような目をして一歩を踏み出した。

「それゆえ、策を巡らすのでござる」

「策とは……、どのような」

「高直しの緩和を求める重臣や上士たちに、久光さまをお世継ぎに推す嘆願書を出させるのでござる。それがあれば、幕府に対しても世継ぎを替える名分が立ちましょう」

「調所どのが、そのように計らって下さるのですか」

「それがしは憎まれ役に徹しなければなりません。誰か他の家老にお申し付け下されませ」

「そのようなことが、万一表沙汰《おもてざた》になったなら」

久光共々無事ではいられないだけに、お由羅は二の足を踏んだ。

「ご懸念はもっともでござる。されど久光さまを世継ぎにしたいという殿のご意向を確認できれば、いかがでございましょうか」

重臣たちも安心して嘆願書を出すはずである。それゆえ斉興に迫って、その書状をしたためさせていただきたい。

笑左衛門は身を乗り出してそうささやいた。

「それなら、すでにございます」

お由羅が息を詰めて答えた。

「拝見させて、いただけましょうか」

笑左衛門の心臓がどきりと打った。

事をここまで運んだのは証拠の書状を手に入れるためだが、すでにあるとは思ってもいなかった。

「ここにはありません。大事の書状ゆえ、重富の館《やかた》に仕舞ってあります」

「ならばそれを誰かに示し、嘆願書のことを申し付けて下され。島津将曹どのならそれがしと入魂《じっこん》の間柄ゆえ、手落ちなく計らってくれるはずでござる」

笑左衛門は二杯目の茶を深々と味わい、お由羅との結束を約してから茶室を出た。

その足で紀州屋に立ち寄り、伊地知源三との連絡を頼んだ。

源三に島津将曹への密書を託し、嘆願書を出すように根回しをしておかなければならなかった。

五

二月三日から斉興は再び領内視察に出た。

鹿児島を出て蒲生《かもう》、国分《こくぶ》、福山《ふくやま》、末吉《すえよし》、志布志《しぶし》、柏原《かしわばら》、高山《こうやま》、大根占《おおねじめ》、垂水《たるみず》、桜島《さくらじま》と、大隅《おおすみ》半島をほぼ一周する十六日間の旅程である。

三年前の日向地方への視察は農政改革や新田開発の状況を確かめるためのものだったが、今回は海防の状況を視察し、各郷に洋式銃隊の編制を周知させることを目的としていた。

軍役方の主導で藩政改革を進めるためには、常に軍事的緊張状態にあることを藩士や領民に意識させておく必要があった。

手始めに、福山において大砲や小銃の試射と洋式銃隊の演習を行なった。

銃隊は砲術館の門下生を中心に編制したもので、一隊九十六人、総員千百五十二人にも及ぶ大部隊だった。

その後は洋式銃隊五十数人だけを同行させ、行く先々で射撃と突撃の演習を行なった。

笑左衛門は視察に同行しながら、島津将曹からの知らせを待っていた。将曹には斉興の書状の内容を確かめてから嘆願書を出す約束をせよと言い含めてある。間違いないと分ったなら伊地知源三を使って斉興の書状を奪い取らせ、これを証拠として斉興の違約を幕府に訴え出るつもりだった。

視察の間中、斉興はすこぶる機嫌が良かった。春にはまだ少し早いが、南国の風は肌に心地いい。天気も快晴つづきで、空も海も雄々しく青い。

内にこもりがちな斉興も、海岸ぞいの景色を堪能《たんのう》し、行く先々で出される海の幸山の幸に舌鼓を打って、明るく開放的になっていた。

笑左衛門はいつものように人なつこい笑みを浮かべ、何ひとつ手落ちのないように気を配りながら近侍していた。

斉興が計略に気付いているとは思えない。たとえ影目付からの報告で何かを嗅《か》ぎ取ったとしても、表面的には久光を藩主にするために動いていると見せかけているので、事を荒立てたりはしないはずである。

笑左衛門はそこまで計算して策を立てていた。

十八日に鹿児島に戻ると、さっそく次の軍事演習の計画に取りかかった。

藩では御流儀の洋式砲術を正式に採用したが、古来の流派の門弟たちの中にはいまだに洋式砲術に対する不信と反発が根強い。

それを払拭《ふっしょく》するために和洋の砲術を公けの場で競わせ、洋式砲術が格段に優れていることを見せつける必要があった。

会場に選んだのは、二年前に斉彬が砲術演習を行なわせた谷山郷塩屋。日時は三月二十六日の巳《み》の刻（午前十時）からとした。

ところがこの旨を奏上すると、斉興は出席しないと言った。

すでに領内視察の時に演習を見ているので、今度は久光を代覧にするというのである。

家老や軍役方の全員が出席する中で久光が代覧を務めれば、あたかも藩主のように振舞うことになる。

しかもその様子は見物に集まる群衆からもはっきりと見える。

斉興はそうすることで、久光にも家督相続の可能性があることを示そうと考えたのだった。

この決定がもうひとつの動きを生んだ。

お由羅が当日、久光や重臣たちのために塩屋で野点《のだて》を行なうというのである。

「一番席が久光公と調所さま、二番席が将曹さまと四人の家老衆になります。その席で御台さまは例の書状を示し、家老衆の得心をうながされる手筈《てはず》でございます」

伊地知源三が島津将曹の言葉を伝えた。

「それで将曹どのは」

「すでに家老衆への根回しを終え、斉興公の書状を確認した上で連署状を出すことにしておられます」

「それでよい。わしもそうなることを望んでいると伝えてくれ」

先の失敗にこりているだけに、笑左衛門は将曹にさえ本音を明かそうとはしなかった。


谷山は鹿児島市から十キロほど南に位置している。

JR指宿線の谷山駅が最寄りの駅で、鹿児島市から薩摩半島へ出かける際には必ず通る町である。

現在では町の沖合いが埋立てられて材木団地になっているが、笑左衛門らが生きた頃には今の産業道路のあたりまで海が迫り、美しい砂浜が数キロにわたってつづいていた。

砂浜の北側に上の塩屋、中央に中の塩屋という地名が残っている。塩田で作った塩を売る店があったことにちなんだものだ。

中の塩屋の近くには進学校として有名なラ・サール高校があり、その北側に射場山という小高い丘がある。

高さ十メートルにも満たないが、一面の砂浜が広がる風景の中にあっては、いっぱしの山に見えたのだろう。

東側は海に面したこの山に、薩摩藩の砲台があった。

緊張の度を増していく琉球状勢にそなえて作られた、鹿児島防御のための砲台のひとつである。

射場山という名がついたのは、弘化三年に斉彬が砲術演習を行なって以後のことだ。

三月二十六日の演習もこの山で行なわれた。

山上の台場に二十四斤、十八斤、十二斤、六斤野戦重砲各一門、五十斤、十六斤臼《きゅう》砲《ほう》各一門を運び上げ、十二町（約一・三キロ）北の砂浜に立てた標的を撃つことにした。

一斤とは六百グラムで、五十斤砲とは重さ三十キロの砲弾を飛ばす大砲のことである。

台場の南側に陣幕を張り、久光以下藩の重役が床几《しょうぎ》を並べて演習の開始を待っていた。東側には風よけのための松林が生い茂り、その一角に敵艦隊の接近を見張るための番小屋があった。

この小屋でお由羅が野点をすることになった。

戸板はすべて取りはずされ、六畳ばかりの板張りに緋毛氈《ひもうせん》が敷きつめられている。お由羅は二人の侍女を従えてここに座り、久光の晴れ姿をながめていた。

射場山の西と南に柵《さく》をめぐらし、入口を一ヵ所にして不審な者の立ち入りを禁じている。

柵の外には砲術演習をひと目見ようと、城下や近在の郷から一万人ちかい群衆が集まっていた。

大砲のまわりでは、御流儀師範の成田正右衛門や砲術館の門下生たちが、黒の筒袖《つつそで》半天《ばんてん》に裁着袴《たつつけばかま》、脇差《わきざし》、ペレトン陣笠《じんがさ》という出《い》で立ちで演習の仕度に余念がなかった。

その中に源三がまぎれ込んでいた。

野点が終った後にも演習はつづくのだから、斉興の文書は番小屋の中に置いたままとなる。

それを奪い取る計略だった。

柵の入口や山上の要所では、西郷吉之助がひきいる若衆組の青年たちが警固に当たっていた。

警固の訓練と砲術の見学が表向きの理由だが、真の狙いは斉興の配下となった影目付たちを締め出すことにあった。

「それではただ今より、御流儀砲術の射撃を始めます」

正右衛門が久光の御前で報告した。

師範であることを示すために、ペレトン陣笠に二本の金筋を入れていた。

「まずは五十斤臼砲、十六斤臼砲でございます」

一礼して大砲の側に行くと、首から下げたホイッスルを高々と吹き鳴らした。

四人の砲手が大砲の側に着いて砲撃の体勢に入った。

臼砲とは読んで字のごとく臼《うす》のような形をした大砲のことである。

日本で最初に使われたのは島原の乱の時で、攻城用として効果を発揮したので江戸時代に広く普及した。

御流儀でもこの大砲を用いていたが、砲身が短いわりには弾が大きいので、飛距離も命中率もそれほど優れてはいなかった。

「五十斤臼砲、撃ち方かかれ」

号令に従って一人が火薬袋を砲口から押し込み、別の一人が弾を装塡《そうてん》し、もう一人が火縄に点火する構えを取った。

最後の一人は大砲の照準器を操作し、砲身の角度と向きを標的に合わせた。

火薬の爆発力と弾の重さによって弾道がちがうので、ひときわ熟練を要する作業だった。

「狙い、よし」

照準手が高い声を上げた。

「狙いよし、点火《マールス》」

正右衛門がオランダ語で叫ぶと、砲手が火縄に点火した。

三つほど数える間があって爆発音が上がり、五十斤の砲弾が重たげな放物線を描いて標的めがけて飛んでいった。

標的は軍艦の形に似せて積んだ土嚢《どのう》である。

高さは五メートル、幅は十二メートルほどある大きなものだが、砲弾はその三メートルほど手前に砂煙を上げて落下した。

正右衛門と四人の砲手たちは目を見張って弾道を見つめていたが、はずれたと分るとすぐに次の弾を装塡した。

「照準手、仰角《ぎょうかく》を二度上げよ」

正右衛門の指示通りに照準器を合わせ、二発目を撃った。

今度は見事に命中したが、鉄の弾は土嚢にはじき返されて砂浜に転がり落ちた。

それでも重臣たちや見物の群衆は感嘆の声を上げた。

「笑左、見てみよ」

久光が目に当てていた望遠鏡を渡した。

片目をつぶってのぞいてみると、十二町も先の標的が目の前にあるように見える。

土嚢には弾が当たった後の大きなへこみがあった。

「あれが本物の船なら、かなりの打撃を受けたはずじゃ」

久光は満足気に何度もうなずいた。

十六斤臼砲の後で、二十四斤と十八斤の野戦重砲を撃った。

臼砲の砲身は一メートルほどしかないのでどことなく愛敬《あいきょう》があるが、野戦重砲は二メートル以上もの長さがあり、筒先から筒尻《つつじり》までなだらかな円錐《えんすい》形を描いているので、いかにも精巧な感じがする。

黒光りのする砲身は美しくもあり、どこか禍々《まがまが》しい不気味さをただよわせていた。

砲身は俯角《ふかく》をなし、射場山から標的を撃ち下ろす構えを取っている。

これでは弾が砂浜に落ちるのではないかと案じられるほどだった。

「狙いよし。マールス」

点火後すぐに大轟音《ごうおん》が上がり、地震かと思えるほどに地が揺れた。

筒先から炎がぱっと噴き出し、弾は糸を引くように一直線に飛んで土嚢に命中した。

土嚢の一部を易々と撃ち崩したほどの凄《すさ》まじい威力だった。

「しょ、笑左」

久光が肝を吹き飛ばされたような声を上げて望遠鏡を渡した。

のぞいてみると土嚢の上部が削り取られている。あれでは船はひとたまりもないばかりか、土嚢を築いて陣地を作っても数発で破壊されるはずだった。

野戦重砲をすべて撃ち終えると、昼食の休みを取った。

用意の弁当をつかった後、笑左衛門は久光とともに野点《のだて》の振舞いを受けた。

戸板を取りはずした番小屋からは、錦江湾《きんこうわん》が広々と見渡せる。

煙硝の匂いのしない海風に吹かれながら茶をいただくと、ようやく人心地がついた。

「何とも怖ろしい武器があるものだ」

久光は初めて見た野戦重砲の威力に度肝を抜かれたままだった。

「本当でございますね。まるで雷が落ちたようでございました」

お由羅も侍女も青ざめている。

まだ耳の底に何かが詰まっているようだと、何度も耳たぶを引っ張っていた。

笑左衛門も同じ思いだった。これまで何度か砲術演習に立ち会ってきたが、これほど凄まじい砲勢に触れたのは初めてである。

それだけ正右衛門や門下生たちの腕が上がっていたのだった。

「この郷には波ノ平という所があるそうだな」

「山寄りにある集落で、名匠として知られる波之平《なみのひら》行安《ゆきやす》が出た刀鍛冶《かたなかじ》の里でございます」

波之平派の鍛冶たちは平安時代に大和からこの地に移り住んだと伝えられているが、波之平の名を用いるようになったのは二代行安の頃からである。

行安が海路都に上る途中、嵐にあって船が沈没しそうになった。そこで自分が打った刀を海に投じて無事を祈ると、荒波が静まったという故事にちなんだものだ。

「この里からは鉄砲鍛冶も多く出まして、今も十名近くがご城下の鋳製方で働いております」

「その名のように、いつまでも波が静かであってもらいたいものだ」

久光が陽光をあびてきらめく海に目をやった。

洋式大砲の威力を目の当たりにしただけに、英仏艦隊の脅威をより身近に感じていたのだった。

笑左衛門らが陣幕に戻ると、入れ替りに島津将曹、島津石見ら五人の家老が野点の席についた。

遠くからはのどかに茶を楽しんでいるように見えるが、お由羅が家督相続にかかわる斉興の書状を、一人一人に披露しているはずである。

笑左衛門は床几《しょうぎ》に腰を下ろして時折様子をうかがいながら、将曹らが戻ってくるのを待った。

「ご執政さま、お久しぶりごあんな」

声をかけられてはっと目を上げると、ペレトン陣笠《じんがさ》をかぶった二人の青年が突っ立っていた。

西郷吉之助と大久保正助である。

大柄の吉之助は筒袖半天《つつそでばんてん》をいかにも窮屈そうに着ている。細身の正助は、まるで案山子《かかし》に服を着せたようだった。

「本日は警固の大役をおおせつけくいやって、ありがとうございもした。お陰さぁで大砲ちゅうもんが体の芯《しん》で分いもした」

いかにも行動派の吉之助らしい言い方だった。

「英仏の大砲はこげんもんじゃなか。一里も飛ぶんげな」

「聞いちょりもす。そいを積むっほどの軍艦をどげんして作っとか不思議でなりもうさん」

「わいはどうじゃ。どげん思うた」

黙ったままの正助にたずねた。

「鉄をどげんして手に入るっとかが問題だと思いもす」

この若者は常に人より二、三歩先のことを考えている。

皆が大砲の威力に肝を冷やしている時に、大砲を生産するための鉄の確保に思いを巡らすとは、並の思考力でできることではなかった。

「今でん海岸線から一里下がって英仏と戦うつもりか」

「分りもはん。そげんせんでもよかように祈るばっかいです」

「こいからはわいたっが時代じゃ。しっかい学べ。泣《な》っ言《ごと》を言うな。今日の警固にも手落ちがあってはいかんぞ」

笑左衛門は孫でも励ますような気持になって二人を叱咤《しった》した。

やがて家老たちが戻ってきた。

「確かに、間違いございませぬ」

将曹がすれ違いざまにささやいた。

斉興が久光に家督をゆずりたいと記した書状であることを確認し、久光擁立を求める連署状を出すことにしたのである。

笑左衛門は目の動きだけで承知したことを伝え、扇子を開いて胸元をあおいだ。

決行せよ、という合図である。

源三がどこにいるか分らないが、笑左衛門の姿はどこからでも見えるので必ず合図に気付いたはずだった。

未《ひつじ》の刻（午後二時）から再び砲術演習が始まった。

まず和式砲術の代表として参加している天山流の者たちが、新製一貫目砲を撃った。

これは旧来の大砲の技術に洋式の長所を取り入れたもので、一貫目（約三・七五キログラム）の弾を用いる。

だが砲身の鋳造の技術に不安があるので、野戦重砲ほど大量の火薬を使うことはできなかった。

次に五十斤臼砲《きゅうほう》を用いて照明弾を打ち上げた。

夜戦となった時に敵の位置を確認するためのもので、花火とよく似ている。

高々と打ち上げた弾が空中で爆発し、長く尾を引いた閃光《せんこう》があたりを明るく輝やかせた。

そのたびに白い煙と火薬の匂いがあたりに立ち込める。

皆がその空気に慣れた頃を見計らって、源三が動いた。

番小屋の床下に用意の手投弾を投げ込んだのである。

緋毛氈《ひもうせん》を敷き詰めた野点の席はたちまち煙に包まれ、お由羅と二人の侍女があわてて外に飛び出した。

警固の若衆組が三人を抱きかかえるようにして陣幕まで避難させ、砲術館の門下生たちが用意の放水器を持って番小屋に駆けつけた。

不慮の事故で火事になったと思ったのである。

源三はその騒ぎの間に書状を奪い、何喰《く》わぬ顔で消火の者たちにまぎれ込むつもりだったが、思わぬ手違いがあった。

若衆組の中にも影目付がいたのである。

いち早く異変に気付いた影目付は、腰の脇差を抜いて源三に斬りかかった。

源三は奪い取った細い文箱《ふばこ》で刀を払い、相手の手首をつかんでもみ合いとなった。

もうもうたる白煙の中で、激しくもつれ合うと見えた瞬間、小さな爆発音が上がって番小屋はまたたく間に炎に包まれた。

二人は組み合ったまま火だるまになり、松林の中を転がって海へ落ちた。

「幕府の隠密《おんみつ》にちがいあるまい。逃がすな」

源三の正体を悟られまいとして、笑左衛門はとっさにそう叫んだ。

警固の者たちがゲベール銃を持って駆けつけたが、崖下《がけした》の海には焼け焦げた影目付の遺体が浮いているばかりだった。

もう一人はどうしたと小舟を出して捜させたが、一刻《いっとき》ほどかけても見つけることはできなかった。

演習は即刻中止され、久光とお由羅は重臣たちに守られて引き上げていった。

笑左衛門もこれに同行した。

あれでは源三も生きてはいられまいと思うと、失望のあまり腸《はらわた》がずり落ちそうだった。

六

それから五ヵ月後の八月十八日――。

笑左衛門はついに軍役人数賦《つもり》（編制）の制定にこぎつけた。

困窮した藩士にも扶持《ふち》が行きわたるように高直しを断行した上で、知行高百石につき三人の出役を命じた。

また城外の諸郷には御備《おそなえ》組一手人数賦を制定し、郷の規模に従って出役すべき人数を定めた。

これによって城下士にも外城郷士にももれなく出役の義務を負わせ、一朝事ある時には速やかに軍勢を組織できるようになった。

その制定を見届けた斉興は、八月二十一日に参勤の途につくことになった。

その前日、笑左衛門は海老原宗之丞を連れて天保山を訪ね、厚子の桜に別れを告げた。

もうこの花を見ることはあるまいと覚悟を定め、長々と川のほとりにたたずんで厚子や笑太郎に別れを告げた。

その足で武の橋に行った。

名工岩永三五郎が築いた頑丈な石橋は、丸く美しい曲線を描いて甲突川にかかっている。

この橋の礎石には、宗之丞の計らいで厚子と笑太郎の名が刻まれていた。

「この橋は百年や二百年はびくともするまい。二人はずっとここで薩摩の行く末を見守ってくれるはずじゃ」

笑左衛門は欄干に寄りかかって流れ行く川をながめた。

「調所さまの名も、末永く残ることでございましょう」

「わしの名など残すには及ばぬ。この薩摩が栄えてくれればそれでいいのだ」

功罪相半ばするという言葉がある。この二十年の笑左衛門の生き方はまさにそれだった。

「わしはもう国許《くにもと》へは戻れまい。後の仕上げはその方らの役目じゃ」

「心弱いことをおおせられますな。まだまだ調所さまに指揮を取っていただかねば」

宗之丞は言葉を尽くして励まそうとしたが、笑左衛門が生きて戻らぬつもりだと知っているので表情も沈みがちだった。

翌朝、平之馬場の屋敷を出た。

表門には毛利子と安之進、トヤ、小膳が出て見送った。

「留守を頼んど。風邪など引かんようにな」

万感の思いを込めて毛利子の手を握った。

「道中お気をつけて。行ってきやったもんせ」

「爺《じい》さま、今度はいつ帰っくっとですか」

小膳は近頃、笑左衛門の偉さが分るようになっていた。

「お役目じゃ。いつになっか分らん。しっかい学べ。泣言を言うな」

小膳の肩を叩《たた》いて頭をなでた。

安之進には目だけで別れを告げ、登城用の駕籠《かご》に乗った。

城ではすでに出立の用意が整っていた。

笑左衛門は軍役方の者たちに後事を託し、斉興に予定の時刻が来たことを告げに行った。

書院にはお由羅と久光が見送りに来ていた。

射場山であのような不祥事が起こったにもかかわらず、五人の家老たちは久光擁立を求める連署状を出した。

斉興は黙ったまま何の措置も講じなかったが、お由羅は近頃ますます久光への期待をふくらませていた。

巳《み》の刻になると表門の太鼓が打ち鳴らされ、島津七十七万石の格式を整えた行列が出発した。

家老になった時から、笑左衛門には駕籠でのお供が許されている。

駕籠にゆられて城門をくぐり抜ける時には、さすがに万感の思いがこみ上げ、片手でそっと胸元を押さえた。

そこにはお由羅から奪い取った斉興の書状が納まっていた——。


源三は生きていた。

影目付ともみ合いながら火だるまになって崖から落ちたが、海に落ちて火を消し止め、かねてから下見してあった岩場に身をひそめていたのである。

岩場には波の浸食によってできた洞穴があり、潮が満ちてくると水没してしまう。だが、洞穴の奥は縦長の裂目になっていて、満潮になっても人が隠れていられるくらいの隙間があった。

源三は事前に現場を下見し、初めからここに身を隠すことにしていた。

火だるまになったのも、あれでは生きていられまいと見せかけるためで、ペレトン陣笠《じんがさ》や筒袖半天《つつそでばんてん》の下には、火を防ぐための着込みを着用していた。

ただひとつの誤算は若衆組の中にまで影目付がいたことだが、防火用の着込みを着ていなかったためにあえなく焼死したのである。

源三は数日後に平之馬場を訪ねていきさつを語り、奪い取った斉興の書状と贋金《にせがね》十万両の在所《ありか》を記した地図を渡した。

「お預かりしたもんじゃっどん、やっぱい調所さまに持っていただくべきじゃと思うたもんで」

庭先に片膝《かたひざ》をつき、なめし革に記した地図を差し出した。

「これからどうする」

「分りもうさん。できれば犠牲にした者たちの供養をしたかと存じもすが」

「少し待て」

笑左衛門は余生の生き代《しろ》に二百両を渡そうとしたが、廻《まわ》り縁《えん》に戻った時には源三は姿を消していたのだった。


斉興の書状には、江戸での暮らしぶりを伝える文章の後に、二年か三年の後には久光に家督を譲るつもりだと記されていた。

消息を伝えるついでに軽い気持で記したのかもしれないが、これは斉興が将軍や広大院をあざむいていた動かぬ証拠となる。

阿部伊勢守に渡せば、斉興から斉彬への藩主交代を円滑に計らってくれるはずだった。

大坂屋敷に数日逗留《とうりゆう》した後、斉興は江戸へ向かったが、笑左衛門は大坂に留《とど》まって来年の砂糖の入荷の手配をした。

幸い今年は豊作で、奄美大島だけでも七百五十万斤（四百五十万キログラム）の生産が見込まれている。

それが知れて相場が下がる前に、より高値で売りさばく策を講じておかなければならなかった。

今橋の近くの出雲屋を訪ねると、孫兵衛がにこやかに出迎えた。

役者のような端整な顔立ちをした孫兵衛も、今では白髪の目立つ好々爺《こうこうや》になっている。

壮年の頃に牙儈《すあい》場で見せた凄《すご》みのある目付きをすることは絶えてなくなっていた。

「この間は思いがけないものをいただき、ありがとうございました」

奥の離れで向き合うなり孫兵衛が礼を言った。

鹿児島を発《た》つ前に、源三から受け取った十万両の贋金を船を仕立てて送り届けたのである。

砂糖相場を動かす際に使えればと思ったのだった。

「あんな物だが、使えそうか」

「立派な二朱金でございます。金座に持ち込んでも、よほどの目利きでなければ見抜けますまい」

「相場につぎ込んで真金《まがね》に変えてもらえば、藩の貯《たくわ》えにすることができる」

「どうせあぶく銭でございます。調所さまの勝手になされたらどうですか」

「あぶく銭でも人の命がかかっておるゆえ、粗末に扱うことはできぬ。それにこの年で金などあっても、何の役にも立たぬ」

笑左衛門には先の欲はなかった。

いかに藩のためとはいえ、謀略によって主君を隠居に追い込むからには、自決して責任を取るしかないと覚悟を定めていた。

「そちのお陰でご老公さまの遺命を果たすことができた。改めて礼を申す」

「私の方こそ、調所さまのお陰でいい夢を見させていただきました。初めてお目にかかった時には、どうなることかと思いましたが」

笑左衛門の胸中を察したのだろう。孫兵衛は泣き笑いの表情になり、今夜は派手に散財しようと表に連れ出した。

江戸に着いたのは、年の瀬も迫った十二月十八日のことである。

品川の宿には正月の注連飾《しめかざり》を売る屋台が軒を連ね、大勢の買物客でにぎわっていた。

御殿山《ごてんやま》から一里ほど進むと、遠浅の海に突き出すように作られた幕府の御用地がある。

江戸湾に入港した船の荷揚げ場で、陸上げされた物資を満載した荷車が何十台も連なって江戸市中へと向かっていた。

「急ぎの車だ。どいたどいたどいた」

印半天《しるしばんてん》を着た車借《しゃしゃく》たちが威勢のいい声を上げ、けたたましい車輪の音をたてながら通り過ぎていく。

道の隅に押しやられるようにして歩きながら、笑左衛門は財政改革主任を命じられて大坂に金策に出向いた時のことを思い出した。

年を越すために三万両の金を工面する必要があったが、どの店も融資に応じようとはしない。夕暮れの道を、冷たい風に吹かれながら途方にくれて歩き回ったものだ。

あれはもう二十年も前のことだが、つい昨日のことのように鮮やかに思い出されるのだった。

高輪藩邸に着くと、装束をととのえて斉興のもとに出仕した。

「ただ今戻って参りました。砂糖相場も好調でございますので、来年は十五万両以上の収入が見込めるものと存じます」

笑左衛門はおだやかな笑みを浮かべて、出府の挨拶《あいさつ》と大坂での報告をした。

本人を目の前にしても、裏切ったという呵責《かしゃく》は感じない。計略を気取られないように、いつも通りに振舞うことばかりを考えていた。

「うむ、ご苦労」

斉興は脇息《きょうそく》にもたれかかって気のない返事をした。

「数日前に伊勢守から使いが来た。琉球問題についてたずねたいことがあるゆえ、戻り次第役宅に遣わしてくれとのことじゃ」

「どのようなご用件でございましょうか」

渡りに船と思ったが、腑《ふ》に落ちぬという風を装った。

「知らぬ。英仏との交渉の状況でもたずねたいのであろう」

「承知いたしました。明日訪ねることといたします」

「用が済んだら、ゆっくりと休むがよい。長い間よう仕えてくれた」

斉興がねぎらいの言葉をかけ、薄い唇を引き結んだままにやりと笑った。

笑左衛門は駕籠《かご》を仕立て、芝藩邸の斉彬を訪ねた。

お由羅から証拠の書状を奪い取ったことを報告し、今後のことを打ち合わせておきたかった。

ところが斉彬は留守だった。

「出府の挨拶をと思ったのだが、どちらにお出かけかな」

「御台場の視察に出ておられます」

年若い側役が素っ気なく答えた。

「お戻りは、いつ頃であろうか」

「聞いておりませぬが、遅くなられるものと存じます」

斉彬が帰宅の時間も告げずに出るとは解せなかったが、遅くなるのなら待つわけにはいかなかった。

翌朝、もう一度出直したが斉彬には会えなかった。

「お気の毒ですが、昨夜《ゆうべ》は外泊なされましたので」

まだ戻っていないという。

「午《うま》の刻頃にはお戻りになられようか」

「そのように承っております」

「ならばその頃に訪ねると、伝えていただきたい」

阿部伊勢守正弘との対面は巳《み》の刻（午前十時）からなので、それを終えてから報告に来ようと思い直し、そのまま阿部正弘の役宅に駕籠を向けた。

玄関へ通じる道の両側には、箱に植えた水仙が白い花をつけていた。

紫陽花《あじさい》を移し替え、栽培物を並べて彩りをそえている。白く透き通るような花の色が、長旅の疲れがいえぬ笑左衛門の心をなごませてくれた。

正弘も老中首座の激務に疲れた心を、花を愛《め》でることでいやしているのだろう。

「美人の陰に水仙の香り有り、でございますな」

正弘と対面した笑左衛門は、一休禅師の言葉を引いて歓を得ようとした。

「調所どの、貴殿には失望しました」

正弘の口調は重く沈んでいた。

斉彬とよく似た端整な顔には、哀しみの色さえ浮かべていた。

「薩摩からの報告によれば、貴殿は琉球の者に十万両分のフランス製品を買い付けよと命じられたそうだが、相違ございませぬか」

「まさか。そのようなことをするはずがございませぬ」

笑左衛門はいつもの笑みを浮かべて取りつくろった。

「確かな筋からの知らせゆえ、しらを切っても無駄でござる。福州の琉球館に渡った池城親方に命じたものの、琉球王朝の反対にあって不首尾に終ったそうではありませんか」

贋金《にせがね》十万両を使おうとした一件である。

それが正弘に知られるとは、思いも寄らぬことだった。

「それに貴殿は、琉球防衛のために千五百名の将兵と大砲二十門を送ったと申された。ところが実際には、二十人ばかりの藩士を駐留させているばかりじゃ」

「お待ち下され。いったい誰がそのような……」

「それればかりではない。斉彬どのを藩主にすると確約しておきながら、国許《くにもと》では久光どのを世継ぎにしようと工作しておられた。かように我らをあざむいておきながら、ようも抜け抜けと」

正弘が汚ない物でも見るような目を向けた。

「それがしのあずかり知らぬことばかりでございます。藩邸に戻って理非をただし、改めてご報告申し上げまする。しばらくのご猶予をいただきたい」

笑左衛門はその場をつくろって逃げるように退出した。

いったいなぜこんなことになったのかとめまぐるしく考えを巡らしたが、動揺のあまり頭の焦点が定まらなかった。

あるいは斉彬が何かを知っているかもしれないと、藁《わら》にもすがる思いで芝藩邸を訪ねた。

幸い斉彬は戻っていた。

「先ほど阿部伊勢守どのの役宅を訪ねましたところ」

笑左衛門は正弘の言葉を伝え、何か心当たりはないかとたずねた。

「その方こそ、思い当たることがあるのではないか」

斉彬の反応は意外なほど冷たかった。

笑左衛門は二の句が継げず、黙り込んだまま斉彬を見つめた。

「余のもとにも、似たような知らせが届いておる。どれもその方の不正と専横を訴えるものばかりじゃ」

「お待ち下さい。それはいずれも、ご老公さまから万古不易の備えをせよと命じられたからでございます」

「そのことは承知しておる。それゆえ今日まで黙っていたが、執政の重職を荷《にな》いながら密貿易にまで手を染めていたとは許し難い。亡き三位さまのご遺命をはばかり、そちに何もかも任せたことが仇《あだ》となったようだ」

斉彬が話は終ったと言わんばかりに背を向けた。

文机《ふづくえ》には何冊もの本が積み上げられ、書きかけの書状が広げてある。

笑左衛門はそれを見て、斉彬が外出などしていなかったことに気付いた。

斉彬は神経質なほど几帳面《きちょうめん》で、文机に書物を出したままにしておくことは絶対にない。これだけ書物を積み上げているのは、朝からここにいたからにちがいなかった。

「どうやら、殿から何かお聞きになったようでございますな」

笑左衛門はすべてを察し、手足が冷えていくような失望を覚えた。

「いいや。何も聞いてはおらぬ」

「では殿のお側に仕える者が、それがしの不正を逐一知らせて参ったのでございましょうか」

「そうではない、余の手の者からの知らせで分ったことじゃ」

斉彬は強弁したが目が泳いでいる。生来嘘をつけない質《たち》なので、動揺していることが手に取るように分った。

「薩摩をお発《た》ちになる時、若様は何やら不審なご様子をしておられました。おそらく殿が我々を離間させようとしておられるのだろうと察し、何があってもそれがしを信じていただきたいとお願い申し上げました。されど、殿の謀《はかりごと》には及ばなかったとみえまする」

斉彬は不機嫌そうに口を閉ざしていたが、この指摘は正鵠《せいこく》を射ていた。

昨年三月にお国入りした斉興は、入れ違いに出府する斉彬に笑左衛門の専横を訴え、二人が離反するように仕向けた。

しかも斉彬が江戸に行ってからは、自分の側近に斉彬派のふりをさせ、笑左衛門が久光の擁立を画策していると告げさせたのである。

斉彬はまんまとこの策に乗せられ、笑左衛門の不正の証拠をつかむように国許の家臣に命じた。

この頃笑左衛門は久光擁立のために動いているように見せかけていたので、斉彬はいっそう不信をつのらせ、ついには笑左衛門を葬り去ろうと企てるまでになった。

そのことは国許の家臣に次のような書状を送っていることからも明らかである。

〈笑(笑左衛門)の儀、勢ひつよき事、誠に悪《にく》むべき事に御座候。以後いかがの勢ひに相成り候やらむ。とても致し方なき節は、誰にても一《ひと》はまり致さず候はでは、とても治まり申すまじくと存じ候〉

一はまりとは、肝を据えて暗殺せよという意味である。

それが実行できなかったので、阿部正弘に琉球問題での不正と久光擁立工作を伝えて失脚させようとしたのだった。

「これを、ご覧下されませ」

笑左衛門はお由羅にあてた斉興の書状を差し出した。

一読するなり、斉彬の顔が朱色に染まった。

斉興の策に乗せられ、取り返しのつかない過ちを犯したことに気付いたのである。

「それがしが久光さまの側に立ったように見せかけたのは、この書状を手に入れるための策略でございました。殿の不実の証拠を伊勢守さまに示し、藩主交代を実現するつもりでございましたが、今となってはせん方ないことでございます」

「ならば、余に知らせてくれれば良かったのだ。そうすれば、こんなことには……」

「以前に、若様のお側から秘事がもれたことがございます。あるいは殿の密偵となって暗躍している者がいるかもしれぬと案じておりましたので」

「この先、どうするつもりじゃ。どうすればよい」

斉彬は打ちひしがれ、うめくようにつぶやいた。

これで襲封《しゅうほう》が遠のくばかりではない。笑左衛門の罪を追及されれば、薩摩藩そのものが取り潰《つぶ》されるおそれさえあった。

笑左衛門は冷ややかな目で斉彬の様子を見つめていたが、ふっと小さく息を吐くと、

「それがしがすべての責任を取って自決すれば、藩にまで禍《わざわい》が及ぶことはございますまい。かねてから覚悟を定めておりますゆえ、ご案じ下されますな」

とっておきの笑みを浮かべて一礼し、長い廊下を歩いて西向長屋の御用部屋へ向かった。

空には鉛色の陰鬱《いんうつ》な雲がたれこめ、雪がちらほらと降り始めている。江戸の空はこんなにも低く暗かったのかと初めて気付いた気がした。

御用部屋は芝藩邸の御用をつとめる時に使っているものである。他に使う者はいないので、国許に戻っている間に文机にはほこりが厚くたまっていた。

「これ。誰かおらぬか」

笑左衛門は屋敷の者に命じて部屋の掃除をさせ、手あぶりを運ばせた。火がなければ手がかじかむほど、部屋は冷えきっていた。

「それにな。鉄瓶に水を入れ、手あぶりにかけておいてくれ」

文机から硯《すずり》と筆を取り出し、阿部正弘にあてた上書をしたためた。

本日指摘されたことはすべて事実だが、自分の一存でやったことで藩はいっさい関与していない。ただし斉興だけには逐一報告していたので、不正の一部始終を知っていたことはまぎれもない事実である。

ひと息にそう書き上げた。藩に責任が及ぶことを避けながら、斉興だけは隠居に追い込もうとしたのである。

これですべての悪を清算し、斉彬の襲封が実現するのなら捨てて惜しい命ではない。だが、胸の底にはわりきれない思いが残っていた。

笑左衛門はこれまで、重豪の命令を果たすためにあらゆる悪に手を染めてきた。それなのに斉興や斉彬に裏切られ、詰め腹を切らざるを得ない立場に追い込まれたのである。

そのことに悔いはないが、最後はせめて後に残る者たちに自分の本心を伝えたかった。

笑左衛門は上書を読み返し、くしゃくしゃに丸めて手あぶりの炭に押し付けた。炎がぽっと上がり、上書が煙を上げて燃え落ちていく。それを見ているうちに、ふと南蛮長者の話を思い出した。

病弱な妻の願いをかなえようとして持ち船すべて失った長者の運命が、自分とよく似ている気がする。あるいは人の生涯とは、みな似たようなものかもしれなかった。

笑左衛門は再び筆を取り、出雲屋孫兵衛あての文を書き始めた。

例の十万両の贋金《にせがね》は、薩摩藩のためではなく困窮した家臣や領民のために使ってほしい。若衆組の西郷吉之助に相談すれば、どのように使えばいいか考えてくれるはずである。

そちが常々言っていたように、これからは身分のへだてのない世の中にしなければならない。自分が藩のために成し遂げたことが、そのような世を作るために活《い》かされるよう願ってやまない。

すまないが、毛利子や安之進にもこのことを伝えてほしい。

笑左衛門はそう記し、最後に辞世の歌を書きつけた。

何事も嘘偽りの世の中を
見て捨て難き薩摩魂

文机《ふづくえ》の中には茶色の小瓶に入った水銀塩があった。万一の時には使おうと、数年前に花倉の製錬所から持ってきたのである。

この年では、介錯もなく切腹をやりおおせる気力はない。それに贋金造りで多くの者を死なせた身には、同じ水銀で命を断つのが似合いだと思った。

笑左衛門は水銀塩の粉末を紙にのせ、鉄瓶の湯を湯呑《ゆの》みに注ぐと、重豪の墓のある瑞聖寺に向かって手を合わせた。

次いで西に向いて手を合わせ、故郷と家族に別れを告げた。

このような死に方をすれば、家族が非難にさらされるにちがいない。国許《くにもと》にも住めない立場に追い込まれるだろう。だが家族四人で力を合わせ、何とか耐え抜いてほしかった。

水銀塩を湯呑みに落とした時、廊下をあわただしく近付いてくる足音がした。

「調所どの、猪飼でござる」

猪飼央が荒々しくふすまを開けた。

雪はいつの間にか本降りになり、庭には三寸ばかり積っていた。

「事の次第は斉彬公からうかがいました。まことに無念でござる。お悔やみの言葉とてございませぬ」

「これも定めじゃ。悔やみなどいらぬ」

笑左衛門は孫兵衛にあてた文を懐に仕舞った。

これを信用のおける者に託すという最後の仕事が残っていた。

「それはご老中への上書でございましょうか」

「いいや。国許の妻子にあてたものじゃ」

「ならばそれがしが、藩の早船にて送っておきましょう」

「それには及ばぬ。まだ書き改めたいところもあるのでな」

笑左衛門は央の態度に不審を覚えて席を立った。

「どちらへ」

「用を足してくる。急に冷え込んできたのでな」

厠《かわや》へ行くふりをして馴染《なじ》みの者に文を託そうとしたが、雪と薄闇におおわれた庭の隅には五人の武士が影のように立っていた。

五人とも筒袖《つつそで》を着て裁着袴《たつつけばかま》をはいている。斉興の配下となった影目付だと一目で分る出《い》で立ちだった。

「猪飼、おぬしは」

笑左衛門は牛のような目をむいて央をにらんだ。

影目付を操っていたのも、斉彬の秘事を斉興に伝えていたのも、この男だったのである。自決の場にわざわざ出向いたのは、笑左衛門が書き残した書状を奪い取るためだった。

「すべて殿のお申し付けでござる。おとなしく書状を渡していただきたい」

「笑太郎や厚子を殺せと、そちが命じたのだな」

「存じませぬ。あれは事故死でございましょう」

央が鉄瓶の湯を手あぶりにそそいだ。

ジュッという音と灰かぐらが立ち、炭火が消えた。

「惨《むご》いことをする。年寄りには寒さが大敵と知らぬのか」

「せっかくの書状を、焼き捨てるような真似をしてほしくありませんのでな」

書状を奪い取ろうとするのは、斉興の不実を公けにされることを防ぐためばかりではない。十万両のありかが記されていると見込んでいたからだった。

「書状なら渡す。その前に湯をひと口飲ませてくれ」

笑左衛門はおだやかな笑みを浮かべて油断を誘い、文机の湯呑みをひと息に飲み干した。

五つほど数える間があって、喉《のど》や食道に焼けるような痛みが走った。

痛みはさらに下へと駆け下り、胃の中で炎が燃えさかるようだった。

苦痛のあまり入歯を吐き出し、口からは涎《よだれ》が糸を引いて垂れ落ちた。

「ず、調所どの」

動転した央が、書状を奪い取ろうとつかみかかった。

笑左衛門は満身の力で突き飛ばした。

その拍子に腹の底から生臭いものがこみ上げ、大量の血を吐いた。

胸にも腹にも焼け火箸《ひばし》を突き立てられたような痛みが走った。

笑左衛門は書状をつかんで口を押さえた。

吐血はいっそう激しくなり、書状が真っ赤に染った。

「早く、早く書状を」

央が甲高い叫びを上げ、影目付が抜刀して詰め寄った。

「わいたっが」

怒りが、狂おしい怒りが、腸《はらわた》を焼く痛みの何倍もの激しさで突き上げてきた。

「わいたっが、おいが子らば殺したとか」

もがり笛のような叫びを上げて、手にした書状を投げ捨てた。

血だらけの紙片が、雪の上にどさりと落ちた。

笑左衛門は部屋にとって返し、刀をつかんで戦おうとした。

だが体が麻痺《まひ》して足が上がらず、敷居につまずいて前につんのめった。

つづいて激しい痙攣《けいれん》が起こり、意識が急速にうすれていった。

真っ暗になったまぶたの裏に、家族の顔が浮かんだ。

毛利子が、安之進が、小膳がトヤが、行儀良く並んで遠慮がちな笑みを浮かべている。

あの温かさの中に戻りたいと痛切に思ったが、もはや目を開ける力も残っていなかった。

調所笑左衛門広郷。

行年七十三歳。

彼の身命を投げ擲《う》った改革によって、薩摩藩は明治維新の立て役者となりえたのである。

主要参考文献

『調所広郷』芳即正　吉川弘文館　1987年
『島津重豪』芳即正　吉川弘文館　1988年
『幕末の薩摩』原口虎雄　中央公論社　1966年
『近世奄美の支配と社会』松下志朗　第一書房　1983年
『文政十一年のスパイ合戦─検証・謎のシーボルト事件』秦新二　文藝春秋　1992年
『水野忠邦─政治改革にかけた金権老中─』藤田覚　東洋経済新報社　1994年
『薩摩の豪商たち』高向嘉昭　春苑堂出版　1996年
(鹿児島県史料集第三十九集)
『薩摩藩天保改革関係史料一』鹿児島県史料刊行会　2000年

解説

町《まち》田《だ》明《あき》広《ひろ》（歴史学者・神田外語大学教授）

本書の主人公である調所広郷《ずしょひろさと》（一七七六〜一八四八）は、どのような時代を生き抜いたのであろうか。生まれたのは、十代将軍徳川家治《とくがわいえはる》の許《もと》で絶大な権力をふるった田《た》沼意次《ぬまおきつぐ》の全盛時代（天明《てんめい》年間、一七八一〜八九）であり、十代のころは松平定信《まつだいらさだのぶ》による寛政《かんせい》の改革が実施されていた。これ以降、調所が六十代になるまで、幕府は十一代将軍家斉《いえなり》による大御所時代（文化《ぶんか》・文政《ぶんせい》・天保《てんぽう》、一八〇四〜四四）が続いた。調所が藩政改革に着手したのは文政十年（一八二七）であり、五十一歳という年齢は、当時では老境の域に達しており、大御所時代が末期に差し掛かっていた。なお、調所が自殺した嘉永《かえい》元年（一八四八）は、ペリー来航のわずか五年前であった。

まずは、調所広郷の生涯を概観しておこう。安永《あんえい》五年（一七七六）二月五日、鹿児《かご》島《しま》城下の下級武士川崎《かわさき》家に生まれ、後に調所家の養子となった。幼名は清八《せいはち》、その後、笑悦《しょうえつ》、笑左衛門《しょうざえもん》と改めた。一般的には、調所笑左衛門で知られている。調所は城下士の中では最下層の御小姓与に属しており、郷士を加えた薩摩《さつま》藩全体の武士層では、中くらいに位置した家格であった。ちなみに、西郷隆盛《さいごうたかもり》や大久保利通《おおくぼとしみち》と同じ家格である。

寛政二年（一七九〇）、調所は茶坊主として出仕したが、その時は九代藩主島津斉宣《しまづなりのぶ》の治世であった。しかし、前藩主島津重豪《しげひで》が絶対的な権力を保持しており、しかも「高輪下馬将軍《たかなわ》」として、幕府にも大きな影響力を持っていた。文化六年（一八〇九）、両者の間で財政問題の確執が発生し、重豪は斉宣を隠居させて孫の斉興《なりおき》を藩主の座に据えた。いわゆる、文化朋党《ほうとう》事件である。

寛政十年（一七九八）から、調所は重豪の茶坊主となっていたが、その能力が極めて高く評価され、文化十年（一八一三）に藩主側役の配下である小納戸《こなんど》に任命されて、蓄髪を許された。文化十二年（一八一五）には、小納戸頭取兼御用御取次見習に昇進し、藩政の枢要の一角を占めた。その後、調所は長崎商法の拡大などが高く評価され、累進して文政八年（一八二五）には、四十九歳にして御側用人《おそばようにん》に抜擢《ばってき》された。しかし、調所が過酷な運命に立ち向かいながら、その能力をいかんなく発揮する機会を得たのはそれからであった。

というのも、薩摩藩では重豪が隠居したころから、積極的な藩政改革と豪奢《ごうしゃ》な暮らしぶりによって、急速に藩債、つまり借金が増加しており、文政年間（一八一八～三〇）には五百万両の巨額に達していた。文政十年、重豪は唐突に調所を財政改革の責任者に任命した。調所の抜擢は、まさに重豪の慧眼《けいがん》であった。これ以降、調所は薩摩藩の財政再建のため、そして本書で繰り返し描かれたように、重豪のために死力を尽くして改革に邁進《まいしん》することになった。

調所が多大な成果を挙げた具体的な方策としては、奄美《あまみ》大島、徳之島《とくのしま》、喜界島《きかいがしま》の三島の砂糖専売政策を最初に取り上げなければならない。ここで精製される砂糖の売買を藩が独占し、島民による売買を厳禁した。違反者は容赦なく処罰し、中には死刑に処せられたものも少なからず含まれていた。島民に上納をさせた後、余分の砂糖についても、大坂市場価格の四分の一ぐらいに見積もって、日用品と強制的に交換させており、過酷極まりない収奪を行った。

また、藩債五百万両を年二万両ずつ返済する藩債二百五十年賦償還法を大坂町人に強制し、さらに、米や菜種子《なたね》、その他の国産品の改良および密貿易などで利益を上げた。加えて、贋金《にせがね》の鋳造も見逃せない。借金踏み倒しや密貿易、過剰な奄美大島など三島からの搾取や贋金作りと言った、手段を選ばない方法によって、見事に財政改革に成功した。これは、調所の武士らしからぬ経済的センス、不退転の決意と辣腕《らつわん》がなければ到底不可能であった。調所による財政改革によって、天保年間（一八三〇〜四四）の末期には、藩庫備蓄金五十万両のほか、諸営繕費用二百万両余を備蓄するに至った。奇跡以外の何物でもなかろう。

成功を収め続ける調所の家格や役職は、うなぎ登りであった。天保二年（一八三一）十二月に大番頭に昇格して三百五十石を加増され、翌三年（一八三二）一月に役料は若年寄格の三百石三十人賄料となり、二月には大目付格に昇進して家格も寄合に上昇した。同年閏《うるう》十一月に家老格、役料千石となり、天保四年（一八三三）三月と天保七年（一八三六）三月には、それぞれ五百石の加増がなされた。天保九年（一八三八）八月、満を持して家老に就任し側詰兼務となった。これだけの大出世は、江戸時代を通じても希有なレベルである。しかし、世子斉彬《なりあきら》と対立し、かつ幕府より密貿易の嫌疑を受けたことから、嘉永《かえい》元年十二月十八日に自刃したとされる。

さて、調所は島津重豪・斉興・斉彬という三代の藩主と関わることになるが、その三人を紹介しながら、調所との関係に触れていこう。まずは、調所を登用した重豪（一七四五〜一八三三）である。延享《えんきょう》二年十一月六日、加治木《かじき》領主島津氏の鹿児島邸に生まれ、宝暦《ほうれき》五年（一七五五）に十一歳にして宗家を継いで藩主となった。天明七年（一七八七）に隠居して、栄翁と称した。

重豪は士風の開化と文化の発展を図ることに意を用い、薩摩の言語や風俗が粗野であることを改めるため、上方風俗の移入に努めるなどした。また、藩校造士館《ぞうしかん》や演武館《えんぶかん》を創設して藩士の文武教養を高めることを企図し、加えて医学院《いがくいん》、明時館《めいじかん》、薬園などを設けて実学の導入も計り、農業百科全書などを編纂《へんさん》させるなど文化事業にまで手を伸ばした。こうした重豪の多方面にわたる積極的な行動には、当然のことながら莫大《ばくだい》な資金が必要になった。重豪時代に累積した藩債は、もはや天文学的なレベルとなり、その打開を図った家老秩父季保《ちちぶすえやす》らは重豪を無視して緊縮政策を実行したことから、先述した文化朋党事件が勃発《ぼっぱつ》して秩父一党は徹底的に弾圧された。

なお、その後の財政は急速に窮迫し、重豪は調所を起用して財政改革にあたらせる決断をした。しかし、重豪自身は最後まで見届けることなく、天保四年一月十五日に逝去した。下屋敷（高輪邸）に重豪の霊を祀《まつ》る「護国権現」が作られ、調所は都度ここを訪ねて一時間ほど平伏して、重豪が目の前に居るかのように報告していた。重豪は生前に改革の進捗《しんちょく》状況を報告するように命じており、調所は重豪の御霊が恐ろしいため実行していると述べている。実際には、自分を抜擢した重豪に対する恩義と調所自身が実感していた重豪への畏敬《いけい》の念や尊奉の思いがなさせた業ではなかろうか。

次に、長期にわたって調所とタッグを組んだ島津斉興（一七九一～一八五九）である。寛政三年十一月六日、九代藩主斉宣の長男として江戸で生まれた。文化六年、文化朋党事件によって藩主となったが、祖父重豪が実権を握っていた。重豪は調所を抜擢して、財政改革を実行し始めたが、斉興は重豪の死後も調所を重用し続けた。実際には、その改革のほとんどは斉興時代のものであり、五百万両の負債を二百五十年賦無利子返済とし、砂糖・薬用植物などの専売制強化や琉球《りゅうきゅう》貿易を隠れ蓑《みの》にした抜け荷、加えて国産品の改良を行って莫大な貯蓄ができるまでに、薩摩藩の経済を生き返らせた。

ところで、調所は積極的な近代化を主張する嫡子斉彬の考えは、藩財政を破綻《はたん》させるものと危険視したことなどから、斉彬への家督譲渡に反対であった。調所没後、斉彬の子どもが相次いで病死し、斉興の側室お由羅《ゆら》が呪詛《じゅそ》しているという噂が広まり、斉彬の支持者たちが調所派重臣の暗殺を計画した。事前に察知した斉興は、斉彬派を処罰した（高崎《たかさき》崩れ・お由羅《ゆら》騒動）。老中阿部《あべ》正弘《まさひろ》はこの事態につけ込み、嘉永四年（一八五一）に斉興は隠居に追い込まれ、不本意ながら斉彬に家督を譲った。安政《あんせい》五年（一八五八）に斉彬が急死すると、孫の十二代藩主忠義《ただよし》（一八四〇〜九七）の後見を務めて実権を握るが、翌六年九月十二日に逝去した。

斉興は斉彬になかなか藩主の座を明け渡さず、陰湿で神経質であり、当時から現在に至るまで、必ずしも評価は高くない。しかし、実際の斉興は極めて怜悧《れいり》で思慮深く、大胆不敵な面も持ち合わせた非凡な人物であった。調所も常に鬼神の如く斉興を恐れる風に接し、極端に言行を謹んでおり、昼夜を問わず何事に関しても斉興への報告を怠らなかった。本書では、実は斉興が調所を警戒し、様々な奸謀《かんぼう》を企てたと描かれているが、実際には、調所は斉興に対して畏敬の念をもって極めて忠実であり、斉興も最も優れた忠臣として遇していたのではなかろうか。

　最後に、調所と対立を深めた島津斉彬（一八〇九〜一八五八）である。文化六年九月二十八日、十代藩主斉興の長男として江戸の芝藩邸で生まれた。斉彬の聡明《そうめい》・英邁《えいまい》さは広く流布しており、藩主になると「三百諸侯英才随一」と喧伝《けんでん》された。お由羅騒動を経て、嘉永四年二月、斉彬は四十三歳にして正式に薩摩藩主を拝命し、これ以降約七年半にわたって、薩摩藩を統括して殖産興業・富国強兵に邁進した。

　特筆すべきは集成館《しゅうせいかん》事業であり、反射炉・溶鉱炉・鑽開台《さんかいだい》を建設して大砲の一貫生産を可能にし、製鉄所・農具工場・工作機具工場・刀剣工場・ガラス工場・陶器工場や地雷・水雷製造所などを稼働させた。さらに、幕府に大船建造の解禁ならびに日章旗を日本の総船章とすることを建議して採用された。また、老中阿部正弘や徳川斉《なり》昭《あき》・松平慶永《まつだいらよしなが》・山内容堂《やまうちようどう》・伊達宗城《だてむねなり》ら諸侯と親交をもち、未来攘夷《じょうい》を標榜《ひょうぼう》しながら将軍継嗣問題では一橋慶喜《ひとつばしよしのぶ》を推した。大老井伊直弼《いいなおすけ》と対峙《たいじ》する直前の安政五年七月十六日、コレラを発症し鹿児島で急死した。

ここで問題となるのが、斉彬と調所の関係であろう。本書では斉彬を廃嫡して異母弟の島津久光《ひさみつ》を後継藩主とすることを目論み、調所の家族へ刃を振るうことも辞さない斉興に対する調所の憎しみが見て取れる。斉彬を高く評価して連携を図りながら、命を賭《と》してでも藩主の座を斉彬にすべく、様々な謀略を謀る調所の姿が描かれる。一方で、通説となっている、本書とは異なる関係性を指摘しておこう。先述の通り、調所は斉興に過剰なまでに気を遣いながら誠実に仕えており、斉興も最も優れた忠臣として好意的に遇していた。つまり、調所は斉興と気脈を通じ、久光擁立を謀るグループに与《くみ》していたことになる。

調所にとって、最も忌避すべきことは財政が再び悪化することであり、斉彬によって再び悪夢を見ることは是が非でも回避したかった。調所は斉彬を評して、極めて洋癖に凝り固まって知識・才能を見せびらかし、かつ誇らしげに振る舞い、無用の冗費を尽くして国庫を空にしてしまうと酷評している。一方で、斉彬も調所の権勢が強大であることを誠に憎むべきこととしており、両者の関係がとても円滑であったとは思われない。ただ一点、調所は重豪に心から心酔して支持しており、その重豪が溺愛《できあい》していた斉彬であるだけに、調所が斉彬を尊重することはあり得るかもしれない。いずれにしろ、著者にお目にかかれたら、このストーリー展開の根拠や狙いを伺ってみたい。

最後に、調所を歴史的にどのように評価するかについて、その死後から現代に至るまで、余りに過小評価されていることに絶望感を覚える。調所は超一流の政治家であり、テクノクラートであり、重豪・斉興・斉彬という名君と渡り合って薩摩藩の財政再建と藩政を牛耳った傑物であった。調所による改革が失敗していれば、薩摩藩は財政が破綻した状態で幕末維新期を迎えざるを得なかった。しかし、薩摩藩はこの時期の主役になり得ており、それを可能にしたのは、調所が財政を立て直していたからに他ならない。島津斉彬・久光が国政レベルでの周旋活動や薩摩藩の殖産興業・富国強兵に邁進《まいしん》できたのは、調所の業績があって初めて可能になった事実は極めて重い。

つまり、調所が存在しなければ、薩摩藩は幕末維新史の主役にはなり得ず、日本の近代も違った形になったとしても過言ではない。それだけ、調所の存在は日本近代史に計り知れない影響を与えたと言えよう。調所は大河ドラマの主役になったとしても不思議ではない人物であり、その調所がまったく忘れ去られていることは地団駄踏む思いである。本書によって、調所の凄《すさ》まじいまでの異能を多くの読者に知っていただき、調所復権の一助になればと期待して止まない。

本書は、二〇〇七年十月に小学館文庫より刊行されました。

薩《さつ》摩《ま》燃《も》ゆ

安《あ》部《べ》龍《りゅう》太《た》郎《ろう》

令和6年 2月25日　初版発行

発行者●山下直久

発行●株式会社KADOKAWA
〒102-8177　東京都千代田区富士見2-13-3
電話　0570-002-301(ナビダイヤル)

角川文庫 24042

印刷所●株式会社暁印刷
製本所●本間製本株式会社

表紙画●和田三造

●お問い合わせ
https://www.kadokawa.co.jp/(「お問い合わせ」へお進みください)
※内容によっては、お答えできない場合があります。
※サポートは日本国内のみとさせていただきます。
※Japanese text only

ISBN 978-4-04-114375-9　C0193

◇◇◇

角川文庫発刊に際して

角 川 源 義

第二次世界大戦の敗北は、軍事力の敗北であった以上に、私たちの若い文化力の敗退であった。私たちの文化が戦争に対して如何に無力であり、単なるあだ花に過ぎなかったかを、私たちは身を以て体験し痛感した。西洋近代文化の摂取にとって、明治以後八十年の歳月は決して短かすぎたとは言えない。にもかかわらず、近代文化の伝統を確立し、自由な批判と柔軟な良識に富む文化層として自らを形成することに私たちは失敗して来た。そしてこれは、各層への文化の普及滲透を任務とする出版人の責任でもあった。

一九四五年以来、私たちは再び振出しに戻り、第一歩から踏み出すことを余儀なくされた。これは大きな不幸ではあるが、反面、これまでの混沌・未熟・歪曲の中にあった我が国の文化に秩序と確たる基礎を齎らすためには絶好の機会でもある。角川書店は、このような祖国の文化的危機にあたり、微力をも顧みず再建の礎石たるべき抱負と決意とをもって出発したが、ここに創立以来の念願を果すべく角川文庫を発刊する。これまで刊行されたあらゆる全集叢書文庫類の長所と短所とを検討し、古今東西の不朽の典籍を、良心的編集のもとに、廉価に、そして書架にふさわしい美本として、多くのひとびとに提供しようとする。しかし私たちは徒らに百科全書的な知識のジレッタントを作ることを目的とせず、あくまで祖国の文化に秩序と再建への道を示し、この文庫を角川書店の栄ある事業として、今後永久に継続発展せしめ、学芸と教養との殿堂として大成せんことを期したい。多くの読書子の愛情ある忠言と支持とによって、この希望と抱負とを完遂せしめられんことを願う。

一九四九年五月三日